L'ange Génétique

M. C Wryte

L'ange Génétique

Tome 2

Guerrilla

DYSTOPIE

© 2025 M. C Wryte
Édition : BoD · Books on Demand, 31 avenue Saint-Rémy,
57600 Forbach, bod@bod.fr
Impression : Libri Plureos GmbH, Friedensallee 273,
22763 Hamburg (Allemagne)
ISBN : 978-2-3224-9817-8
Dépôt légal : Février 2025
Couverture : Eva de Kerlan
Illustration de chapitre : PIXABAY

Prologue

Un ciel lourd couvrait une bonne partie du quartier pauvre. Une chape épaisse de nuages noirs le menaçait. Quelques gouttes suffirent avant qu'une pluie torrentielle ne s'abattît sur la zone.

Les habitants cherchèrent refuge là où ils purent, peu désireux de tomber malades ; se faire soigner était un luxe en grande partie réservé à une certaine élite.

Clopin-clopant, Tristan regagna le porche d'un vieux troquet et attendit comme beaucoup que l'averse passât. Les éclaircies ne tardèrent pas et la pluie s'arrêta aussi vite qu'elle avait commencé.

Tristan reprit sa marche parmi la foule, secouant son pot de fortune dans lequel il avait glissé quelques clous et boulons rouillés. Il ne récolta cependant que du mépris. Crachats et insultes furent les seules choses qu'on lui donna.

Parfois, on riait de lui et on le bousculait juste pour le voir se rouler dans la boue. Les enfants se moquaient de son faciès, dont la mâchoire cassée relevait ses dents à la manière d'un lama.

Lorsque la foule eut assez d'amusements pour la soirée, elle retourna vaquer à ses occupations, laissant Tristan reprendre péniblement sa marche.

Comme toutes les autres fois, il grogna.

Tout était de sa faute ! C'était à cause d'elle, à cause de cette femme aux cheveux blancs, qu'il se retrouvait avec un bras collé par de l'acier à son torse. Il avait tout perdu. Son clan, ses compagnons, sa vie… Tout cela à cause d'elle !

Craint et respecté, personne ne se mettait en travers de son chemin et les gens baissaient la tête lorsqu'ils le croisaient. Mais ça, c'était avant, à une époque bénie où il régnait en maître absolu.

Tout était désormais fini.

Dans ses rêves les plus fous, il retrouvait cette femme, cette Déborah, et il lui faisait payer la monnaie de sa pièce.

Un homme le bouscula soudain sans prendre la peine de s'excuser.

Comme il avait la rage ! Comme il était en colère ! Tristan pleura de haine, d'une haine qu'il contenait au plus profond de son être et qu'il ne demandait qu'à laisser s'exprimer.

La vengeance… Voilà ce dont il rêvait, finalement : se venger de cette injustice ! Se venger de Fully, d'Ombre et plus encore d'elle.

Arrivé à son refuge, si toutefois la caisse en bois qui lui servait aussi bien de lit que de maison pouvait être appelée ainsi, il se cacha sous sa couverture et essaya de dormir en s'imaginant être l'homme le plus beau, le plus respecté et le plus puissant du monde.

※

Les badauds s'arrêtaient à la vue de cet homme à la carrure massive. Il avait beau avoir revêtu des habits humains pour cacher sa nature, son aura blanche, ponctuée de quelques notes noir de jais, le trahissait aussi sûrement que son regard stellaire et les bandes bleues et jaunes peintes sur son visage. Il marchait droit, les bras le long de son corps se balançant par intermittence.

L'étrange individu prit une ruelle étroite, puis une impasse. Celui qu'il recherchait se cachait sous cette vieille caisse en bois. Il tendit la main et une pulsion éclata l'abri du pauvre hère en mille morceaux.

Réveillé en sursaut, Tristan cligna longtemps des paupières pour s'adapter à cette lumière soudaine. Il faisait déjà jour ? Il s'assit en tailleur

–du reste, il essaya– et observa son environnement.

Un hoquet de stupeur s'échappa de sa bouche lorsqu'il aperçut les épaules massives de son visiteur. Ce dernier croisa les bras et son blouson en cuir brun craqua comme la nuque du propriétaire qui avait eu le malheur de lui demander son chemin.

— Tristan ? fit une voix rocailleuse et sans réplique.

Sa puissance, presque divine, le paralysa de terreur.

— Oui… c'est moi, bégaya le concerné.

— Suis-moi.

Les sentiments de Tristan concernant cet étrange individu étaient totalement contradictoires. Tandis que sa conscience lui hurlait de s'enfuir, sa curiosité l'incitait à lui faire confiance. Après un soupir à peine contenu, il se releva avec difficulté, peinant durant de longues secondes à trouver son équilibre. Puis il se précipita à sa suite.

Ils marchèrent un long moment dans le silence jusqu'à arriver à un hangar désaffecté. Haut de plafond, le bâtiment s'étendait sur une large place bétonnée. Son toit en tôle était demeuré intact alors que le sol, jonché de détritus et de quelques bombes de peintures, se fissurait de part et d'autre. Les fresques murales représentaient aussi bien un tableau idyllique qu'apocalyptique, mélangeant couleurs sombres et lumineuses à la fois. Dans la nuit, les détails paraissaient bien sinistres, au point d'en donner la chair de poule à Tristan. D'autant qu'au plafond s'étendaient des poutres rouillées, prêtes à céder, sur lesquelles se balançaient quelques poulies munies de crochets.

Une lueur blanchâtre éclaira subitement les lieux. Elle leur conférait une ambiance spectrale dessinant des ombres tremblantes et inquiétantes. Tristan se tourna vers l'étrange inconnu. Entre peur et fascination, il ne comprenait toujours pas son intérêt pour lui, l'éclopé, le laissé pour compte, le clown qui amusait aussi bien les adultes que les enfants. Il ne lui apporterait rien, ni intelligence ni performance physique. Alors que lui voulait-il ?

Un sanglot à peine contenu parvint à ses oreilles. Dans un coin sombre se découpa la silhouette d'une femme enchaînée.

— Nous te proposons un marché, commença l'inconnu en se tournant vers Tristan.

L'homme se dégagea de cette vision, happé par les prunelles irréelles de son interlocuteur.

— Un marché ? déglutit-il avec peine. Quel genre de marché ?

— Notre bien-aimée sœur pleure son retour. Notre frère l'a injustement bannie de ce monde.

— Votre sœur ? Mais… je… je ne peux pas vous aider. Enfin, regardez-moi ! s'opposa Tristan.

— Pourtant, tu le feras. Ta hargne contre Ombre sera l'essence même de sa renaissance.

Une aura chaude et douce enveloppa le corps meurtri de Tristan. Une étrange sensation l'électrisa, se déversa dans ses muscles et ses veines. Peu à peu, ses os brisés se ressoudèrent. L'acier fondu libéra son bras, tandis que son dos voûté reprit une posture droite. Son visage retrouva son aspect lisse. Et cette douleur lancinante avait totalement disparu. Incrédule, il s'attarda sur ses mains dont il plia et déplia ses doigts. Il sauta, courut et s'étira.

— Impossible, murmura-t-il en observant à nouveau ses paumes.

— La gloire qui t'attend est immense et c'est un privilège que nous sommes prêts à t'accorder en échange de ta servitude et de ton dévouement le plus total. Voici ce cadeau pour preuve de notre engagement et du tien.

Une nouvelle lueur dévoila plus en détail la captive. Sidéré, Tristan ne cacha pas sa surprise et lâcha une poignée de jurons. Non, cela ne pouvait pas être elle ! Les rumeurs disaient qu'elle était morte dans les bras d'Ombre. Pourtant, il la reconnaîtrait entre tous. Ses cheveux blancs, ses yeux roses en amande…

— C'est pas que je ne veux pas accepter votre cadeau, mais, bon sang, qui êtes-vous ? supplia presque Tristan.

— Nous sommes les Centzon Huitznahua et nous œuvrons pour notre bien-aimée sœur dont la renaissance est proche. Mes frères doivent prochainement nous rejoindre. Et tu m'aideras à les faire revenir.

— Et donc, quand vous dites ce cadeau, vous parlez d'elle, interrogea Tristan, c'est ça ?

Son étrange interlocuteur le dévisagea sans expression. L'incrédulité de Tristan se mua en un rictus que la prisonnière enchaînée ne connaissait que trop bien. Si elle savait quel était son sort, elle savait également le sien. Cette pensée la consola un peu, pas suffisamment, cependant, lorsqu'elle aperçut la mine mauvaise de Tristan.

— Nous allons donc pouvoir enfin nous amuser tous les deux, sourit-il, carnassier. N'est-ce pas, Déborah ?

1

Joyeux anniversaire, papa !

L e soleil brillait à présent, malgré les cumuli gris du ciel. L'allée principale du centre commercial commençait à prendre des allures de fête. Des robots et des humains décoraient les lampadaires de fanions pendant que d'autres programmaient des drones lumineux. Une joyeuse mélodie s'extirpait de quelques haut-parleurs entrecoupés de messages publicitaires et de propagande.

L'anniversaire du dictateur était pour bientôt et il fallait que tout soit parfait. Pendant que Fully fêterait son année avec ses proches et quelques amis intimes, les familles honoreraient une statue à son effigie autour d'un bon repas.

Un homme marchait, les mains dans les poches, l'air absent. Toute cette cacophonie et cette excitation l'énervaient plus qu'elles ne le rendaient heureux. En fait, il faisait partie des rares personnes à s'en moquer et surtout à le montrer ouvertement. Non, lui, il voulait simplement flâner et oublier les petits tracas du quotidien.

Arrivé à l'entrée d'une des grandes portes battantes, il dégaina son badge d'identité rendu obligatoire depuis de récentes attaques rebelles. Muni d'un pin's représentant l'emblème de Fully, le vigile en costume trois-pièces attrapa la carte et l'examina minutieusement. Puis son collègue fouilla le visiteur : cheveux, bras, torse, jambes… Il le scanna ensuite avec un détecteur.

— Vous pouvez entrer. Bonne journée, Monsieur.

L'homme glissa son badge d'identité dans la poche intérieure de son blouson anthracite. Il passa une main nonchalante dans ses cheveux bruns en bataille et s'arrêta devant une vitrine de vêtements masculins. Il s'appuya sur l'encadrement en acier, scruta quelques articles et reprit sa flânerie.

L'idée est simple : tu en colles un maximum.

Sur quelques promontoires apparut la silhouette d'une jolie jeune femme. Sa voix enjouée et mielleuse explosa dans le hall principal :

« Dans quelques jours, c'est l'anniversaire de notre altesse à tous : Fully Craze ! Avez-vous pensé à lui prendre un cadeau ? Sachez que rien ne lui ferait plus plaisir ! Écrivez-lui un mot et vous gagnerez peut-être une rencontre ! N'oubliez pas d'acheter plein de choses et surtout très chères pour augmenter vos chances ! »

L'homme sourit, amusé. Un cadeau ? Oui, il allait lui en faire un et il espérait comme beaucoup qu'il allait lui plaire. Il entra dans une boutique et examina quelques articles. Il recommença dans une autre et une dernière. Il avisa ensuite un banc, sis devant une fontaine représentant le tyran, pour s'asseoir un peu. Non loin, un petit garçon et sa mère sortirent d'une papeterie.

— Avec mes nouveaux feutres, je ferai un beau dessin à Fully Craze ! s'extasia-t-il. Tu crois que si je lui dessine un robot, il aimera ?

— Sans nul doute ! lui répondit sa maman, qui remit une mèche de ses cheveux roses derrière son oreille.

Elle s'assit sur le banc d'à côté et donna un gâteau à son fils.

L'homme consulta son téléphone. Un papier glissa soudain de sa poche. Il le ramassa et le jeta à la poubelle.

Tu comprendras vite quel sera le signal.

Une vibration, un message. Il y répondit avec un sourire.

— Tu crois que le monsieur est amoureux, maman ?

Il scruta l'enfant curieux après avoir rangé son téléphone dans la poche de sa veste.

— Cela ne te regarde pas ! rouspéta sa mère. Ce ne sont pas tes affaires.

— Mais il sourit comme quand papa t'envoie un message.

— Suffit ! Encore une fois, cela ne te regarde pas.

Elle se rapprocha du silencieux individu.

— Pardonnez la maladresse de mon garçon, Monsieur. Vous savez, à cet âge-là, ils sont très curieux.

Deux iris bruns la fixèrent avec une rare intensité.

— Ce n'est rien, bredouilla-t-il. Ma fiancée vient en effet de m'envoyer un mot. Votre fils a vu juste.

Elle sourit timidement. Nouvelle vibration, nouveau message que son vis-à-vis lut avec attention en fronçant les sourcils. Il sortit son badge sur lequel était inscrit « agent de sécurité impérial ».

— Je vous invite à quitter les lieux immédiatement, ordonna-t-il soudainement. Il semble que les rebelles aient décidé de venir s'y attaquer. Nous n'en sommes pas sûrs, mais par mesure de sécurité, sortez.

La jeune mère lui offrit un visage apeuré. Sans plus attendre, elle s'en fut, son fils dans les bras.

Il est hors de question que nous nous attaquions aux innocents !

Une fois hors de sa vue, l'agent de sécurité se dirigea également vers la sortie. Sa main attrapa un levier incendie et l'abaissa. La sirène hurla dans les tympans des promeneurs qui se précipitèrent vers les portes-tambours et les portes battantes.

Ils ne mettront que peu de temps à évacuer. Une fois que tu te seras assez éloigné, tu enclencheras le détonateur.

Il sortit un objet cylindrique de sa poche. Tant pis pour les retardataires. Son pouce souleva une plaque en plastique et appuya sur un bouton.

Ensuite, boum !

— Boum.

Une formidable explosion pulvérisa le bâtiment dans un impressionnant nuage de poussière ct de débris.

✖

Le réseau de surveillance de Crazevilla alerta bien rapidement les secours.

— Ici le central, nous avons un besoin immédiat d'assistance dans le secteur Est. Je répète, nous avons un besoin immédiat d'assistance dans le secteur Est. Une explosion vient de se produire.

— Origine de l'explosion ? demanda une voix grésillante.

L'agent ne répondit pas immédiatement, captivé par l'image qui s'était affichée sur son écran de surveillance. Une silhouette sortit en trombe de la brume opaque. Était-ce une défaillance de la caméra ? Il crut voir deux personnes en une…

— Origine de l'explosion ? s'agaça la voix.

Non, il avait rêvé. Cela ne pouvait pas être lui !

— Elle est rebelle ! hurla l'agent en tenant fermement son micro. Prévenez l'armée ! Ombre est derrière tout ça !

— Compris !

L'un de ses collègues s'approcha de lui.

— Tu es sûr que c'est lui ?

L'agent rembobina l'image et l'arrêta sur le portrait du traître.

— Aucun doute là-dessus !

※

Ombre courut aussi vite que possible se mettre à l'abri avec le vain espoir de passer inaperçu. Les sommations et le bruit des moteurs des hélicoptères lui indiquèrent qu'il avait platement échoué. L'explosion avait dû endommager son camouflage. Tant pis… Il ôta ces fichues lentilles qui lui brûlaient les yeux et les rangea dans sa poche. La zone allait être fouillée, hors de question que les scientifiques de Fully ne les trouvent.

Ombre grimpa sur la façade d'un immeuble pour en atteindre le sommet et constater les dégâts.

— Vous êtes cerné, Ombre ! Rendez-vous !

Un léger vent souleva ses cheveux mi-longs. L'avertissement souleva son ignorance.

Ombre était plutôt satisfait du résultat. Il imagina sans peine la rage de son ancien associé. Le centre commercial se résumait désormais à un tas de ruines.

Sa mission était terminée. Il pouvait rentrer au clan.

Le cobaye s'éclipsa, il était resté trop longtemps sur les lieux. Sa course l'emmena sur les toits de Crazevilla. Il bondissait et roulait parfois sur lui-même pour mieux se réceptionner et reprendre son parcours. Autour de lui s'organisait un barrage. La nouvelle de son arrivée s'était répandue comme une traînée de poudre. Les troupes armées se déployaient et quadrillaient le quartier.

Un monstrueux poing robotique se referma tout à coup dans le vide, détruisant un pan entier de mur. Ombre s'immobilisa. Fully avait-il décidé de prendre le relais ? Cela s'annonçait intéressant… Il sourit bien malgré lui.

Mais le rire qu'il entendit, s'il ressemblait à celui du tyran, était beaucoup trop féminin et aigu. Cette voix de crécelle, Ombre la connaissait bien. Très bien, même. Ainsi donc, la fille de Fully avait rejoint le combat de son père. Devait-il en être étonné ?

Ombre leva la tête. Celle qu'il avait vue grandir sous la houlette d'une impératrice suffisante et certaine de son pouvoir se tenait devant lui. Enfant, elle était un poison ; adulte, un danger potentiel.

— Plutôt mignonne, susurra le cobaye en pensant à Arakin.

Son rival allait-il le croire s'il lui présentait Margaret comme la fille de son pire ennemi ? Certainement pas !

Ombre se ressaisit. La jeune femme n'était pas à prendre à la légère. Elle était sans doute plus dangereuse que son père. Avait-elle rejoint le combat de son propre chef ou bien sous l'influence de l'empereur ? Le cobaye penchait pour la première option. Il n'avait jamais entendu Fully l'encourager en ce sens. Peut-être l'aurait-il fait si, toutefois, il avait eu un garçon.

— Un moment que nous ne nous sommes vus, Ombre.

Margaret ouvrit le sas de son robot en forme de boule. Elle affichait une silhouette de rêve qu'elle ne tenait certainement pas de ses parents. Elle quitta le siège de pilotage et, un pied sur la sortie et le coude sur sa jambe repliée, elle fixa le traître sans la moindre once de peur.

— Je t'aurai, sourit-elle.

— Le même discours que ton père, lâcha platement Ombre, prêt à partir. À la différence que Fully agit plus qu'il ne parle. Visiblement, cet élément manque cruellement à ton éducation.

Margaret afficha une moue dédaigneuse. Par réflexe, elle épousseta son pantalon d'officier.

— Une chose est certaine, je vais t'attraper et je te ramènerai à mon père, pieds et poings liés. Je serai glorifiée et je deviendrai une grande héroïne.

— Glorifiée ? Une grande héroïne ? répéta Ombre, hilare. Ma pauvre Margaret, tu connais bien mal Fully. Tout ce que tu auras gagné, c'est sa plus grande indifférence. Tu peux être certaine qu'il s'attribuera toute la gloire de ma capture. Maintenant, je t'invite à ne pas sauter les étapes. Voyons si tu es aussi habile pour m'attraper que pour te bercer d'illusions !

Le cobaye se laissa tomber dans le vide. Il se rattrapa de peu au rebord d'une fenêtre et pénétra dans un appartement, semant la panique sur son passage. L'acide vint peu à peu tremper ses vêtements. Malheur à celui qui essaierait de le retenir ! Ombre traversait les murs et bondissait d'immeuble en immeuble sous le regard fou de Margaret qui peinait à suivre son rythme effréné. Ses réflexes n'étaient pas assez affûtés pour espérer attraper ce vermisseau aux cheveux blonds. Plus il la narguait, plus elle enrageait et commettait de grossières erreurs. Les mains en acier de sa machine se refermaient à chaque fois dans le vide.

— Arrête de bouger ! hurla Margaret, furieuse.

Ombre ne faisait plus attention à elle. Désormais, seule comptait sa fuite et sa poursuivante lui avait grandement facilité la tâche : elle avait ordonné aux soldats impériaux de se tenir éloignés. Décidément, Margaret le sous-estimait plus qu'il ne le pensait. Cette grossière erreur allait lui coûter sans doute très cher. Elle voulait jouer ?

— Alors, nous allons jouer !

Ombre bondit de toit en toit avec la souplesse d'un félin. Son sifflement soudain attira le galop d'une machine. À moins que ce ne soit un animal ? Peut-être les deux. Il bondit dans le vide, rattrapé par un immense cheval à la crinière de feu.

— En avant, Huitzi, murmura le cobaye.

Les jambes bioniques de l'équidé accélérèrent l'allure.

Tournant dans l'artère commerçante principale, sa cavalcade attira les cris d'effroi des passants. Au loin, un roulement sourd commença à faire trembler le bitume. Margaret apparut, la folie peinte sur son visage, celle qu'elle tenait de Fully.

Elle l'aurait ! Elle traînerait le traître aux pieds de son père. Elle imagina sa fierté. Sa petite fille chérie lui amènerait Ombre sur un plateau d'or !

— Je t'aurai, sale vermine !

Las du jeu du chat et de la souris, Ombre s'appuya sur la selle et se mit debout. Un rond-point se profila devant lui. L'équidé fit demi-tour et fonça droit sur la machine de son ennemie.

Margaret éclata de rire. Le fou ! Sa boule de verre et de métal allait l'écraser comme un vulgaire insecte ! Au dernier moment, pourtant, Ombre bondit et son cheval s'écarta brutalement de sa trajectoire. Le cobaye atterrit sur le pare-brise avec un bruit mat. Peu à peu, son apparence se modifia. Sa peau se couvrit d'une substance hautement corrosive et dégoulina sur la paroi.

— Tu crois mon père assez idiot pour ne pas protéger ses machines ? vitupéra Margaret.

Les cheveux d'Ombre se noircirent et son regard adopta une teinte irréelle aux nuances de bleu. La fille de Fully ouvrit des yeux ronds lorsque le liquide coula en abondance sur la carcasse de sa machine. Peu à peu, une fumée toxique envahit son habitacle et les quelques gouttes qui retombèrent endommagèrent son tableau de bord. Paniquée, Margaret essaya d'arrêter cette boule sans y parvenir. Des arcs électriques fouettèrent ses mains sans la moindre pitié. Lancé à pleine vitesse, le robot fonçait droit sur une arche en pierre et son équilibre précaire le faisait cogner tous les bâtiments qu'il rencontrait avec une violence inouïe.

Margaret se dégagea de l'engin infernal in extremis avant qu'il ne percute le monument. Une explosion éclata dans un geyser de feu et une fumée noirâtre s'éleva dans le ciel.

Ombre avait tout juste eu le temps de bondir sur le dos de son cheval. Huitzi galopa à travers les décombres, sauta sur le mur d'un immeuble et courut sur sa façade pour en atteindre le sommet.

— Interceptez-le ! ordonna Margaret, folle de rage.

Des soldats robotiques et humains se précipitèrent à la suite du cobaye. Le bâtiment était cerné. Toutes les issues avaient été condamnées.

Loin de s'en inquiéter, Ombre observa l'horizon, l'air absent. Il n'avait que trop tardé. Il soupira d'aise en imaginant une douche bouillante.

De nouvelles sommations attirèrent son attention. Décidément, elle était coriace et butée ! Un sourire mauvais s'étira sur son visage d'ange. Il tapota l'épaule de son cheval.

L'équidé bionique comprit le message de son maître et se cabra. Une fois, deux fois… à la troisième, il retomba lourdement sur ses sabots.

L'onde de choc se répandit en un cercle bleu et jaune. Elle détruisit les communications, ainsi que les circuits électriques des machines proches de son périmètre.

Satisfait du résultat, Ombre repartit au clan.

✖✖✖✖✖

Le message avait été clair et explicite : Fully désirait – non, il exigeait ! – que sa fille le retrouve dans la salle du trône. Non pas dans un lieu familial, mais bien dans la salle qui asseyait la domination de son père. Les joues rouges de honte, elle marchait d'un pas décidé, toutefois anxieuse, vers l'immense pièce d'apparat et de réception. La jeune femme s'arrêta devant un miroir. Elle s'épousseta un peu et se recoiffa comme elle put ; la poussière avait façonné de méchants petits nœuds dans sa chevelure.

— Cela ira comme ça, dit-elle pour se donner du courage et affronter la colère de son père.

Margaret repoussa l'une des grandes portes de la salle du trône et s'approcha de Fully.

— Papa, tu voulais me…

La gifle claqua en écho. La princesse resta là, soufflée par le geste. Elle porta la main à sa joue et demeura immobile de longues secondes.

— Tu n'es qu'une imbécile, vitupéra Fully. Je me demande comment ma semence a pu engendrer une fille pareille.

Vexée et déçue, elle réprima ses larmes. Ce n'était pas le moment.

— Tu as sous-estimé l'homme qui a été mon bras droit pendant plus de vingt ans, continua l'empereur sur la même note de colère. Même un enfant n'aurait pas fait cette grossière erreur. Tu me déçois.

Sa fille releva subitement la tête. Avait-elle bien entendu ? Non... Elle n'avait pas déçu son père ! C'était impossible !

— Papa, laisse-moi le retrouver ! proposa-t-elle pleine d'espoir. Laisse-moi réparer ma faute !

— Pour que tu recommences tes bêtises ? gronda Fully. À cause de toi, l'artère commerçante principale de Crazevilla est en ruine. Un grand nombre de mes robots de sécurité ont été détruits parce que tu as estimé qu'Ombre était un rebelle comme un autre.

— Je ne ferai plus cette erreur !

— En effet, tu ne commettras plus cette erreur, daigna-t-il lui répondre.

Il se tourna vers elle, grave et sombre, les bras derrière le dos.

— À partir de maintenant, je t'interdis de te mêler des affaires concernant la rébellion.

La mâchoire de Margaret tomba et il lui fut bien impossible de refermer la bouche malgré toute sa volonté. Humiliée et déboutée par son père, elle ne put retenir longtemps cette goutte salée qui traça une ligne humide sur sa joue.

— Sinon, tu sauras enfin à quoi ressemble l'autre côté de la Frontière Interdite.

Elle se le tint pour dit. Fully n'aurait aucune pitié, même si elle était sa fille, la chair de sa chair. Elle quitta la salle du trône sans un mot de plus et sans un regard en arrière, une bile amère dans la bouche.

※

Sa chambre fut le témoin de son défouloir. Elle hurla, renversa tout sur son passage, brisa bibelots et miroirs.

— Je te déteste ! Je te déteste ! cria-t-elle s'arrachant les cheveux.

Margaret déchira ses vêtements un à un. Les boutons de sa chemise et de sa veste volèrent à travers la grande pièce sous la violence de ses gestes. À bout de force, elle se laissa finalement glisser sur le mur, désemparée. Elle se mordit le bras et grogna. Ses dents pénétrèrent sa chair jusqu'au sang.

Margaret avait la haine. La haine contre cet homme blond, contre cet imbécile, ce traître !

— J'aurai ta peau ! cracha-t-elle.

Une vague de jurons traversa ses lèvres fines.

— Oui, j'aurai ta peau ! Je l'aurai…

Un sourire mauvais ourla son visage avant qu'elle n'éclate de rire. Peu importe les menaces de son père, elle finirait par capturer Ombre. Peu à peu, un plan se dessina dans son cerveau dérangé. L'ébauche d'une nouvelle vengeance et la certitude que Fully lui pardonnerait son échec.

2

Nouvelle
ennemie

—— M'sieur Ivan ! appela un petit garçon. Pourquoi nous, on est dans le quartier pauvre et pas d'autres ? Pourquoi il y a des travailleurs dans le quartier riche ?

— Comment marche le système de Fully ? demanda à son tour un adulte. Je veux dire, le gosse a raison ! Pourquoi certains pauvres sont dans le quartier pauvre ? Et pourquoi d'autres sont dans le quartier riche ? Ce n'est pas logique !

Ivan replaça une longue mèche de ses cheveux derrière son oreille et posa une fesse sur son bureau.

— Plusieurs facteurs peuvent répondre à vos questions, commença-t-il à expliquer. On distingue plusieurs castes dans cette société. D'abord, les amis proches de Fully et de sa femme. Ce sont leurs intimes. Ils conseillent le couple impérial sur les mesures à prendre. Ils font également des propositions de loi. Tout en sachant que la décision finale appartient toujours à l'empereur. Sauf en de rares cas ! Enfin, rare… Disons que les énumérer serait fastidieux. Nous avons ensuite les nobles. Ce sont généralement des partisans extrémistes du régime et un grand nombre d'entre eux sont soit des scientifiques, soit des généraux d'armée. Les deux premières castes occupent les postes les plus importants de la politique de Fully : sénateurs, conseillers, juges… et ils habitent près du château impérial…

Ivan remonta ses lunettes avec son majeur et se racla la gorge.

— Nous avons ensuite les bourgeois. Comme les nobles, ce sont des partisans du régime. Une grande majorité d'entre eux vivent d'une fortune familiale. Pour les autres, c'est une accumulation de richesse ou simplement un coup du sort. Et nous avons les gens du commun. Tous travaillent dans des postes administratifs. Pour finir, nous avons les ouvriers. Enfin… ouvriers… Le terme esclave est, de mon avis personnel, plus approprié. Leurs conditions de travail sont extrêmement pénibles et ils ne bénéficient d'aucun droit. Ce sont leurs employeurs qui décident de tout. Contrairement à ce que l'on pense, ils sont dans une précarité constante très proche de ce que connaissent ceux qui vivent dans le quartier pauvre, la liberté en moins.

À nouveau, Ivan remonta ses lunettes rondes avant de descendre de son bureau. Ses mains se joignirent dans son dos et il se tint droit en faisant les cent pas.

— Quoi qu'il en soit, peu importe votre statut, c'est Fully qui décide de tout. Un noble peut être rabaissé au rang d'ouvrier et un ouvrier être monté dans la haute société.

— Et pour ce qui est de la Frontière Interdite ? Pourquoi certains sont de l'autre côté ? continua l'adulte.

— Pour faire simple : au mauvais endroit au mauvais moment. Ni plus ni moins !

Ivan regarda sa montre et sourit.

— Nous reprendrons ceci plus tard, dit-il, avant qu'une dernière question ne soit posée. Je vous informe que je ne serai pas disponible avant un moment. Mais si vous voulez approfondir un sujet que vous n'auriez pas compris, je me tiens à votre disposition. Les enfants, révisez bien vos calculs.

La salle de classe se vida, peu à peu accompagnée de discussions animées.

Ivan quitta à son tour les lieux pour regagner son baraquement. Il referma la porte de son logis et consulta ses étagères. Il attrapa un livre dont la couverture en cuir dégageait une agréable odeur d'ancien. L'ouvrage était le dernier vestige d'une bibliothèque détruite par les armées de Fully. Le jeune homme rechercha un chapitre dans le glossaire pour ensuite en entamer la lecture en fumant sa pipe.

Un soupir s'échappa soudain. Quatre ans que Déborah avait donné sa vie. Quatre longues années que son absence avait laissé un grand vide dans son cœur. Ivan se souvint de cette dernière étreinte précipitée par la présence de Fully et de Robinson. De cet adieu qui l'avait définitivement rangé dans le camp de la rébellion.

Il lui avait fallu trouver sa place, lui qui n'était pas un combattant, juste un scientifique et, par la force des choses, un archéologue passionné. Pourtant, le hasard lui accorda un rôle bien loin des codes instaurés au sein du clan de Sullivan. Une petite fille, des adultes en manque de savoir et il devint enseignant. Ainsi donnait-il à présent des cours de lecture, d'écriture, de mathématiques et d'histoire pour inciter ses élèves à prendre du recul et à réfléchir par eux-mêmes.

Ivan s'était finalement trouvé un but en parallèle de quelques menues recherches scientifiques, historiques ou archéologiques.

Pour l'heure, il avait mis de côté ses leçons. La récente découverte d'une photo dans un vieux magazine n'avait jamais autant titillé sa curiosité.

Elle représentait un centre commercial situé dans une ville mexicaine au nom oublié de tous. L'image se découpait en deux. Une vue d'ensemble, qui mettait en avant une perspective avantageuse, sans doute destinée à appâter le visiteur, et une vision aérienne. Cette dernière montrait un bâtiment à la forme plutôt étrange comme si le schéma avait été tracé à main levée par l'architecte et sans aucune logique.

— Dans quoi me suis-je encore embarqué ? se lamenta Ivan.

Quelques mèches rousses vinrent couvrir ses épaules et deux bras les enserrèrent.

— C'est chiant...

— De quoi ?

— Plus ça va, et plus il m'est impossible de te faire un câlin.

Ivan pouffa. Son majeur releva ses lunettes rondes sur son nez, puis il se tourna vers le ventre proéminent de Ludivina. À son tour, il essaya bien vainement de joindre ses deux mains.

— Et moi donc !

Alors qu'il collait son oreille sur son ventre, un coup, puis un second lui répondirent. Il se leva de sa chaise pour mieux câliner sa compagne, puis il échangea avec elle un baiser interrompu par un mouvement furtif, celui de son enfant. À défaut, ils partagèrent un regard et une étreinte tendres.

Ludivina avait profondément été affectée par la perte de sa complice. Son changement de vie, ses incertitudes ainsi que ses peurs mirent à mal sa gaieté et sa spontanéité. Il fallut toute la patience de ses amis et une intervention d'Ombre pour éviter le pire.

Ludivina avait su remonter la pente, petit à petit, pas à pas. Ivan lui avait apporté un soutien auquel elle ne s'était pas attendue, réveillant en elle des sentiments enfouis. Une maladresse et l'étincelle qui brillait dans leur regard se muèrent en une attirance mutuelle. L'amour d'Ivan lui avait redonné de l'espoir et le goût de se battre. Ludivina se trouva même un talent caché pour les circuits électriques.

— Je te sens inquiète, commenta Ivan. Pourquoi es-tu aussi tendue ?

Sa compagne ne répondit pas immédiatement et caressa machinalement son ventre.

— J'ai peur pour la naissance, avoua-t-elle à demi-mot. Peur que cela se passe mal, peur de mourir, peur que notre bébé soit malformé ou qu'il soit déjà mort avec tous ces produits qu'on respire.

Ivan se posa à nouveau sur sa chaise et invita Ludivina à faire de même sur ses genoux. Ses doigts s'entremêlèrent aux siens et ses yeux gris s'ancrèrent aux prunelles vertes de sa bien-aimée.

— Tu souffriras le martyre, c'est une évidence, dit Ivan en écartant l'une de ses boucles rousses. Mais je serai là pour te soutenir. Et j'ai beau réfléchir, je ne trouve aucune raison pour que cela se passe mal. Aucune. Notre enfant, tu le sens. Il bouge ! Ce sera un beau bébé. Il suffit de voir le père !

Ludivina lui lança un regard en biais, amusée, avant de se blottir davantage contre Ivan.

— Déborah, souffla-t-il, après lui avoir donné un baiser sur le front. Appelons-la Déborah, si c'est une fille. Qu'en dis-tu ?

— J'en dis que c'est une très bonne idée.

— Et si c'est un garçon, alors ce sera…

— Léo, coupa-t-elle. Si c'est un garçon, je veux qu'on l'appelle Léo.

— Léo… Oui, comme la constellation du Lion et…

Ludivina, doigt sur ses lèvres, l'empêcha de parler.

— Pas maintenant, Ivan.

Il sourit à son tour, l'embrassa tendrement et la serra davantage contre lui.

※

Le pot en fer bougea un peu.

Arakin se concentra davantage, les yeux plissés. Il tendit la main. Une goutte de sueur coula le long de sa tempe. Il grogna. Le pot trembla de plus en plus, contraint par une force invisible. Avant qu'Arakin ne puisse avoir le temps de l'attraper, sa course se stoppa net et il retomba sur le sol.

— C'est pas encore ça, désespéra-t-il en ébouriffant ses cheveux bleus.

Arakin avait beau s'entraîner chaque jour depuis quatre ans, cette capacité lui faisait toujours autant défaut.

— Comment pourrais-je faire pour améliorer ça ? s'interrogea-t-il en regardant ses mains.

Le « ding » de la machine à laver le ramena à la réalité. Il soupira fort. Même les rebelles devaient laver leur linge ! Un robot domestique ? Les pièces étaient devenues beaucoup trop chères pour un tel luxe. Arakin ouvrit le couvercle et en sortit un boxer… rose ?

— Qu'est-ce que… ?

Ses sous-vêtements avaient tous pris la même teinte ! Il les observa avec une mine à moitié ahurie et en colère. Sa mâchoire se contracta lorsqu'il aperçut une culotte rouge en dentelle.

— Stéphanie ! hurla-t-il, hors de lui. Je vais te tuer, sale peste !

— Oh, tu l'as retrouvée ? s'enthousiasma-t-elle en entrant dans la laverie.

Elle attrapa son dessous et offrit au jeune homme un sourire déconcertant.

— Je la cherchais partout !

— Je la cherchais partout ! imita Arakin en grimaçant. Sais-tu ce que je suis obligé de faire pour avoir des sous-vêtements de cette qualité ?

— Nan, et je m'en fiche ! sourit Stéphanie, aussi innocente qu'une poupée hantée.

Ils s'observèrent en chiens de faïence durant de longues secondes, s'affrontant du regard. Arakin faisait presque deux têtes de plus qu'elle. Pour autant, elle se planta sous son nez, les sourcils froncés.

— La vengeance est un plat qui se mange froid, dit-elle.

Arakin s'esclaffa. Quelques jours plus tôt, il avait versé de l'encre noire dans la boisson de son amie. Jamais au camp on avait autant ri, même Ombre pourtant si sérieux.

— Tu étais si belle ! se moqua Arakin.

— Crétin !

Sa culotte en main, Stéphanie lui tourna le dos et sortit précipitamment du bâtiment en bousculant Sullivan. Ce dernier ne manqua pas la mimique de son ami : mélange de malice et d'une tendresse non feinte.

— Si tu ne vas pas lui parler, je le ferai à ta place ! menaça Sullivan en frottant sa barbe rousse. Vous commencez à m'agacer, tous les deux !

— Ouais… se contenta de dire Arakin.

Le jeune homme ne savait que penser de tout cela. Pour la première fois de sa vie, il était perdu avec une femme. Lui, le dragueur chevronné après qui toutes ces dames couraient. Stéphanie, il le découvrit à ses dépens, était un électron libre qui cachait parfaitement son jeu, elle qui avait eu l'air si fragile à la mort de Déborah. Lorsqu'il l'avait prise dans ses bras pour lui apporter du réconfort, ce fut un électrochoc. Il n'avait eu de cesse, depuis leur intégration au clan, d'attirer l'attention. Son attention. Il avait bien essayé de se ressaisir, trouvant ce sentiment totalement absurde !

Il n'avait fait que croître durant les années qui suivirent. Stéphanie avait pris en maturité. La rébellion l'avait embellie, couvrant son crâne anciennement rasé d'une abondante chevelure noire et courte. Plus de maquillage gothique, place au naturel. Et même s'il refusait de se l'avouer, Arakin mourrait d'envie d'écraser ses lèvres contre les siennes, délicieusement pulpeuses.

Un claquement de doigts le ramena bien vite à la réalité. Sullivan secoua la tête, dépité.

— Tu disais ? se réveilla le jeune homme en mettant son linge dans un séchoir.

— Rien, abandonna Sullivan avec un grand sourire. J'ai enfin trouvé une faiblesse. Et jamais je n'aurais pensé que ce serait une femme.

— Je ne vois pas de tout de quoi tu parles… feignit-il en grimaçant à la vue d'un boxer rose.

— Des années que je te connais et jamais tu n'as été aussi…

— Ah ! C'est bon ! coupa Arakin, qui refusait d'admettre cette évidence.

Sullivan éclata de rire face à la mine embarrassée de son ami.

— Je persiste à dire que tu dois aller lui parler.

— Mouais…

— Tête de mule, en plus de ça… Je t'ai vu t'entraîner, reprit plus sérieusement le chef rebelle pour changer de sujet. Aucune amélioration ?

— Non, aucune, soupira Arakin.

Il referma le battant du sèche-linge et lança un programme avant de faire face à son ami de toujours, la mine sombre. Il observa ses mains, puis, finalement, secoua la tête.

— Mon réveil a été prématuré. Même Ivan me l'a avoué. Je pense que c'est pour cette raison que j'ai du mal à récupérer certaines de mes capacités, et plus encore celle-là. Je ne remets pas en doute le travail de Déborah, loin de là, cependant…

— Tu aurais aimé retrouver plus vite tes pouvoirs ?

— Entre autres. Je ne sais pas ce qu'il faut que je fasse pour qu'ils me reviennent.

— Patience est mère de toutes les vertus, Arakin. J'ai confiance en toi.

Son ami hocha la tête, peu convaincu.

— En attendant, Ombre est de retour. Viens-tu assister à son rapport ?

— J'arrive tout de suite.

Le chef rebelle quitta la buanderie principale. Il se tourna cependant une dernière fois vers l'homme aux cheveux bleus.

— Parle-lui. Cesse donc de la chercher comme tu le fais. Sinon, tu finiras par la perdre.

Arakin secoua la tête et lui emboîta le pas.

※

Stéphanie allait rejoindre son baraquement lorsqu'on l'appela. Elle se tourna vers son interlocutrice, visiblement en colère.

— Un problème, Cécile ?

— Un problème ? fit-elle, outrée. Non, ce n'est pas un problème, c'est une catastrophe ! Tu ne vois toujours pas où je veux en venir, je suppose ?

Elle croisa les bras sur sa poitrine et jaugea sévèrement Stéphanie qui haussa les épaules.

— Je m'en doutais… Rappelle-moi, quels étaient les ordres de ta dernière mission ?

— Au lieu de tourner autour du pot, dis-moi tout de suite ce qui ne va pas, s'agaça Stéphanie.

— Ordre de mission : infiltration ! Qui dit infiltration, dit discrétion ! À cause de toi, nous avons perdu Simons ! Ça va, mémoire rafraîchie ?

Stéphanie n'aimait clairement pas son ton condescendant. Oui, elle se souvenait de sa dernière mission. Une mission qui avait tourné au drame à cause d'une mauvaise gestion du temps dont elle n'était nullement responsable.

Les soldats de Fully avaient surpris les rebelles dans la pose de leur bombe. Déclenchée bien trop tôt, Simons n'avait pas eu le temps de se mettre à l'abri. Sans oublier les dommages collatéraux. Même si Stéphanie avait réussi à se persuader qu'elle n'était pas responsable de cet échec – confirmation donnée par Sullivan en personne – elle ne pouvait s'empêcher par moments de culpabiliser.

Car, en plus de la prendre de haut pour affirmer un peu plus sa position, Cécile lui rappelait sans cesse ses fautes.

— Sullivan a dit que…

— Je sais ce que Sullivan a dit, coupa sèchement Cécile. Mais laisse-moi tout de même te rafraîchir la mémoire : en mission extérieure, l'anticipation est la clé de la réussite ! Sache qu'à la prochaine erreur de ta part, je ferai en sorte que tu restes cloîtrée dans ton atelier jusqu'à nouvel ordre, c'est clair ?

Stéphanie se tut. D'ailleurs, elle ne voulait pas répondre à cette imbécile qui passait son temps à la rabaisser. Comme si cela lui faisait plaisir.

— C'est clair ? répéta Cécile.

— Parfaitement clair, grinça-t-elle.

— Ah oui ! Une chose : arrête de tourner autour d'Arakin. Tu ne l'intéresses pas, tu comprends ? Sinon, il y a longtemps qu'il t'aurait sautée dessus, tu ne crois pas ?

Cécile la laissa sur cette dernière pique, un sourire de satisfaction sur les lèvres. Stéphanie poussa un soupir d'exaspération, lassée de ce petit jeu parfaitement idiot.

Elle et Arakin s'étaient toujours entendus depuis sa venue au clan. Leur complicité n'avait cessé de grandir au fil du temps. Leurs plaisanteries n'étaient autres que le reflet de leur attachement. Stéphanie n'attendait rien de plus de la part du jeune homme en dehors de cette complicité qu'ils cultivaient ces dernières années.

La raison pour laquelle Cécile se montrait virulente était très simple : la jalousie. Elle avait bien essayé à plusieurs reprises d'attirer l'attention de son vieil ami, sans le moindre succès. Et elle le faisait chèrement payer à Stéphanie par des remontrances sans queue ni tête.

La rebelle soupira avant de passer rapidement chez elle.

※

Le mendiant salua discrètement Ombre lorsque Huitzi, son cheval, s'arrêta devant l'impasse. La porte du camp rebelle se scinda en deux, puis elle se referma sitôt le cobaye passé.

Ombre avança dans l'allée principale. Il ignora les injures et les crachats ainsi que les regards de haine à son encontre. Cela ne valait pas la peine qu'il s'y attarde.

Lors de son intégration au clan, nombreux furent ceux à le vouloir mort avec comme principale raison la vengeance. Ombre comprenait cela. Il n'était pas innocent après tout. Nombre de ses actes n'avaient été que le fruit d'une certaine manipulation.

Déborah avait été la seule à lui dire la vérité et à la lui cacher dans son propre intérêt. Elle l'avait protégé. L'avait-elle fait comme l'aurait fait une femme amoureuse envers son amant ou… comme une mère avec son enfant ? Il grimaça.

Ombre rattrapa de peu une brique lancée à son attention. Il darda sur le lanceur un regard obscur. Pour bien faire, il fit fondre le projectile en guise d'avertissement.

Il restait encore au cobaye un long chemin à faire, bien qu'il ait prouvé à plusieurs reprises son implication dans la rébellion. Rien n'y faisait. La noirceur de son passé pesait sur ses épaules comme une chape de plomb. Seules la présence de Sullivan et l'amitié de quelques personnes, Ivan, Ludivina, Stéphanie et Arakin lui avaient permis de se faire une place au sein de la rébellion. Leur influence avait eu un effet positif sur la population du clan, pas suffisamment cependant pour taire la méfiance qu'il inspirait.

Rares avaient été ceux qui voulurent le connaître et le comprendre. Sans doute également pour se rassurer. Comme cette petite fille sourde et muette, brûlée par des émanations de gaz toxiques. Touché par sa candeur, qui lui rappelait celle de Soline, il lui avait offert une longueur de ses cheveux pour couvrir son crâne lisse. Depuis, elle lui souriait dès qu'elle le voyait et se précipitait à sa rencontre pour le câliner quelques instants avant de repartir en courant.

Malgré cela, jamais Ombre ne serait pardonné pour ses fautes.

Jamais, il en avait parfaitement conscience. Pourtant, le passé demeurait le passé. Il ne tenait qu'à lui d'avancer et de croire en l'avenir.

Les oreilles bien droites, Huitzi se précipita à son abreuvoir une fois arrivé au baraquement de son cavalier. Mélange d'eau et huile de machine, ce cocktail détonnant avait spécialement été conçu pour son organisme à la fois robotique et biologique. Tout sourire, Ombre caressa tendrement son encolure. Son cheval tourna la tête vers lui à la recherche de son affection. Il la lui offrit sous ses grognements de plaisir.

Cela faisait un an que Huitzi l'avait rejoint. Un an qu'il lui donnait la sérénité dont il avait tant besoin par sa présence et son calme.

Lors d'un attentat rebelle, l'écurie d'un des soutiens de Fully fut détruite. Affamé et les quatre jambes broyées, Huitzi avait été condamné à mourir. Ombre en avait décidé autrement en lui offrant une chance de survie. Sullivan s'était occupé de lui avec l'aide d'Ivan. Ainsi, le cheval brisé était devenu une redoutable arme de guerre, une machine capable de détruire plus que des circuits. Jamais Ombre n'avait pensé autant s'attacher à lui.

— Instant câlin ? taquina Ludivina.

Le cobaye lui offrit un sourire franc et sincère. Il laissa sa monture pour la rejoindre et poser affectueusement sa main sur son gros ventre. En dehors d'Ivan, Ombre était la seule personne autorisée à ce geste. Cette preuve de confiance le touchait plus qu'il ne se l'avouait.

— Il bouge beaucoup, constata-t-il.

— Pire que son père en plein cauchemar ! rit Ludivina. Sullivan nous a avertis que tu étais rentré de mission. Il attend ton rapport.

Ombre hocha la tête et la suivit jusqu'à la salle de réunion du chef rebelle. Arakin, Sullivan, Stéphanie, Ivan et Cécile patientaient, un verre d'eau devant chacun d'eux.

L'homme aux cheveux bleus jeta un œil à Stéphanie. Elle lui rendit son regard par un magnifique doigt d'honneur.

— Pétasse… grogna-t-il entre ses dents.

Il pouffa ensuite. La jeune femme n'allait pas s'arrêter aux caleçons roses. Sullivan avait raison. Il devait lui parler avant qu'il ne soit trop tard. Avant qu'on ne le fasse à sa place. La vision de Stéphanie enlaçant un autre que lui lui soutira une grimace.

Assise à côté de lui, Cécile ne manqua pas une miette de cet échange. Elle se renfrogna, exaspérée.

— Comment cela s'est-il déroulé ? demanda Sullivan.

Ombre s'accouda à la table et le fixa avec un sourire mauvais.

— Il ne reste plus rien en dehors d'un champ de ruines que j'ai prolongées jusqu'à l'artère commerçante principale.

Chacun observa le cobaye avec étonnement. Ombre s'adossa à sa chaise en croisant les bras sur son torse, tout à coup très pensif.

— Il semble que nous ayons une nouvelle ennemie.

L'assistance garda un silence religieux. Ombre ne le ménagea pas en donnant son nom.

— J'ai cru comprendre que Margaret Craze ait décidé de se battre pour la gloire de Fully.

— Margaret Craze ? fit Arakin, son verre au bord des lèvres. Une cousine ?

— Non, sa fille.

Arakin recracha ce qu'il avait bu. Les yeux écarquillés, il dévisagea Ombre.

— Vous ne m'avez jamais dit qu'il avait une fille ! s'exclama-t-il. Fully Craze… Avoir une fille…

Le jeune homme retint mal son hilarité en imaginant son pire ennemi muni de deux couettes.

— Je sais à quoi tu penses, sourit Ombre. Margaret est loin d'être aussi brillante que son père, mais il faut admettre qu'elle est très mignonne.

— Mignonne comment ?

Arakin coula un regard amusé vers Stéphanie. Sa mine sombre lui indiqua clairement que sa question ne lui plaisait pas.

— Serais-tu jalouse, Stéphanie ? lança-t-il en prenant ses aises avec un grand sourire.

Chacun se tourna vers elle. Il était de notoriété publique que les deux jeunes gens étaient amoureux l'un l'autre sans jamais se l'avouer. Ludivina savait l'attirance de son amie pour lui. Elle savait également que sous ses airs sages se cachait une grande jalouse.

La moue boudeuse de Stéphanie se transforma en un rictus amusé.

— Jalouse de qui ? Au contraire, elle me rendrait un grand service !

Le sourire d'Arakin s'élargit. La réponse à sa pique était particulièrement plate ; elle qui, d'habitude, ne manquait pas de répartie.

— Ne pouvons-nous pas nous concentrer sur l'essentiel ? s'exaspéra Cécile. Nous ne sommes pas dans une cour de récréation, n'est-ce pas, Stéphanie ?

La jeune femme lui jeta un regard noir, fatiguée qu'elle s'en prenne toujours à elle.

— Nous avons le droit de nous amuser un peu, défendit Arakin. Stéphanie n'est pas la seule à raconter des conneries.

Cécile lui offrit son plus beau sourire. Arakin avait raison. Lui aussi avait sa part de responsabilité. Elle gonfla sa poitrine, puis posa ses coudes sur la table.

Discrètement, Ludivina mit ses deux doigts dans la bouche. Sa complice dissimula son rire tant bien que mal.

— Quoi qu'il en soit, reprit l'homme aux cheveux bleus avec sérieux, si la fille de Fully est aussi folle que son père, cela ne changera rien en ce qui me concerne.

— Elle n'est pas folle, elle est pire ! annonça Ombre.

— Que veux-tu dire ?

— Je veux dire qu'elle ne reculera devant rien et qu'elle utilisera tous les moyens à sa disposition. Fully est un homme de science, un calculateur chevronné qui anticipe le moindre risque. Pas elle. Si les deux se fichent comme d'une guigne des victimes, Fully sait s'arrêter et reconnaître une défaite même si cela peut te surprendre, Arakin.

Ombre ferma les yeux. Il avait vu grandir Margaret. L'éducation prodiguée par ses parents l'avait rendue suffisante, cruelle et surtout enragée. Si le cobaye n'y avait pas prêté la moindre importance à l'époque, il s'en rendait compte aujourd'hui.

— Au vu des dégâts occasionnés par notre rencontre, Fully a dû lui interdire de s'occuper des rebelles. Méfions-nous quand même. Margaret est aussi fière que lui et elle est sans doute plus dangereuse et extrême.

Sullivan hocha la tête. Ce n'était pas pour lui plaire. Il connaissait bien sûr l'existence de la fille de Fully, mais jamais il ne l'avait crue capable de rejoindre ses rangs. Cela n'allait pas leur faciliter la tâche.

Le chef rebelle rendit ensuite compte des différentes actions menées et dont le rapport lui avait récemment été fait.

Ludivina avait du mal à écouter. Elle cachait maladroitement ses grimaces et ses souffles.

— Nous en avons fini, termina Sullivan. Ombre, nous nous reverrons demain. Il faut que nous discutions de nos prochains plans d'action.

Le cobaye acquiesça. Ludivina se leva avec difficulté. Elle se retint de peu à la table. Ombre la seconda.

— Ça va, ma chérie ? s'enquit Ivan, qui prit le relais.

— Je crois que je suis très fatiguée, répondit-elle, la main sur le front. Je vais aller me reposer.

— Je t'accompagne.

Ombre demeura immobile, jusqu'à ce que Stéphanie ne s'approche de lui.

— Elle en fait trop pour son état, dit-elle. J'ai beau lui dire de lever le pied, elle est têtue.

— Comme une certaine personne que nous avons connue, souffla tendrement Ombre.

Stéphanie soupira. Oui, Ludivina était aussi butée que Déborah.

3

Le réveil de Coatlicue

Ivan dormait sur le ventre, son bras droit sous la tête, le gauche pendant à l'extérieur du lit et la couverture arrêtée sur ses fesses. Ludivina avait beau fermer les yeux, le sommeil tardait. Elle soupira, ronchonna et essaya vainement de trouver une position favorable à l'endormissement. Rien n'y faisait. Les légers ronflements de son compagnon mettaient ses nerfs à rude épreuve. Finalement, elle se leva pour soulager sa vessie.

Elle bailla à s'en décrocher la mâchoire et soupira comme une condamnée.

— Je n'aurais jamais dû boire autant avant de me coucher ! se plaignit-elle.

Ludivina essaya vainement d'arrêter d'uriner. Peine perdue. Jusqu'à ce qu'elle ne comprenne.

— Oh merde… pas maintenant ! Ivan !

Ivan entrouvrit un œil et le referma. Il se tourna sur le dos et ramena la couverture sur lui. Il entendait quelqu'un l'appeler, mais il était tellement fatigué qu'il crut un instant avoir rêvé.

— Ivan ! cria plus fort Ludivina.

Son compagnon se redressa d'un bond. Sa main tâta le matelas sur sa gauche.

— Ludivina ?

La lumière des toilettes attira son attention. Il se leva et entrouvrit légèrement le rideau pour découvrir le visage inquiet de sa bien-aimée.

— Je crois que je perds les eaux, annonça-t-elle, peu rassurée.

Soufflé par la nouvelle, Ivan demeura immobile un long moment, les yeux fixes, mille pensées tourbillonnant dans sa tête.

— Ivan !

La voix de Ludivina le sortit rapidement de sa léthargie.

— Au lieu de rester planté là, va chercher de l'aide !

— Ou… Oui ! bégaya-t-il.

※

Quelques instants plus tard, un des médecins du camp essaya vainement d'examiner une Ludivina nerveuse et au bord de l'implosion.

— Calme-toi, Ludi, tempéra Stéphanie, qui avait rejoint le couple, alertée par les cris de sa meilleure amie.

— Me calmer ? explosa-t-elle. J'espère que tu plaisantes !

Ivan s'approcha d'elle avec tendresse. Elle le repoussa au début avant de poser son front contre son torse.

— J'ai mal, gémit-elle. Les contractions sont horribles !

— Respire doucement, tout doucement, apaisa-t-il. Cela va bien se passer, mon amour. Tout va bien se passer. Laisse le médecin t'examiner. Ce ne sera pas long, d'accord ?

Ludivina hocha faiblement la tête. Alors, elle s'allongea et laissa le patricien regarder son col. Il grimaça.

— Docteur ? demanda Ivan, aussi impatient que sa compagne.

— Le bébé, selon mes premières estimations, se présente bien. C'est une excellente chose. Le travail cependant est loin d'être encore terminé. La dilatation de votre col n'en est qu'à deux doigts. Ce qui est relativement peu.

— Avez-vous au moins quelque chose pour me soulager ? supplia Ludivina. Une péridurale, par exemple.

Le médecin sourit, puis secoua la tête.

— Elle vous aurait été faite de l'autre côté de la Frontière Interdite. Hélas, ici, on privilégie les produits de première nécessité !

— Comment ça, une péridurale n'est pas un produit de première nécessité ? cria Ludivina, avant qu'une contraction ne vienne couper court à sa colère.

Elle se leva du lit, aidée par son compagnon. La jeune mère reprit ses rondes infernales. De droite à gauche, et de gauche à droite. Elle s'appuyait sur tout ce qu'elle pouvait avec l'espoir d'atténuer au mieux sa douleur. Rien n'y faisait.

— J'ai mal, se plaignit-elle. Tout ça, c'est de ta faute, Ivan !

Ivan laissa son visage retomber dans la paume de sa main et dissimula tant bien que mal son sourire.

※

Un bâton entre les dents, la sueur perlait sur les tempes de Ludivina. Ivan n'avait de cesse de la soutenir et de la rassurer pendant que Stéphanie et les autres les attendaient à l'extérieur.

— Je suis avec toi, ma belle, murmura-t-il. Serre-moi la main.

— J'en peux plus, Ivan. Quand est-ce qu'il sort ?

Ces mots se muèrent en un long gémissement.

— Vous avez fait le plus dur, assura le médecin. Le bébé arrive. Vous allez l'aider à sortir. Quand je vous le dirai, vous allez pousser, d'accord ?

Elle hocha frénétiquement la tête.

— Allez-y, poussez !

Ludivina contracta ses muscles et retint sa respiration. Ses ongles s'enfoncèrent dans la peau d'Ivan qui essaya autant que possible de rester stoïque. La seule preuve de sa propre douleur fut une larme qui traça un sillon humide le long de sa joue.

— Poussez encore ! Vous y êtes presque !

Ludivina réunit ses dernières forces et poussa une dernière fois. Son enfant glissa dans les mains du médecin. Ses pleurs traduisirent une profonde colère, celle d'avoir été extirpé de son cocon rassurant et de ressentir un froid soudain. Il continua à la manifester par de petits cris une fois contre sa mère.

— Félicitations ! congratula le praticien. Dites-moi ! C'est un garçon ou une petite fille ?

Surprise, Ludivina se pressa de regarder le sexe de son bébé. Son émotion était palpable.

— Léo… C'est un petit garçon !

La jeune maman accueillit son enfant par un baiser sur le haut de son crâne chevelu. Ivan essuya maladroitement ses yeux humides. Il n'arrivait pas à croire qu'une toute petite partie de lui se réchauffait à présent contre la poitrine de sa compagne.

— Je suis papa, articula-t-il avec difficulté. Ludivina… il est magnifique !

— Oui, il l'est, renchérit-elle. Il est beau, notre Léo !

※

Lorsque la porte s'ouvrit, chacun se leva avec la même interrogation sur les lèvres. Le médecin se pressa de rassurer les amis du couple.

— C'est un beau garçon et la maman va très bien.

Comme une lumière que l'on aurait éteinte, les sourires illuminèrent les visages inquiets, surtout lorsque le père apparut en se frottant vigoureusement la paume.

— Je confirme, Ludivina se porte bien et notre Léo aussi. Il est en pleine forme ! Je n'en dirai pas autant de ma main !

Après un éclat de rire, les félicitations plurent et ils purent entrer dans le baraquement. Ludivina les accueillit avec chaleur, la fatigue redessinant ses traits. Léo dormait à présent contre elle, emmailloté dans un linge.

— Salut, lança-t-elle d'une voix faible.

Sullivan embrassa la jeune mère et caressa la joue ronde de Léo avant de s'éclipser. Arakin et Ombre se tinrent à l'écart, seule Stéphanie accepta volontiers de prendre l'enfant dans ses bras.

Ludivina fit signe à Ombre d'approcher.

— Tu veux le tenir ? demanda-t-elle.

Interdit, Ombre la fixa. Avait-il bien entendu ? Il bredouilla une réponse, du reste, il essaya. Stéphanie s'approcha de lui. Tout doucement, elle glissa Léo dans ses bras musculeux. Le cobaye resta là, immobile, à observer cette petite chose qui dormait paisiblement contre lui. Il n'y connaissait rien à ce sujet-là. Les enfants étaient une grande inconnue pour lui.

Arakin camoufla autant que possible son hilarité, sans le moindre succès ! L'image avait de quoi être comique. Jamais il n'aurait osé imaginer une telle scène. Ombre, ancien homme de main impitoyable de l'empereur, était effrayé par un bébé ! Et le portrait était ironiquement empli de douceur. Le cobaye se pressa de le remettre à sa mère.

Cet enfant lui faisait peur. L'idée de lui faire du mal le tétanisait.

— Ombre, commença Ludivina, on voulait savoir avec Ivan si tu accepterais d'être son parrain ?

— Comment ça ?

— S'il devait nous arriver quelque chose, tu aurais le devoir de veiller sur lui.

Ombre écarquilla les yeux. Il passa du père à la mère. Le cobaye se tut, ne sachant que répondre. Il ne pensait pas que le couple lui accorderait une telle confiance. C'était absolument irréaliste ! Ombre en fut extrêmement touché, plus qu'il ne voulut l'avouer.

— J'accepte, finit-il par concéder. Mais ne vous attendez pas à…

Les rires résonnèrent soudain dans le baraquement. Ombre se gratta la tête d'embarras.

✳✳✳✳✳

Des gémissements réveillèrent peu à peu son âme divine. Nombreuses avaient été les femmes à mettre leur enfant au monde sans qu'elle ne les entende.

Celle-ci, cependant, était unique. Elle était entrée dans le temple du gantelet pour récupérer la main de son fils Huitzilopochtli. Elle avait défié les dieux avec ses compagnons et en était sortie victorieuse.

Ses cris de douleurs parvinrent finalement à la tirer de son sommeil profond. Ses yeux s'ouvrirent doucement et balayèrent l'espace. Elle devina, en sondant l'esprit de cette future mère, que son destin avait été scellé comme celui de son compagnon.

Elle devina également que Huitzilopochtli allait avoir besoin d'elle très bientôt. Les émanations malfaisantes de ses enfants et surtout de sa fille mettaient en péril le fragile équilibre instauré par le dieu de la guerre.

Un autre hurlement la réveilla complètement.

Alors, elle se leva de sa stèle recouverte de plumes blanches. Lorsque la femme ôta sa jupe, les serpents qui la composaient sifflèrent de protestation. Elle s'approcha d'une cascade et y rafraîchit son corps endormi depuis des milliers de siècles. Elle ferma ses paupières sur ses prunelles noires et ses mains caressèrent sa poitrine tombante.

Enfin, elle se rhabilla et sortit du temple qui avait longtemps protégé son enveloppe.

Un léger vent souleva les feuilles qui souillaient l'entrée des lieux. Alors elle en balaya le seuil pour patienter. La délivrance était pour bientôt.

Le ciel se découvrit pour lui offrir un magnifique bleu vif. Elle sourit jusqu'à ce qu'une violente décharge ne traverse son corps. Le cri de l'enfant résonna dans ses oreilles percées. Il était né et cette naissance lui avait redonné toute sa puissance. Une certaine allégresse s'empara d'elle. Elle se sentait plus vivante que jamais, prête à venir en aide aux champions de son fils.

La femme concentra ses pouvoirs et localisa une âme en détresse. Elle avait également besoin de sa protection. Cette messagère de Huitzilopochtli allait être sacrifiée par ses enfants pour atteindre la volonté d'un puissant guerrier.

La déesse de la fertilité et de la terre devait agir avant qu'il ne soit trop tard.

4

Le Xiuhcoatl

Ivan bourra sa pipe de tabac frais, puis craqua une allumette. Il aspira la fumée par bouffées et la recracha en une volute opaque qui embauma son baraquement d'une légère odeur d'orange.

Il réajusta ses lunettes avant d'entamer la lecture d'un recueil de légendes aztèques. L'une d'elles attira particulièrement son attention. Il connaissait le mythe de Huitzilopochtli sur le bout des doigts, mais il le redécouvrait toujours avec un immense plaisir.

Chaque historien avait une manière bien à lui de la raconter. Le fil rouge était le même, sauf les hypothèses qui divergeaient selon chacun.

Ivan prenait des notes sans grande conviction. Il soupira. À quoi bon ! Ils avaient le gantelet et les pièces. Plus rien d'autre ne leur serait utile.

L'archéologue réfléchit quelques instants. Le gantelet ? Les pièces de cuivre ? L'apparition du dieu de la guerre… Pourquoi Ombre et Arakin n'utilisaient-ils donc pas ces artefacts pour combattre Fully, après tout ? Au moins la paix serait très vite rétablie. Plus de dictature, plus de dictateur… Et chacun pourrait retrouver une vie normale.

— Voilà que je pense à cette solution de facilité. Honte à moi !

En effet, elle avait été lancée par Arakin avec le plus grand sérieux à son arrivée dans le clan et elle avait été approuvée par la majorité des rebelles. Ivan avait mis un terme à tout cela pour de nombreuses raisons. La première résidait dans l'idée que le dieu ne verrait pas d'un bon œil l'appel de ses fidèles pour destituer un tyran. C'était à eux de mener le combat, pas à lui. Lorsque les tribus Poztolek et Akuitela étaient en guerre, un membre de chaque clan avait uni leurs forces pour mettre fin au conflit. Chose qui était loin d'être le cas à l'heure actuelle. L'autre raison, celle qui avait fini de tous les convaincre, fut la notion de sacrifice. Ce sacrifice, la dernière fois, était passé par Déborah. Par sa mort, elle avait offert son âme au dieu de la guerre. Voilà pourquoi il avait répondu favorablement à leur appel.

— Sinon cela aurait été trop facile, chuchota Ivan.

— Trop facile ? Trop facile par rapport à quoi ? interrogea Ludivina.

Son compagnon se tourna vers elle.

— Rien, lâcha-t-il, dépité.

— Encore en train d'étudier ?

— Oui ! Encore et toujours…

Ludivina attrapa son livre et grimaça à la vue des i.

— Le mythe de la naissance du Huitzilopochtli, lut-elle néanmoins. Je ne savais pas que les dieux pouvaient naître.

— Dans certaines mythologies, pas toutes !

Ivan invita sa compagne à s'asseoir sur ses genoux.

— Et donc que disent-elles sur ce dieu ? demanda finalement Ludivina.

— Tu m'écouterais sans m'interrompre ? lança-t-il, taquin. Vraiment ?

— Tu en meurs d'envie !

Jamais Ludivina n'avouerait à quiconque qu'elle aimât entendre son compagnon lui conter toutes ces histoires. Surtout lorsqu'elle était seule avec lui. C'était, pour elle, un moment privilégié.

Avec un immense sourire, Ivan remit correctement ses lunettes sur le nez.

— La légende raconte que sur une montagne appelée Coatepec, la montagne du serpent, vivait une femme pieuse, Coatlicue, mère de Coyolxauhqui, la déesse de la lune et dont le nom signifie « celle au visage paré de grelots », et des Centzon Huitznahua.

— Les quoi ? fronça Ludivina.

— Les Quatre Cents méridionaux ou les quatre cents étoiles si tu préfères !

— Mouais…

Sa moue dubitative fit rire Ivan.

— Vu comme c'est parti, et qu'un monstrueux mal de crâne commence à poindre, peux-tu me la faire courte et simple ? Je la sens pas, cette histoire…

— Eh bien… comment faire court et simple ? réfléchit-il en se grattant la tête. Ce n'est pas facile, d'autant que cette légende comporte un certain nombre d'éléments et d'acteurs, notamment Cuahuitlicac ou encore Tochancalqui. Maintenant, si tu y tiens… En gros, Coatlicue est tombée enceinte à cause d'une boule de plumes. Sa fille y a vu une offense et elle a donc décidé avec ses frères de la tuer.

— Sympa ! Et moi qui me plaignais de l'ambiance à la maison ! lâcha platement Ludivina. Elle a l'air charmante, la fille !

— L'enfant en question n'était autre que Huitzilopochtli en personne. Il sortit de son ventre armé du Xiuhcoatl et terrassa d'abord ses frères avant de découper sa sœur et de jeter ses restes du haut de la montagne du serpent.

— Le frangin qui écartèle sa sœur. On dirait un mauvais scénario de film d'horreur, conclut Ludivina, qui parut tout à coup très songeuse.

Elle ne fit pas attention à la remarque de son compagnon et se frotta le menton.

Lorsque son enfant l'appela par de petits cris plaintifs, elle le prit dans ses bras. C'était l'heure de la tétée. Elle s'installa confortablement dans un fauteuil et lui présenta son sein.

Ivan sourit. Il ne se lassait jamais de cette image : celle de son fils et de sa compagne dans cette bulle qui n'appartenait qu'à eux. Il chevaucha sa chaise et posa les coudes sur le dossier, puis sa tête, un air satisfait sur le visage.

— Au fait, pourquoi étais-tu songeuse, tout de suite ? s'enquit-il. Je ne pensais pas que ma petite histoire te ferait autant réfléchir !

— Non, ce n'est pas ça, fronça Ludivina. Dans ce que tu m'as raconté, Huitzilo… enfin, tu vois de qui je parle, est né armé, c'est ça ?

— C'est exact, confirma Ivan.

— Dans ce cas, pourquoi lorsque le dieu est venu au moment où Arakin et Ombre ont fusionné, il ne portait aucune arme ?

Son compagnon allait répondre et se ravisa. Ludivina avait raison. Il se remémora l'apparition du Huitzilopochtli. En effet, la divinité avait fait irruption sans le Xiuhcoatl. Pourquoi ?

— Bonne question ! concéda Ivan, tout à coup très sérieux. Je ne vois pas quelle pourrait être la raison de sa…

— Tu crois qu'il l'aurait perdu ou laissé dans un temple ?

— Non. Les gravures le montrent toujours avec son arme.

Ludivina lui sourit et retourna à son fils. Ivan posa les yeux sur Léo. Le jeune homme avait un nouveau mystère à résoudre. Et cela lui plaisait autant que l'image que lui offrait Ludivina et son petit garçon.

Et si, finalement, un autre objet devait être trouvé ?

5

Une famille

Stéphanie quitta son baraquement tôt ce matin-là.

La destruction de l'artère commerçante principale avait été une aubaine pour les rebelles. Sous le commandement de Cécile, un groupe avait été envoyé pour fouiller les ruines. La récolte avait été bonne, permettant la conception et la fabrication d'un nombre conséquent de robots, sans oublier quelques pièces détachées pour les machines existantes et des produits de première nécessité.

Stéphanie marcha jusqu'à un atelier qu'elle partageait avec d'autres. En chemin, elle réfléchissait. Arakin avait encore frappé en glissant deux fausses araignées dans son lit durant la nuit. Le réveil fut brutal et la jeune femme était bien décidée à se venger de nouveau.

— Tu vas me le payer, Arakin, rumina-t-elle, après un long bâillement.

Des éclats de voix retentirent. Stéphanie fronça les sourcils. Elle connaissait ce timbre.

— Mais puisque je vous dis qu'on est pas des espions, bordel ! Vous avez vu ma mère ?

— Justement, elle présente un risque de contamination ! Nous allons vous reconduire.

Stéphanie hoqueta en apercevant les individus.

— Que se passe-t-il ? s'enquit Ombre.

Elle se retourna vers le cobaye.

— Pars immédiatement prévenir Ludivina, Ombre.

— Qui sont ces gens ?

— Sa mère et son frère.

Sans attendre, il s'en fut quérir son amie.

※

Assise à son atelier, son fils non loin d'elle, Ludivina assemblait les composants d'un circuit électronique sur une musique punk.

— Poursuivre les loups dans la rue, alors qu'il les a créés… chantonna-t-elle.

Ludivina attrapa une bobine d'étain et en tira un long fil qu'elle coupa avec une pince. Fer à souder en main, le métal fondit en petite masse sur les pattes d'une diode.

Avec la précédente récolte, la jeune mère allait avoir du travail pendant un moment. Bien qu'elle ne soit pas la seule dans ce cas − nombreux étaient ceux qui s'occupaient de cette tâche − celle que lui avait confiée Sullivan relevait presque du secret d'État. Ludivina était encore surprise de la confiance que lui accordait le chef rebelle. Mais n'avait-elle pas par le passé prouvé sa loyauté et son engagement ? Parfois même au péril de sa propre vie ?

Elle soupira et haussa les épaules. Peu importait, finalement !

— Ludivina ? toqua Ombre.

— Ombre ? s'étonna-t-elle. Qu'est-ce que je peux faire pour toi ?

— Il faut que tu viennes tout de suite. Stéphanie t'attend.

— Pourquoi ?

— Il vaut mieux que tu ailles voir par toi-même. Je m'occupe de ton fils.

Elle le remercia d'un hochement de tête et rejoignit sa meilleure amie. Elle la retrouva au détour d'une rue en compagnie d'autres rebelles. La discussion battait son plein. On parlait contamination et maladie. La panique se lisait sur quelques visages. Sullivan était également présent.

— Stéphanie ! héla-t-elle. Qu'est-ce qui se passe ?

— Ton frère et ta mère, déglutit avec peine Stéphanie, ils sont ici.

Ludivina se décomposa. Son frère et sa mère… dans le camp de Sullivan ? Si le mur n'avait pas été là pour la retenir, nul doute qu'elle se serait effondrée.

Entre incertitude, joie et peur, cette dernière dominait.

— Visiblement, ta mère est… hésita Stéphanie. Enfin… la maladie semble avoir gagné du terrain. Et c'est pour cette raison que tout le monde panique.

— Où sont-ils ?

— J'ai demandé à ce qu'on les mette en quarantaine. Par prévention.

Perdue, Ludivina fixa le sol avant quitter son amie.

Elle se précipita vers la zone où elle fut accueillie par une infirmière et son compagnon.

— Je veux voir ma mère, exigea-t-elle.

Ivan acquiesça et la mena vers deux cellules hermétiques fabriquées avec des bâches et du grillage. L'accès se faisait via un sas de décontamination et une vitre permettait surveillance et communication avec le malade. Ludivina se précipita vers celle de sa mère. Elle hoqueta d'horreur.

Des pustules mouchetées infestaient son visage boursouflé. On devinait, à la racine de ses cheveux, que des plaques blanches recouvertes de peaux mortes parsemaient son crâne tout comme ses mains.

Ludivina attrapa le premier contenant pour vomir. Elle était méconnaissable.

Soutenue par Ivan, elle se tourna à nouveau vers elle, ses traits déformés par la culpabilité.

— Pardon, maman… bredouilla-t-elle. Je suis tellement désolée. Si tu savais. J'n'aurais pas dû partir… J'aurais dû venir vous chercher, toi et Jimmy, mais… je…

La malade se rapprocha et posa une main sur la paroi avec un sourire faible.

— Ma petite chérie… Je suis heureuse de te revoir, moi qui pensais que l'empereur te détenait dans ses geôles.

— Que s'est-il passé ? Comment est-ce que vous vous êtes retrouvés de l'autre côté de la Frontière Interdite ?

— C'est à nous que tu demandes ça ? T'as la réponse, j'te signale !

Un grand gaillard s'approcha de la vitre. Réplique masculine de Ludivina, Jimmy la fusilla du regard. Sa sœur baissa la tête, sachant pertinemment la raison de cette violence verbale. Son frère n'avait pas accepté son départ, motivé par son appartenance à la rébellion et par le secret de Déborah. Ludivina en avait conscience, elle avait agi égoïstement. Sa présence à Crazevilla et ses études permettaient d'offrir un avenir à sa famille. Ce constat, auquel elle avait essayé de mettre autant que possible de distance et de pragmatisme, lui était revenu comme une gifle en pleine figure à la mine sombre de son frère.

— C'est facile d'avoir des remords, cracha-t-il. Maintenant, je te laisse deviner !

— Jimmy…

— Nan, mais attends, maman ! s'énerva-t-il. Elle se barre et après, elle regrette parce qu'elle nous a foutu dans la merde ?

— Je ne l'ai jamais voulu, se défendit Ludivina à mi-voix.

Ivan se pencha à l'oreille de sa compagne.

— Je dois te parler en privé.

Il l'accompagna à l'extérieur tout en la soutenant. Ludivina n'était plus qu'une poupée de chiffon. Il l'assit sur la bordure d'une fenêtre et, la sentant sur le point de craquer, le scientifique l'étreignit avec force. La jeune femme explosa. Même la vue de son fils dans les bras de son parrain ne lui apporta aucun réconfort.

— Comment j'ai pu faire ça ?

— Tu ne pouvais pas savoir, assura Stéphanie, dont les pensées partirent vers son père. Vraiment.

— Qu'ont-ils, Ivan ? s'enquit Ombre.

Ivan soupira. Il se détacha de sa compagne et lui releva le menton avec douceur.

— Je les ai examinés tous les deux. Ton frère est en excellente santé. Sur le plan physique, j'entends. Il va pouvoir sortir de quarantaine.

— Et maman ? Elle va mourir ?

Il secoua la tête, incertain.

— Pour ce qui est de ta mère… C'est assez compliqué. Visiblement, elle est atteinte d'une forme de psoriasis que je n'ai encore jamais vue. Il semble que ce soit une mutation du virus de la variole, accompagné de quelques paralysies musculaires, des premières observations que j'ai pu faire.

— Maman était soignée par des médecins spécialisés pour soulager ses démangeaisons. On m'avait même dit qu'elle était en voie de guérison. Comment cela peut être possible ?

Ivan grimaça. La mère de Ludivina avait dû contracter cette mutation dans le quartier pauvre. Ceux qui y étaient nés connaissaient les zones infestées. Ces zones où l'on balançait sans aucune pitié les malades pour éviter de contaminer les autres, faute de soins adéquats.

— Je vais me pencher sur sa maladie, affirma Ivan. Je ne peux malheureusement rien te promettre, mon amour. Juste faire ce que je peux. Et si aucune guérison n'est possible, atténuer au mieux sa douleur. En attendant, Jimmy peut sortir. Il ne présente aucun risque.

Ludivina opina du chef et se releva péniblement. Elle avisa un rebelle et lui ordonna de libérer son frère.

— Je pense que nous devons parler, lui et moi, et remettre les choses au clair. Stéphanie, je sais que tu as beaucoup de travail, mais est-ce que je peux te confier Léo ?

— Bien sûr, lui sourit son amie, qui reprit le bébé des bras d'Ombre.

Jimmy sortit en trombe de la zone de quarantaine. Il passa devant sa sœur sans même la regarder.

— Jimmy, attends ! retint Ludivina. S'il te plaît, j'aimerais qu'on parle.

Son frère se retourna brusquement et l'attrapa pas le col de son tee-shirt pour ensuite la plaquer brutalement contre le mur. Ombre et Ivan allaient intervenir. Ludivina leur fit signe de rester en retrait.

— Qu'on parle ? Qu'on parle de quoi, putain ? cracha-t-il en postillonnant. Tu nous as abandonnés aux hordes de Fully ! Ses hommes nous ont tout pris. Même les souvenirs de papa.

Il la jeta à terre et recula un peu, dominant sa sœur de toute sa hauteur, les poings serrés.

— Nous sommes passés devant le tribunal des finances. Tu sais ce que cela fait, d'être traité de parjure ? D'être viré de chez toi, puis balancé dans le quartier pauvre pour errer comme un misérable ?

— Jimmy, je t'en prie, je…

Son frère lui assena un coup de pied dans le ventre. Ludivina se plia en deux.

— Ce que cela fait d'être poursuivi comme un animal ? De voir un à un à ses amis se retourner contre toi ? Réponds !

Alors qu'il allait à nouveau la frapper, un coup de poing déforma ses traits.

— Ombre ! ordonna Ivan.

Le cobaye n'avait pas attendu, la jeune femme déjà dans ses bras. Léo se mit à pleurer à chaudes larmes.

Ivan l'ignora, concentré sur Jimmy. Jamais au clan, on n'avait vu l'archéologue dans un tel état de rage.

— Sais-tu seulement ce que ta sœur a vécu avant de la juger ? gronda-t-il. Connais-tu simplement les sacrifices qu'elle a faits pour vous éviter le pire ? Ne t'es-tu jamais demandé ce qu'il serait advenu si Fully vous avait soupçonnés ?

Le jeune homme n'offrit qu'un regard dédaigneux à Ivan.

— Nous ne serions pas là pour en discuter, continua-t-il plus calmement. Ludivina ne vous a pas quittés de gaieté de cœur. Elle l'a fait pour vous éviter le pire. Et crois-moi que le tribunal des finances fait pâle figure à côté de ce qui vous aurait attendu avec une arrestation en règle. Ne blâme pas ta sœur de vous avoir protégés.

— Elle s'est surtout protégée, elle. Et personne d'autre !

Jimmy se releva et s'en fut en courant sans un regard en arrière.

✕✕✕✕✕

Ludivina se reposa le matin. Sa consolation fut son fils qui dormait, d'adorables mimiques sur son visage poupin. Stéphanie était restée avec elle. Sullivan l'avait remplacée à l'atelier. Ivan s'occupait de découvrir un remède à sa mère. Cependant, avec les moyens limités du clan, elle doutait que son compagnon puisse seulement trouver de quoi la soulager.

Ludivina se décida à rejoindre la zone de quarantaine. Elle devait savoir. Savoir ce qu'ils avaient enduré durant ses années d'absence. Elle voulait comprendre la rancœur de son frère.

La jeune femme retrouva sa mère dans sa cellule. Blouse, gants, masque et lunettes de protection sur le nez, Ivan faisait des prélèvements. Elle détourna la tête lorsqu'il sortit une seringue pour piquer une pustule. Son compagnon passa par le sas de décontamination et rejoignit le laboratoire attenant à la zone de quarantaine, après un dernier sourire.

Ludivina s'approcha de la vitre et s'assit sur la chaise qui avait spécialement été mise en place.

— Je sais que tu m'en veux, maman, commença-t-elle. Et tu en as tous les droits. Seulement…

— C'est étrange, mais… non, ma fille, je ne t'en ai jamais voulu, coupa sa mère. Parce que je savais au fond de moi que ton départ en signifiait un nouveau.

— Je n'ai rien fait pour vous aider une fois ici, se reprocha Ludivina. J'aurais dû au moins essayer !

— Cet Ivan, c'est ton compagnon. Je me trompe ?

Sa fille sourit et remit maladroitement une mèche de cheveux derrière son oreille.

— Oui, c'est le père de mon fils, Léo. T'es grand-mère ! annonça-t-elle. Il… il va tout faire pour te guérir.

— Je n'en doute pas une seule seconde, confirma-t-elle. Et j'ai hâte de voir mon petit-fils !

Un ange passa. Ludivina prit son courage à deux mains. Elle devait savoir.

— Maman, que s'est-il passé de l'autre côté de la Frontière Interdite ? Les médecins disaient que tu étais sur la voie de la guérison et maintenant, regarde-toi.

Sa mère hésita un long moment avant de répondre.

— Lorsque les hommes de Fully nous ont envoyés dans le quartier pauvre, ton frère et moi, nous nous sommes débrouillés pour trouver de quoi manger, nous loger et nous vêtir aussi. Jimmy a été d'un immense courage. Grâce à lui, on a réussi à survivre. Oui, il a tout fait pour que nous nous en sortions.

— Ils t'ont jetée dans une zone infestée, j'imagine.

Sa mère ne répondit pas.

Ivan avait vu juste. Elle se tut concernant la durée de son séjour macabre. Ludivina devinait cependant qu'elle y était restée assez longtemps pour que son problème épidermique s'aggrave.

Son silence soudain avertit sa fille qu'elle ne saurait rien de plus. Comment lui en vouloir alors qu'elle avait elle-même côtoyé les bas-fonds du quartier pauvre ? Les faibles mouraient, les forts essayaient de survivre. Telle était la loi de cette jungle urbaine. Pour une personne aussi chaleureuse, cet endroit s'apparentait à l'enfer.

La rebelle ne demanda pas plus de détails. Peut-être allait-elle en découvrir davantage si son frère acceptait de lui parler, ce qui, à l'heure actuelle, était impossible. Jimmy avait tellement accumulé de rancœur à l'égard de sa sœur qu'il n'était pas près de lui adresser la parole avant un moment.

Ludivina assura une nouvelle fois à sa mère qu'Ivan ferait tout ce qui était en son pouvoir pour l'aider, puis quitta la zone.

✖✖✖✖✖

Jimmy avait trouvé refuge dans un parc aménagé. En se baladant, il s'était rendu compte que le sanctuaire de la rébellion, loin des clichés militaires qui lui étaient donnés, ressemblait à une petite ville avec ses infrastructures et ses bâtiments publics. Bien sûr, les lieux n'atteignaient pas l'aspect lisse et grandiose de ce qu'il avait connu. Même si cela avait son charme. L'écoulement de l'eau d'une fontaine calma un peu ses nerfs à vif.

Jimmy en voulait tellement à sa sœur ! Comment avait-elle pu les abandonner ? Il se souvenait encore de ce mot laissé sur son lit et de la peine de sa mère. Ensuite, tout s'était enchaîné. L'accumulation des dettes, puis le tribunal des finances et le quartier pauvre…

— Je te hais, Ludivina. Comment as-tu pu nous laisser moisir là-dedans ?

Jimmy voûta les épaules. Il avait travaillé dur pour obtenir ce précieux sésame : une entrée dans le clan rebelle pour mettre sa mère à l'abri. À quel prix ? Il en tremblait encore. Instinctivement, il frotta sa mâchoire. Une pensée, un haut-le-cœur et il vomit.

Des larmes dévalèrent ses joues. Il les essuya rageusement sans pour autant pouvoir les arrêter complètement.

Un coup à l'épaule, puis un autre qui lui fit presque perdre l'équilibre.

Jimmy se retourna, prêt à protester. Le responsable de cette bousculade le laissa sans voix.

Huitzi l'observait, les oreilles droites. Il tendit l'encolure et renifla son vis-à-vis avec une grande curiosité. Un léger hennissement et il s'approcha un peu plus. Les poches de Jimmy devaient sûrement receler des friandises !

Le jeune homme sourit.

— Je n'ai rien dans les poches, mon gros. Pas de carotte ou de pomme.

Huitzi colla sa tête à la sienne en ronronnant. La mine sombre, le jeune homme caressa sa joue.

— En fait, quand on y pense, je n'ai plus rien, confia-t-il. On m'a tout pris.

Jimmy eut un rire sans joie.

— Oui, tout…

— Je ne suis pas d'accord. Il te reste ta mère et Ludivina.

Ombre apparut à côté de son cheval qui recherchant immédiatement son affection. Le frère de son amie tourna la tête, les joues rosies d'avoir été surpris dans une telle confidence. Il passa de la gêne à la colère.

— En gros, tu m'envoies ton canasson pour mieux m'espionner, c'est ça ?

Ombre le contourna pour se poser à sa gauche. Huitzi tendit à nouveau l'encolure vers son cavalier qui lui gratta l'arrière des oreilles sous ses grognements de plaisir.

— Non. J'ai lu dans une vieille revue qu'il était plus simple de se confier à un animal et plus particulièrement aux chevaux, expliqua-t-il, alors que Huitzi collait totalement sa tête contre lui. Ils sont muets et francs. Ils écoutent sans vraiment écouter et apportent un certain réconfort. On les utilisait dans une discipline appelée équithérapie. Certains maux et troubles mentaux étaient guéris grâce à leur simple présence.

— En gros, pour toi, je suis un malade mental.

Ombre éclata de rire. Dans un moment de folie, son cheval partit galoper plus loin en faisant des sauts-de-mouton.

— Les malades mentaux ne sont pas forcément ceux auxquels on pense, reprit plus sérieusement Ombre. Je parle en connaissance de cause. J'en ai côtoyé par le passé. Des gens à qui nous donnerions notre confiance sans la moindre prudence. Lorsque tu as enfin compris comment les distinguer, tu embrasses volontiers la solitude. Tu as la chance d'avoir une famille, Jimmy. Sache également qu'Ivan est sans doute le seul à pouvoir guérir ta mère. Sa tutrice – il me semble d'ailleurs que tu la connais – a été une excellente professeure. Et tu as ta sœur.

— Une sœur qui nous a lâchement abandonnés, cracha Jimmy. Tout ça pour rejoindre je ne sais quel combat illusoire. C'est juste une putain d'égoïste qui n'a pensé qu'à sa gueule.

Une partie du muret tomba à ses pieds. L'acide rongea la matière un court instant en laissant échapper quelques volutes de fumée. Le jeune homme déglutit avec peine.

— Un jour, Fully m'a demandé d'aller arrêter un aristocrate et sa famille soupçonnée de rébellion, débuta Ombre, les yeux dans le vague. Sa récente faillite n'avait fait qu'empirer sa situation. Les gardes de Fully lui ont tout pris jusqu'au moindre de ses vêtements et jusqu'à sa propre dignité. Sa femme et ses trois enfants n'ont pas été épargnés par la sentence. Ils ont subi la même humiliation. Nous les avons traînés au tribunal des finances, nus comme des vers par une température extérieure qui ne devait pas excéder les moins quinze degrés. Du reste, si ma mémoire est bonne… ils ont été jugés coupables de rébellion et de « profiteurs du système de sa noble majesté Fully ». Monsieur a été condamné à mort,

Madame a été confiée à une sorte de centre de rétention pour le plaisir des prisonniers après avoir été excisée à vif. Igrène l'avait soupçonnée d'avoir voulu séduire son parfait époux. Quant aux enfants, le juge a été magnanime. Ils ont été relâchés de l'autre côté de la Frontière Interdite comme on relâcherait un petit oiseau. Tu te doutes qu'ils n'ont pas survécu…

Ombre poussa un soupir las comme si raconter cette histoire était une corvée.

— Nous avons appris plus tard, pour l'anecdote, que cet homme et sa famille vénéraient Fully et que son arrestation n'était due qu'à la jalousie d'une femme, amie d'Igrène. Aucun signe de rébellion et sa faillite avait été inventée de toute pièce par l'un de ses concurrents. Et je puis t'assurer que le juge s'est montré clément. L'acte de rébellion est sanctionné par la torture à mort dans les laboratoires de Fully. Ou pire. L'empereur a même un jour exigé que j'utilise mon acide pour faire entièrement fondre un adolescent, en guise d'exemple. Jamais je n'aurais pensé qu'une telle exécution serait aussi lente.

Un lourd silence s'abattit. Le frère de Ludivina digéra comme il put ses informations.

— C'est quoi, ton message ? s'exaspéra malgré tout Jimmy.

— Que ta sœur vous a évité le pire, dit Ombre en le regardant droit dans les yeux. Sache que j'ai encore en mémoire les cris d'agonie de cet enfant. Ses supplices… Son acte de rébellion ? Coller une affiche sur un mur. La première et la dernière. En partant, Ludivina vous a protégés.

— Pour vivre bien sagement dans ce complexe pendant qu'on pourrissait dans le quartier pauvre.

— Il y a deux ans, Ludivina a été envoyée à Crazevilla pour espionner les faits et gestes de l'un des généraux de mains de Fully. Elle a été sous couverture pendant trois jours. Une chose que nous ignorions à ce moment-là : l'homme en question adorait les séances de torture, plus particulièrement lorsque ces actes étaient commis par d'autres sous ses ordres. Ta sœur n'a pas fait exception à la règle.

Jimmy déglutit avec peine. Il imaginait mal Ludivina s'en prendre à qui que ce soit. Ce n'était pas dans sa nature.

— Nous sommes tous sur le qui-vive, continua Ombre en observant son cheval s'ébrouer. Chaque mission peut être la dernière. Soit nous rentrons sains et saufs à la base, soit nous mourrons… avec un peu de chance !

Le cobaye se releva et épousseta son pantalon.

— Sache que je respecte énormément ta sœur. Elle est sans doute, avec Stéphanie, la femme la plus courageuse que je connaisse. Elle a également été ma lumière lorsque j'ai perdu Déborah, ma créatrice et ma bien-aimée. Elle m'a aidé à remonter la pente. Sans elle, que serais-je devenu ? Elle a apporté à ma vie cette sérénité qui me manquait tant.

Il se tourna vers Jimmy.

— Je l'aime, avoua-t-il. Même si, au fond de moi, je sais cet amour impossible.

Ombre se baissa à la hauteur de Jimmy, mal à l'aise, et posa sa main gauche sur son épaule, l'autre dans sa poche. Un frisson parcourut l'échine du jeune homme.

— Si jamais j'apprends d'une manière ou d'une autre que tu lui as fait du mal, commença-t-il en le regardant droit dans les yeux, je me chargerai personnellement de ton cas. Peu importe ce que dira Ludivina.

Sans plus de cérémonie, il repartit comme il était venu, laissant Jimmy à ses réflexions.

※

Jimmy médita longuement sur la conversation qu'il avait eue avec Ombre. Il ne savait plus que penser, que croire, lui qui avait eu tant de certitudes.

À moins qu'il ne se refuse à l'évidence. Cette évidence qu'il aurait aimé bâillonner de toutes ses forces.

Ludivina avait eu cette audace qui lui avait fait défaut. Car Jimmy avait aussi œuvré pour la rébellion par quelques actions sans réelles conséquences. Sa sœur avait eu le courage de tout abandonner pour rejoindre le clan de Sullivan. Se faisant, et même s'il refusait de l'admettre, Ombre avait raison : elle les avait protégés d'une mort certaine, sans doute plus horrible que ce qu'il imaginait. Vint alors une autre question : sa jalousie ne l'avait-elle pas conduit à haïr sa sœur pour avoir osé ? Oui, Jimmy avait souffert pour mettre sa mère à l'abri. Il avait donné de sa personne pour lui épargner le pire. Cela justifiait-il, cependant, la rancœur qu'il avait à son égard ?

— Sans doute pas… souffla-t-il, les yeux brillants.

— Jimmy ?

Ludivina s'approcha prudemment de son petit frère. Nerveuse, elle remit machinalement une mèche de cheveux derrière son oreille.

— Je sais que tu es en colère contre moi et tu as toutes les raisons de l'être. Mais... est-ce qu'on peut discuter un peu ? Pas longtemps, juste…

— Tu te souviens quand maman faisait des crêpes au chocolat ? demanda subitement Jimmy, les yeux dans le vague. C'était toujours le dimanche soir pour nous consoler de la fin du week-end, avant la reprise de l'école. Il y avait l'odeur de la cuisson et celle que dégageait la pipe de papa.

— Et si jamais on avait le malheur de mettre les dessins animés, sa voix résonnait dans tout le salon, sourit faiblement la jeune femme. Oui, je m'en souviens.

Jimmy ne contint plus le torrent de larmes qui cascada sur ses joues. Ludivina se posa prudemment près de lui.

— Ils nous ont jetés dans le quartier pauvre. On n'avait plus de vêtements, plus rien… Les gens nous regardaient comme des bêtes. Personne n'est venu nous aider. J'ai fait des choses, Ludivina, des choses… Je t'en veux pour ça !

Jimmy noya son chagrin contre l'épaule de sa sœur.

— C'est pour ça que je te déteste ! hurla-t-il.

Ludivina le serra plus fort sans rien dire. À quoi bon ? Cela ne servirait à rien. Son frère avait juste besoin d'elle, besoin de son soutien, besoin de sa grande sœur. Jimmy avait été comme un navire perdu en mer avec pour seul canot de sauvetage une mère malade. Une mère qu'on avait jetée comme un déchet à cause des plaques purulentes qui couvraient sa peau. Ludivina était devenue son port d'attache, l'ancre qui lui éviterait de sombrer dans la folie.

Au bout d'un moment, elle se détacha de lui et, d'une main douce et ferme sur la sienne, l'invita silencieusement à parler. Le navire avait besoin de se délester d'un poids trop dur à porter.

Ludivina écouta son frère pendant longtemps, sans rien dire, pour absorber un peu de son désespoir et de ses craintes.

※

Le lendemain, frère et sœur se rendirent dans la zone de quarantaine.

Malgré les confidences, leur réconciliation n'était qu'une façade. Ludivina avait conscience que Jimmy mettrait du temps à lui pardonner. Ce qu'il lui avait raconté lui avait retourné l'estomac au point d'en faire d'horribles cauchemars la nuit suivante.

S'il n'y avait eu que sa culpabilité... Ludivina s'interrogea sur ses actions, sur sa vie actuelle… une profonde remise en question qui ébranla certaines de ses convictions.

Le temps d'une visite, elle effaça son vague à l'âme pour arborer un sourire de circonstance. Son frère accepta même d'oublier sa rancœur quelques instants pour encourager leur mère sur la voie de la guérison.

Malgré son ressenti vis-à-vis de sa sœur, Jimmy fit connaissance avec son neveu Léo, estimant que l'enfant n'avait rien à voir avec ces querelles familiales.

※

— Jimmy, viens vite ! appela Ludivina quelques jours plus tard.

Le jeune homme quitta précipitamment l'atelier dans lequel il travaillait et courut au baraquement de sa sœur. Là, une odeur titilla ses narines. Ombre, Ivan, Stéphanie et Arakin s'étaient réunis dans le petit espace et une personne à laquelle il ne s'était pas attendu se tenait devant une minuscule plaque de cuisson.

— Si tu ne veux pas que je mange toutes les crêpes au chocolat, pointa la rebelle aux cheveux roux, dépêche-toi de te servir !

— Maman…

Jimmy se précipita vers sa mère pour la serrer contre lui. Elle avait guéri ! Son visage était redevenu normal !

— Tu n'as plus rien ? demanda-t-il, fébrile.

— J'ai réussi à trouver un antidote qui annule la contamination et les effets de la variole, expliqua Ivan. Je travaille encore pour éliminer définitivement le psoriasis de son organisme. C'est en bonne voie !

Jimmy ne sut quoi dire. Tout était venu très vite. Il ravala sa fierté et tendit la main vers le compagnon de sa sœur.

— Merci, dit-il. Merci du fond du cœur. Au moins, Ludivina a rencontré quelqu'un de bien.

Ivan hocha la tête sans rien ajouter.

— En attendant, la frangine, t'es assez grosse comme ça ! Le reste des crêpes au chocolat est pour moi !

Jimmy attrapa l'assiette et croqua dans l'une d'elles sous le regard attendri de sa mère qui se précipita pour serrer ses deux enfants contre son cœur.

Ludivina savait cependant ce que signifiait cette note de légèreté. Encore une fois, son frère ne lui avait pas pardonné. Toutefois, pour l'amour de celle pour qui il s'était tant battu, il avait conservé cette façade pour lui donner un semblant de normalité dans ce monde cruel qu'était le quartier pauvre.

6

Et quatre cents étoiles illuminèrent la terre

Les semaines passaient et ne se ressemblaient pas.

Tristan n'espérait plus cette vie. Celle vouée à l'ivresse et au pouvoir. Les femmes se battaient pour partager sa couche, les hommes le respectaient comme leur chef incontesté et les enfants voyaient en lui un véritable héros.

Celui qui avait été rejeté de tous était désormais adulé comme un dieu. Pourquoi en serait-il autrement ? Il leur avait amené les soins, l'eau propre, la nourriture, un toit et surtout sa protection divine.

Car Tristan était accompagné d'un homme au regard astral dont le silence mystique inquiétait autant qu'il rassurait. Stoïque, même les femmes les plus belles ne l'intéressaient pas. En dehors de celle aux cheveux blancs que Tristan tenait en laisse comme une chienne qu'il caressait de temps à autre. L'étrange individu veillait sur elle comme un dragon sur son trésor. Son protégé avait bien essayé d'abuser d'elle. Il suffisait qu'il l'observe pour calmer ses ardeurs.

Déborah, elle, ne comprenait pas cette protection. À dire vrai, elle ne comprenait rien. Les yeux rougis pour avoir versé plus de larmes que son corps ne le lui permettait, la vision d'Ombre l'arrachant à celui de son grand-père ne cessait de la hanter. Elle était morte dans les bras de son amant, de son amour. Dans ses rêves, il venait la chercher pour la libérer du joug de Tristan. Il la serrerait contre lui et l'envelopperait de douceur, d'un cocon opaque qu'elle ne quitterait jamais.

— Ombre… Pitié… Viens me chercher !

Déborah reçut une tape sur la nuque. Tristan l'observa, dédaigneux.

— Une chienne ne pigne pas après son ancien maître.

Déborah baissa la tête : le même discours que Robinson.

À la différence qu'il l'avait respectée. Du reste, dans une certaine mesure. Son « nouveau maître » n'avait pas cette délicatesse qui caractérisait malgré tout l'attitude de son grand-père. Elle se surprit à le regretter.

— Ombre peut pas t'entendre gémir, continua Tristan. Moi… si !

Il lui offrit un sourire mauvais ponctué d'un geste obscène.

Une pensée furtive toutefois consola Déborah. Elle connaissait le sort réservé à Tristan.

Profite bien. Cela ne durera pas éternellement.

Elle s'assit plus confortablement contre le mur, les genoux repliés sous elle et les yeux dans le vide.

✕

Tristan lâcha un rôt monstrueux. Il balança sa bouteille de bière au sol, aussitôt ramassée par quelques fanatiques. Il bâilla et se gratta négligemment le torse.

— Au fait, l'ami, dit-il à l'intention de l'étrange personnage, des semaines que tu me fais profiter de la vie comme personne, des semaines pourtant que je ne connais pas ton nom.

— Est-ce réellement utile ?

— Pour moi, ouais. Alors ?

— Appelle-moi simplement Arbre dressé.

Tristan éclata de rire.

— Arbre dressé ? Vraiment ? Tu te prends pour quoi ? Un indien ?

La moquerie n'atteint pas l'homme au regard astral, tout juste y accorda-t-il une quelconque attention. Arbre dressé s'avança vers Déborah et lui offrit une moue compatissante. Il essuya même ses joues imbibées de larmes. Déborah ressentit soudain une chaleur bienfaisante émanant de son vis-à-vis divin. Une lumière dans la noirceur de son existence ; un respect et un égard auxquels elle ne s'était jamais attendue.

La captive le détailla. Son visage peint de bandes bleues et jaunes l'intriguait. Sa mémoire la renvoya subitement dans le temple du gantelet. Les murmures et les menaces… c'était lui !

N'essaie pas de comprendre ce qui te dépasse, lui intima-t-il par télépathie. *Retiens simplement que la lune nous surveille.*

Déborah baissa la tête. Peu importe son identité, après tout. Cela ne changerait en rien sa situation désespérée.

— Tu crois qu'il y a assez de monde ? s'enquit Tristan. Je te demande parce que mes hommes ont de plus en plus de mal à trouver de la bouffe pour tous ces voraces.

Arbre dressé le considéra un instant, une expression neutre sur son visage, puis il répondit :

— Bien assez pour appeler mes frères et les nourrir comme il se doit.

— Parfait…

Tristan avait totalement adopté la cause de son étrange sauveur. Il lui tardait à présent de connaître sa sœur dont on lui avait longtemps décrit la puissance. Si cette dernière n'était pas une légende, alors elle lui permettrait peut-être de réaliser ses rêves les plus fous. Et pourquoi pas, monter sur le trône du monde à la place de Fully. Cette pensée lui soutira un large sourire.

Il se leva de son fauteuil en cuir et s'accouda ensuite au garde-fou de l'étage qu'il s'était réservé. Après tout, n'était-il pas le chef incontesté ? Il observa la foule amassée à ses pieds. Certaines femmes prenaient soin de leurs rejetons tandis que ceux-ci jouaient, innocents. Les vieillards s'occupaient comme ils le pouvaient et les hommes s'entraînaient ou passaient du temps avec leur famille. Tous l'avaient cru sans la moindre hésitation. Quel bel orateur il avait été !

— Qu'en est-il de ta sœur ? demanda subitement Tristan. À quel moment nous la rejoindrons ?

— Il est encore beaucoup trop tôt… répondit, impassible, Arbre dressé. Nous devons d'abord atteindre la montagne Coatepec pour espérer la revoir. C'est là que nous procéderons au sacrifice ultime.

— Comme c'est dommage ! soupira Tristan, déçu.

Il se retourna vers Déborah, enchaînée à son fauteuil. Cette peste allait de toute manière finir par le payer très cher…

— Quand allons-nous commencer ? Plus vite nous le ferons, plus vite nous pourrons invoquer votre sœur, non ?

— En effet ! confirma Arbre dressé. Alors que coule le Tonalli[1]…

— Et je m'occuperai personnellement ensuite de t'arracher le cœur, menaça Tristan, à l'intention de sa captive. Lentement, très lentement…

Déborah tressaillit. L'inconnu au regard astral lui offrit un sourire de réconfort. Elle ne savait vraiment pas quoi penser de lui. Il était à la fois le jour et la nuit. D'un côté, il allait sacrifier un nombre conséquent d'innocents sans la moindre once de pitié. D'un autre, il se montrait particulièrement bienveillant à son égard. Que cachait-il sous ses masques à la fois de douceur et de cruauté ? Déborah peinait à comprendre son attitude.

Tristan savait ce qu'il avait à faire. Le meilleur dans tout cela était qu'il n'allait même pas se salir les mains. Ces fanatiques le feraient à sa place.

Il écarta les bras et les interpella d'une voix rauque et profonde. Les têtes se tournèrent comme des automates bien huilés. Hommes, femmes et enfants se tinrent attentifs aux paroles de leur sauveur ; comme si ses mots anéantiraient en un instant leur misère.

— Ce jour marque un changement, commença Tristan. Nous allons tous assister à une immense renaissance. Une renaissance qui effacera, à tout jamais, notre malheur et cette vie mélancolique.

Avant de continuer, Tristan balaya la foule du regard pour être sûr d'obtenir la complète attention de son assistance, suspendue à ses lèvres. Pas un bruit, pas une respiration ne vint perturber son élocution.

Satisfait, il reprit.

— Pour que ce miracle ait lieu – car oui ! Il s'agit là d'un miracle ! Comme peu sont en mesure d'accomplir, à part moi – il suffit juste d'une

---

[1] Dans la pensée aztèque, le Tonalli représente une énergie liée à la tête, au sang et au cœur.

goutte de sang.

— Une goutte de sang ? répéta un vieil homme, un peu surpris.

— Oui, mon ami, une goutte de sang. Et je vous promets, – non !
– je vous jure, sur mon âme, que toutes vos souffrances ne seront plus.

Déborah croyait cauchemarder en entendant ce discours. Tristan
aurait été un parfait chef de propagande au service de Fully. Il avait le ton,
l'éloquence et le charisme nécessaire pour rallier ces miséreux qui n'avaient
plus rien à perdre. Malgré l'absurdité de ces paroles, ils l'écoutaient comme
un messie, comme le sauveur qu'ils avaient tant attendu. L'ovation qui
suivit confirma les craintes de la jeune femme qui avait espéré, pendant
une fraction de seconde, une question qui éclairerait les soupçons des
sceptiques. Pourtant, la clameur augmenta en intensité lorsque Tristan
s'ouvrit la paume de la main avec un étrange couteau. Arbre dressé
descendit avec un panier chargé de silex au tranchant affûté.

Déborah trouva la force de ramper jusqu'à la rambarde. Main sur la
bouche, elle vit les hommes et les femmes se précipiter, voire même se
battre pour obtenir le précieux sésame. Elle constata avec horreur que
même les enfants n'étaient pas épargnés. L'odeur métallique de cette
profusion de sang lui provoqua un haut-le-cœur.

Visage fermé, Arbre dressé prononça une prière dans une langue
mystique. Elle se répandit en écho dans le vieux hangar.

— Libérez le Tonalli ! exulta Ivan en levant les bras.

Déborah aurait été incapable de décrire l'étonnante atmosphère,
mélange de folie et de dévotion. On scandait en chœur le nom du divin
protecteur, on se mettait à genoux et on s'inclinait. Fanatisme soudain,
propulsé par cette frénésie palpable.

Peu à peu, l'immense hangar s'auréola d'une faible lueur qui crût en
une vive et aveuglante lumière. Arbre dressé sourit lorsque, dans ce drap
blanc, se détachèrent d'innombrables silhouettes aux muscles saillants.
Elles tenaient dans leur imposante main une lance ornée d'une obsidienne
taillée en pointe. Ils délaissèrent leurs armes qui, une fois lâchées, se
suspendirent à un fil invisible. Ils attrapèrent ensuite le coutelas accroché
à leur ceinture, magnifique ouvrage dont les runes gravées sur le manche
brillaient comme la plus pure des étoiles dans le ciel. Ils empoignèrent les

cheveux des fanatiques et leur tranchèrent la gorge. Ils inhalèrent avec une profonde délectation cette fumée rouge qui se dégageait du corps de leurs victimes et goûtèrent aux délices des sacrifiés. L'âme des enfants accentua cette saveur particulière. Ils gémirent de satisfaction ; ils profitèrent de ce qui leur avait été offert et interdit durant de trop nombreux siècles : l'essence même des mortels.

Ils avisèrent soudain Déborah et Tristan. Des gourmandises supplémentaires ? Un éclair de convoitise passa dans leurs prunelles irréelles.

— Mes frères ! gronda Arbre dressé. Ces offrandes sont destinées à notre bien-aimée Coyolxauhqui.

Ses yeux se teintèrent de jaune l'espace d'un instant. Les nouveaux venus se calmèrent à la promesse qu'ils entendirent.

— Patience, mes frères, patience… Nous retrouverons bientôt toute notre splendeur.

7

Un colibri blanc
et rose

Assise à même le sol, Déborah ne faisait plus attention à son environnement, la mélancolie peinte sur son visage en cœur. Tête posée sur ses genoux ramenés sous elle, elle observait la pluie qui tombait, absente. Ses amis étaient là, quelque part, sans doute en mission, dans ces ruines, dans cette jungle de tôles et de béton.

Ses complices lui manquaient : Stéphanie, toujours très sage, et Ludivina, une chipie à la joie de vivre communicative. Des rires égayèrent ses souvenirs, des disputes parfois, aussi. Des moments ensemble qui, pour la plupart, dessinèrent l'ombre d'un sourire sur ses lèvres. Leurs discussions endiablées, leurs espoirs…

Ivan. Elle sentait encore l'odeur de sa pipe et entendait ses fredonnements. Que n'aurait-elle pas donné pour les écouter à nouveau ? Ses tapes frénétiques qui lui faisaient croire qu'à tout moment, le clavier céderait.

Ombre. Du temps, ils en avaient eu peu, très peu. Pourtant, chaque moment avait eu un goût unique, plus particulièrement lorsqu'ils s'étaient unis. Chacune de ses caresses et chacun de ses baisers avaient gravé sa peau. Qu'il avait été dur de le quitter avec la pensée que plus jamais elle ne le reverrait !

Déborah essuya ses yeux roses, bien qu'il lui fût impossible de retenir complètement son désespoir. Elle connaissait le sort qui lui était réservé. Le but de son geôlier était simple : faire plier Ombre, anéantir sa volonté, et obtenir puissance et richesse à travers leur mystérieux acolyte. Ni plus ni moins.

Déborah ne savait rien d'Arbre dressé tant il pesait chacun de ses mots. Stoïque, il ne lui adressait presque jamais la parole en dehors de quelques regards affables. Étrangement, elle avait la certitude qu'il ne lui ferait jamais de mal, bien qu'elle s'attendît au pire.

La jeune femme soupira laconiquement et rejoignit sa paillasse pour dormir. La nuit était tombée sans que la pluie ne cesse, couvrant peu à peu l'atmosphère d'une épaisse couche humide. Ses rêves dérivèrent vers ses amies, vers Ombre aussi. Ultime rempart contre cette réalité lugubre. Son amant lui faisait l'amour avec la même passion que la dernière fois. Ses baisers et ses mains délicates glissaient sur son corps et la faisaient frémir…

— Ombre… murmura-t-elle dans son sommeil.

Soudain, il disparut et laissa place à un grand vide. Déborah essaya en vain de le retenir. Elle tendit le bras, l'implora de rester ! Son rêve devint un cauchemar dans lequel de nombreuses mains l'empêchèrent de le rejoindre. Désespérée, elle hurla son nom encore et encore.

Une lueur mit fin à ses supplications et attira son attention. Fronçant les sourcils, elle remarqua cette silhouette auréolée d'une lumière aussi blafarde que celle de la lune. Cette femme au teint tanné et délicat à la fois possédait une étrange particularité : des grelots étaient peints sur son visage. Loin d'être gracieux, leur son était résolument lugubre.

— Que me voulez-vous ? s'enquit Déborah, peu rassurée.

Son interlocutrice lui sourit, mauvaise, jusqu'à ce que la colère ne déforme ses traits. Son hurlement lui vrilla les oreilles.

※

Déborah se réveilla en sursaut au moment où le tonnerre éclata sa fureur. La jeune femme se releva pour sonder l'obscurité. Tristan dormait d'un sommeil profond, en proie lui aussi à des cauchemars. Faible consolation.

Dépitée, ses paupières se refermèrent pour se rouvrir aussitôt. Des sifflements envahirent peu à peu l'espace. Déborah, paniquée, se rencogna contre le mur, prête à alerter son tortionnaire. Jusqu'à ce qu'une femme d'âge mûr ne fasse son apparition et ne s'avance vers elle. Sa jupe se composait d'une dizaine de serpents qui se tortillaient et s'entortillaient. Des griffes noires ornaient ses pieds et ses doigts tandis qu'un collier constitué de mains, de crânes et de cœurs encore battants cachait sa poitrine tombante et flasque. Un visage maigre et grave accentuait l'ébène de sa chevelure.

— Qui êtes-vous ? trembla Déborah. Qu'est-ce que vous me voulez ?

En guise de réponse, l'inconnue lui tendit la main.

— Je suis la dame aux serpents ainsi que la mère de la lune, du soleil et des étoiles. Mon nom est Coatlicue.

Déborah ouvrit des yeux ronds. Ivan lui avait déjà parlé d'elle. C'était la mère d'Huitzilopochtli !

— Je ne comprends pas, déglutit-elle difficilement.

— Mon fils court un grave danger. Sa sœur n'a jamais eu de cesse de vouloir se venger. Elle prépare son retour en secret et tu seras la clé de sa réussite. Pour l'amour de mon fils, je ne peux permettre cela.

— Que dois-je faire ?

Sa main calleuse, pourtant douce, caressa la joue de Déborah.

— Juste me suivre. Plus tu t'éloigneras, et plus Huitzilopochtli aura de chances de vaincre. Mes fils, les étoiles, veulent t'utiliser contre lui pour rallier son champion à leur cause.

— Ombre… devina Déborah. Pourrai-je le revoir, si… ?

Coatlicue secoua la tête.

— Tu es morte, Déborah. Tu n'es plus qu'un fantôme, à présent. Si tu te montres, ce sera sous ta forme véritable.

— Ma forme véritable ?

— Un colibri.

— Je ne comprends pas, pourtant, Tristan et vos fils…

— Mes fils te voient déjà tel quel. Quant à ce mortel, son aveuglement, provoqué par sa soif de pouvoir, ne lui montre qu'un monde abstrait et faux. Il finira par le payer. À présent, Déborah, hâte-toi de me donner la main. Il faut que nous partions.

La jeune femme obtempéra, à son plus grand regret. Coatlicue n'avait fait que lui dire une vérité qu'elle refusait d'entendre.

Le cœur lourd, elle disparut dans les limbes de la dame aux serpents. Elle la mena dans un radieux jardin dont le ciel sans nuages et le parfum des mille et une fleurs colorées la détendirent plus que de raison.

Déborah avança dans cet Éden, peu certaine de comprendre où elle se trouvait. Le paradis ?

— Salut !

Elle se retourna sur une jeune fille aux cheveux courts et blonds. Deux yeux marron et expressifs l'accueillirent avec une profonde innocence. Déborah porta la main à sa bouche en la reconnaissant.

— Je savais qu'ils se serviraient d'elle. Alors, c'est la première âme que j'ai sauvée.

Elle se retourna surprise. Elle fronça les sourcils, ne semblant pas comprendre.

— Tezcatlipoca nous avait montré l'avenir à travers son miroir fumant, expliqua Coatlicue. Prudence est mère de sûreté. Si mon fils n'avait pas voulu le croire, ses mises en garde étaient pour moi très sérieuses. Ton amant tient à elle autant qu'il tient à toi. Je me devais donc de la protéger et de la cacher en lieu sûr.

La jeune fille s'approcha de Déborah.

— Je suis Soline, et toi ?

8

Une plume venue de nulle part

La pluie s'abattait sur le clan depuis peu. L'orage éclatait, répandant dans le ciel des zébrures écarlates. Un coup violent, puis un second. Cette symphonie anarchique ressemblait aux pensées d'Ombre. Nouvelle nuit d'insomnie.

Il observa son amante du soir dormir profondément. Si elle avait crié son nom à plusieurs reprises, lui avait préféré mettre rapidement fin à ses ébats. Il se serait masturbé que cela aurait donné le même effet : un plaisir éphémère juste pour calmer un besoin purement physique. Comme auparavant, lorsqu'il était au service de Fully.

Ombre avait essayé de trouver le sommeil à plusieurs reprises. D'abord sur le ventre, ensuite sur le côté, puis sur le dos. Rien n'y faisait.

Une étrange pulsion avait fait battre son cœur comme un fou. Quelque chose venait de se produire. Une séparation définitive, sans le moindre retour en arrière et la certitude qu'une personne chère à son âme était à présent en sécurité. L'inquiétude avant la plénitude.

Il secoua la tête. Tout cela ne devait être qu'un rêve. Il ne voyait pas d'autre explication que celle-ci.

Un éclair illumina quelques secondes l'intérieur de son baraquement. Ombre observa sa fenêtre avant de détourner le regard vers cette femme au ronflement aigu. Il soupira.

Inutile d'insister, Morphée l'avait privé d'un sommeil réparateur.

Alors, il se leva et se rhabilla. Il enfila un long manteau en cuir et rabaissa sa capuche. Ombre rejoignit le box de Huitzi. Oreilles droites, son cheval se précipita à sa rencontre. Le cobaye caressa son compagnon en posant sa tête contre la sienne.

— Emmène-moi loin…

※

Huitzi galopait parmi les ruines du quartier pauvre avec une aisance surprenante. Ses membres bioniques lui donnaient un pied sûr, capable de franchir les obstacles, même les plus improbables. Il embarqua son cavalier dans une folle cavalcade, réveillant parfois ceux qui dormaient dans la rue.

Ombre se laissa transporter. Il en avait besoin. Besoin de ressentir autre chose que cette douleur lancinante qui perçait son cœur d'une multitude de pointes acérées et à laquelle il refusait de donner un nom.

Sur l'horizon, une ligne orangée apparut. Il arrêta quelques instants son cheval sur le haut d'une butte pour mieux l'observer grandir. Lorsqu'elle dilua complètement la noirceur de la nuit, il reprit sa route vers un Éden connu de lui seul et de ceux qui souhaitaient le préserver. Un écrin de verdure caché sous une immense verrière. Jadis, cela devait être un jardin privé dans lequel la nature avait simplement réinstauré ses droits.

Ombre descendit du dos de Huitzi et le laissa s'ébrouer comme un fou. Il se posa sur l'herbe fraîche et l'observa. Le cobaye enviait son inconscience, cette innocence qui le faisait sourire, parfois rire.

Cette fois-ci, pourtant, il n'en avait ni le cœur ni la volonté. Pour une raison qu'il ignorait, l'image de Déborah était revenue le hanter.

Si le soleil levant dévoila la magnificence de la petite plaine et de ses vestiges, il fit également briller les stries salées des joues du cobaye.

Pourquoi les souvenirs de sa bien-aimée venaient tout à coup frapper sa mémoire ? Ses rires, son espièglerie, la douceur de ses lèvres, de sa peau, son odeur… Cette tête qui se logeait parfaitement dans le creux de son épaule. Pourquoi maintenant ? Alors que cela faisait presque plus de quatre ans qu'elle s'était éteinte dans ses bras.

— Déborah… Tu me manques tant ! J'aimerais tellement que tu reviennes.

Ses souvenirs, aussi agréables pouvaient-ils être, lui rappelèrent cruellement son absence.

Ombre se sentait soudainement perdu, déchiré entre l'envie de disparaître et de continuer le combat.

Combat, un mot qui définissait à merveille son existence tout entière. Après tout, n'était-ce pas pour cela qu'il avait été créé ? Cette amitié envers Soline et cet amour inconditionnel pour Déborah n'étaient-ils pas finalement une erreur de calcul ? Cette empathie n'était-elle pas un défaut tout comme cette tristesse qui l'assaillait subitement ?

— Que dois-je faire ?

Son hurlement éclata dans la verrière. Surpris, Huitzi baissa les oreilles.

— Si seulement tu étais là, mon amour.

Las et perdu, Ombre se laissa porter par son chagrin.

La nuit avait déjà recouvert le camp lorsqu'il s'était décidé à rentrer. Ombre évita soigneusement ses compagnons. Il n'était pas d'humeur à justifier son absence.

Il se délesta de ses vêtements avant de regagner son lit, déserté par son amante. À peine posa-t-il la tête sur l'oreiller que la fatigue ferma ses yeux pour lui offrir un sommeil sans rêves.

Elle l'observa longuement, assise sur son lit. Après une courte hésitation, elle s'allongea à ses côtés et se blottit contre lui.

— Déborah…

Ombre avait prononcé son nom dans un souffle.

— Je suis près de toi, murmura-t-elle à son tour.

Elle ferma ses yeux roses. Elle aurait tellement voulu lui parler, le rassurer et lui dire à quel point elle l'aimait et à quel point il lui manquait.

Elle caressa son torse, puis remonta jusqu'à son visage anguleux que des mèches courtes cachaient un peu. Déborah sourit et descendit sur ses lèvres. Que n'aurait-elle pas donné juste pour les goûter à nouveau ?

Les mises en garde de Coatlicue assombrirent ses traits. Ses visites dans le monde des vivants étaient limitées. À trop vouloir revenir, elle pouvait disparaître dans le néant, pour toujours. Cette réalité la frappa durement.

Après un instant d'hésitation, elle souleva le bras gauche de son amant et installa sa tête contre son cœur qu'elle entendit battre à allure régulière. Contre toute attente, Ombre se retourna et l'enlaça tendrement.

— Ombre…

Elle l'étreignit à son tour, laissant sa force, sa douceur et son odeur l'enivrer, car elle savait au plus profond de son âme qu'elle n'aurait pas d'autre chance.

— Sois fort, Ombre. Je suis et je serai toujours avec toi. Je t'aime. Ne l'oublie jamais.

Elle s'extirpa de ses bras et l'embrassa une dernière fois.

— Oui, ne l'oublie jamais.

✳

Cette fois-ci, ce furent les rayons du soleil qui le réveillèrent au petit matin. Le clan s'activait déjà malgré l'heure matinale.

Ombre se frotta les yeux et demeura allongé pendant un moment. Une étrange plénitude avait envahi son être tout entier. Un sommeil réparateur ? Non, c'était autre chose. Une chose qu'il était incapable d'expliquer, comme cette sensation d'avoir dormi dans les bras d'une femme. Pourtant, personne ne l'avait rejoint dans la nuit.

Il s'étira comme un gros chat et s'adossa à sa tête de lit.

— Qu'est-ce que… ?

Une petite plume rose et blanche gisait à côté de lui. Il l'attrapa délicatement, intrigué. Ombre l'observa avec attention. Sans en comprendre la raison, elle lui apporta un réconfort inattendu et la force de continuer la lutte. Elle dissipa ses angoisses ainsi que ses inquiétudes et apposa un baume réparateur à son cœur meurtri.

Ombre sourit jusqu'à ce qu'une interrogation interrompe sa transe : d'où provenait cette plume ?

9

Ltaochuíx

Ivan inspira profondément.

Le calme… Un plaisir qu'il dégustait dès qu'il en avait la possibilité. Dans ce monde tumultueux, il était devenu une denrée aussi rare que la liberté. Ludivina le savait parfaitement. De fait, elle prenait autant que possible son fils avec elle lorsqu'elle travaillait dans son atelier pour lui accorder ces instants. Son compagnon appréciait ce geste.

Quelques notes délicates d'une mélodie au piano le détendirent. Pieds posés sur son bureau et mains derrière la tête, il réfléchissait, paupières closes. Il se remémora la discussion qu'il avait eue avec Ludivina. Elle avait vu juste, il s'en souvenait, à présent. Huitzilopochtli était apparu sans son puissant Xiuhcoatl. Y avait-il une raison particulière ? Peut-être n'en avait-il pas eu besoin ?

— Impossible, rumina-t-il. Dans ce cas, pourquoi ?

Il soupira et se leva précipitamment.

— Cela n'a pas de sens ! s'énerva-t-il soudain. C'est… c'est… c'est comme si le dieu Thor apparaissait sans son marteau ou Poséidon[2] sans

---

[2] Thor est le dieu du tonnerre dans la mythologie nordique tandis que Poséidon est le dieu des mers et des océans dans la mythologie grecque.

son trident.

Ivan, tout en se grattant le menton, fit les cent pas et grogna encore et encore. Finalement, il se rassit et alluma sa pipe. Il expulsa la fumée par ses narines à la manière d'un dragon énervé. Il tourna sur son siège et avisa sa bibliothèque.

Ces livres, il les connaissait par cœur. Aucun d'eux ne serait en mesure de lui apporter une quelconque réponse. Internet, peut-être ? Il en doutait beaucoup. Il se résigna. Après avoir fait la grimace, il se saisit d'un premier ouvrage. Puis un deuxième. Et un autre. Après plus de deux heures à feuilleter ses livres, il en attrapa un dernier : un très vieux guide touristique retrouvé deux ans auparavant dans une librairie en ruine. Il sentait l'humidité et la pourriture. Ludivina le lui avait rapporté d'une mission avec un immense sourire. Elle avait voulu rêver et il lui avait accordé ce souhait en lui décrivant les lieux avec la voix d'un guide touristique. Ils avaient beaucoup ri ce jour-là, au point d'en avoir des crampes au ventre. Il entama sa lecture, non sans un rictus d'amusement.

Au bout de trente minutes, Ivan referma le livre. Aucune réponse et cette même impasse. Finalement, il le rouvrit et le posa sur ses yeux. L'archéologue somnola quelques instants avant de chanter à tue-tête :

— Je suis dans une fichue impasse… eeeeuuuuhhhhh !

Ivan se saisit de son masque en papier, l'abaissa et poussa un beuglement de condamné. Jusqu'à ce que le nom d'une ville l'interpelle.

Il se redressa comme un diable dans sa boîte. Il fronça les sourcils en se frottant le menton.

— Ltaochuix ?

Il relut le texte d'accompagnement.

— Un temple inconnu… Une malédiction…

Le jeune homme attrapa un feutre et nota sa découverte sur un tableau blanc, perplexe. Ces lettres, du reste l'ordre de celles-ci, le gênaient. Beaucoup. Il essaya alors plusieurs combinaisons. Sans succès.

— Ivan ?

Il se tourna vers sa compagne. Elle s'approcha de lui avec Léo. Yeux grands ouverts, il offrit un sourire à son père, désir silencieux d'être dans ses bras. Bien trop concentré sur son énigme, Ivan ne fit pas attention au souhait de son fils.

— J'y suis presque, marmonna-t-il, immobile.

Ludivina installa Léo dans un couffin moelleux, puis revint vers son compagnon. Elle aperçut la dizaine de mots, non, les différentes combinaisons écrites sur le tableau.

— À quoi cela te fait-il penser ? l'interrogea Ivan.

Elle haussa les épaules.

— Je n'en sais trop rien, avoua-t-elle. Je peux ?

Il hocha la tête lorsqu'elle lui désigna le feutre.

— Ces lettres, pour moi, elles me rappellent ça.

Les yeux d'Ivan s'illuminèrent. C'était ça, bien sûr !

— Je t'aime, Ludivina ! s'exclama-t-il en l'embrassant comme un fou.

Alors qu'il allait partir, il fit demi-tour pour embrasser Léo à son tour. Surpris, le bébé observa sa mère, elle-même décontenancée.

Finalement, elle lui dit avec amusement :

— Il va falloir t'y faire, mon chéri !

⨯⨯⨯⨯⨯

Le bâtiment informatique était un lieu hautement sécurisé du camp. Rares étaient ceux à posséder une connexion au réseau internet. Sullivan y veillait personnellement pour éviter les fuites et les transferts d'informations sensibles.

Du fait de son statut d'enseignant et de scientifique, Ivan avait ses propres accès ; ce qui ne l'empêcha pas de remplir un formulaire de présence avec son empreinte digitale. Simple précaution, selon le chef rebelle, malgré la confiance qu'il lui accordait.

Ivan commença à chercher un contact, un spécialiste de l'archéologie précolombienne. Celui qui lui avait remis le carnet, alors qu'il enquêtait sur la main de Huitzilopochtli, était mort. Tué dans une rixe, des informations qu'il avait pu récolter.

Le rebelle retrouva rapidement le canal de discussion sur lequel il était sûr de l'apercevoir.

Il s'agissait d'un réseau qui permettait les échanges entre les élèves et les enseignants de la faculté d'histoire de l'empire.

— Où es-tu ? murmura-t-il.

Ivan devait faire vite pour intercepter le malandrin. Lorsque son pseudonyme apparut, il engagea la conversation en ces termes :

Ivan : Salut, as-tu avec toi le sujet d'histoire ?
Spécialiste : Cela dépend. Lequel ?
Ivan : Celui sur…

Il hésita. Malgré l'invisibilité de son adresse IP et sa fausse identité, Ivan se demanda l'espace d'un instant s'il faisait bien de le contacter. Une toute petite voix le mettait en garde. Alors il rusa.

Ivan : Sur Ltaochuix.
Spécialiste : OK.
Ivan : Quand pouvons-nous nous voir ?
Spécialiste : Dans trois heures. Place des Grands Hommes. Je te le donnerai.

En plein centre-ville. Astucieux… pensa Ivan.

La place des Grands Hommes était un lieu fréquenté par de nombreux étudiants et chercheurs. C'était également un des endroits les plus surveillés de Crazevilla. Les rebelles ne s'y rendaient qu'en de rares occasions.

— Pas le choix !

Ivan se leva. Inutile de demander plus de précisions. Il saurait le reconnaître.

Hors de question cependant d'y aller seul.

Quelques instants plus tard, il toqua à une porte.

— Puis-je te parler ? C'est urgent !

Intrigué, Ombre s'effaça pour laisser son ami pénétrer dans son baraquement.

L'antre de l'ancien cobaye était comme Ivan l'avait imaginée à de nombreuses reprises. Simple et efficace. Un lit double, une petite bibliothèque flanquée de deux fauteuils d'un autre âge, une commode sur laquelle trônait un vieux poste radio et, comme seul élément de décoration, un cadre avec la photo de Déborah. Ludivina avait sans doute dû lui en faire cadeau.

— Tu voulais me parler, Ivan ?

La voix rauque et mélodieuse d'Ombre tira l'archéologue de sa contemplation à peine masquée. Il haussa un sourcil interrogateur.

Ivan se reprit maladroitement.

— Oui, en effet ! C'est-à-dire que… En discutant avec Ludivina, je me suis rendu compte qu'il manquait à Huitzilopochtli son arme de prédilection.

— Lorsqu'il nous est apparu ?

— C'est cela !

— Et ?

Ombre s'installa confortablement dans l'un des fauteuils et invita son ami à en faire de même. Mais à peine se fut-il posé qu'il se releva derechef.

— Et ce n'est pas normal ! C'est comme si Thor ou Poséidon apparaissaient l'un sans son marteau, l'autre sans son trident ! Le Xiuhcoatl est une partie intégrante de la légende.

Ombre poussa un soupir d'agacement.

— Ivan, peux-tu simplement en venir au fait ? Je sais ton amour pour l'histoire, cependant, je ne la partage pas.

— Oui, pardon.

L'archéologue reprit place et inspira.

— Le Xiuhcoatl est un artefact surpuissant. La mythologie aztèque raconte qu'au moment de sa naissance, le dieu de la guerre en était armé pour terrasser sa sœur et ses quatre cents frères.

— Tu veux que nous le retrouvions ? s'enquit Ombre, incrédule. Tu l'as dit toi-même, il faut un sacrifice si nous souhaitons rappeler ce dieu.

— Il ne s'agit pas de faire apparaître Huitzilopochtli, mais de trouver son arme pour combattre Fully ! Un peu comme avec le gantelet.

Ombre avisa son bras gauche et caressa le bijou. Il se souvint avec exactitude de la puissance qu'il avait ressentie en luttant contre Robinson. Mélange de haine et d'euphorie.

— Je suppose que tu souhaites combiner le pouvoir des pièces et du gantelet à cette arme ? interrogea-t-il.

— Je n'avais pas pensé à cela. Néanmoins, l'idée est excellente ! jubila Ivan.

— Tu veux donc retrouver cet artefact, c'est ça ?

— Précisément.

— D'accord, où est-il ?

— Je ne sais pas !

Ombre soupira assez fort pour montrer son agacement malgré toute l'amitié qu'il avait pour Ivan.

— Mais je connais une personne susceptible de me donner cette information ! J'ai d'ailleurs rendez-vous avec elle dans deux heures trente précise place des Grands Hommes !

Le cobaye comprit tout à coup la requête d'Ivan.

— Tu veux donc que je t'escorte ?

— C'est l'idée. Au cas où cela tournerait mal.

Ombre poussa à nouveau un soupir désabusé. Incapable de refuser, il accepta. Si cette arme pouvait leur permettre de combattre Fully, il fallait saisir l'occasion.

— Attends-moi dehors. J'arrive tout de suite.

Le cobaye se présenta quelques instants plus tard vêtu d'une veste en cuir et Huitzi sur les talons. Il tendit à Ivan un étui à lentilles. Les agents de l'empereur les connaissaient. Mieux valait-il se camoufler. Son cheval allait être un allié précieux pour s'échapper si cela devait mal tourner. Ombre, en son inconscient, présageait le pire.

Sullivan l'attendait, Stéphanie également, une étrange lueur dans ses yeux noirs.

— Ivan m'a rapidement expliqué la situation. Soyez prudents tous les deux, avertit le chef rebelle.

La jeune femme hésita, se tordit les mains, puis s'approcha finalement d'Ombre avant que celui-ci ne se mette en selle.

— Ombre, commença-t-elle timidement, mon père se rendait

régulièrement sur cette place pour peindre. Si tu le croises, tu veux bien le ramener ici ?

— Je ferai de mon mieux, assura-t-il.

Stéphanie acquiesça. Ombre lui sourit avec gentillesse, puis monta sur le dos de Huitzi avant d'aider Ivan à en faire de même.

— À quoi ressemble ton père ?

— Je ne sais pas s'il a réellement changé depuis la dernière fois. Il porte une barbe noire. Il a également des lunettes carrées assez épaisses.

Ombre lui adressa un dernier regard avant de quitter le clan.

10

Désobéissance

Margaret faisait les cent pas. Elle fulminait et grognait comme un cochon. Ses yeux lançaient des éclairs. L'imprudent qui la dérangeait dans ses réflexions, même pour une information relative à son père, était exécuté sur-le-champ. Parfois, elle criait sa frustration en étouffant ses jurons dans un oreiller.

Sa défaite l'avait enragée. Ombre l'avait humiliée comme jamais auparavant et Fully l'avait écartée du combat des rebelles avec la promesse d'une punition si elle décidait d'agir à sa guise. Et Margaret le connaissait assez bien pour savoir qu'il n'aurait aucune pitié, même avec la chair de sa chair.

La jeune femme avait été à deux doigts d'attraper le traître. Mais elle avait commis une grave erreur qu'aujourd'hui elle admettait après plusieurs jours de réflexion : elle avait sous-estimé Ombre. Alors, elle s'était replongée dans les dossiers historiques de son grand-oncle, Jean-Guy Craze, du reste, ce qui avait pu être sauvé par Déborah Robinson lors de l'attaque du hacker quelques années plus tôt.

Le principal atout du cobaye n'était autre que la sueur acide qu'il générait à volonté. Sans cela, c'était un homme tout à fait ordinaire. Certes, avec des capacités physiques hors norme, mais un homme ordinaire. Un homme avec un cœur. Un homme qui pouvait ressentir la douleur.

Partant de ce postulat, elle avait travaillé d'arrache-pied pour trouver une solution qui canaliserait le principal pouvoir d'Ombre. Ses efforts avaient été récompensés au-delà de ses attentes. Car même si Margaret n'avait pas l'intelligence de son père, elle n'en avait pas moins quelques talents. Restait à présent à mettre la main sur l'homme qu'elle recherchait.

Cette tâche accaparait désormais tout son temps et celui d'une salle de surveillance sous couvert d'analyser la vie sociale des habitants de Crazevilla. Le mot avait été passé : rien ne devait parvenir aux oreilles de l'empereur sous peine de représailles. Remettre en doute la parole de la princesse tyrannique était la promesse d'une mort longue et douloureuse. Chacun se le tint pour dit.

Ainsi, jour et nuit, Margaret commença à scruter sur plus d'une dizaine d'écrans les allées et venues des citoyens de la mégalopole. Chaque discussion, chaque courrier, chaque e-mail était passé au crible. La moindre conversation faisait l'objet d'une écoute approfondie.

Alors que la princesse s'attardait sur les palabres d'un homme et d'une femme, un agent l'interrompit.

— Princesse Craze ?

— Quoi ? grogna-t-elle.

— Nous avons un message susceptible de vous intéresser, entre des étudiants.

Margaret ôta son casque et le balança contre sa console, sans le moindre égard pour son matériel. Elle se pencha sur l'écran et lut le court dialogue.

— Il parle d'un simple échange de cours universitaires, souffla-t-elle, agacée.

— Selon les dernières analyses, l'un des deux profils est faux. Il passe par une dizaine de canaux de communication pour brouiller les pistes, expliqua prudemment l'agent. J'ai réussi à obtenir une adresse IP. Elle appartiendrait à une certaine Colette Spencer.

— Et ? s'impatienta Margaret.

— Il s'agit d'une partisane active de votre père. J'ai même mieux. Il semble que ce profil en change toutes les minutes. Cela ressemble fortement à une technique rebelle pour passer inaperçu.

— Et notamment pour brouiller les pistes, réfléchit-elle. Montrez-moi à nouveau le message.

Un code ? Cela ne pouvait être que cela. Un cours d'histoire pouvait être tout ou presque : une action terroriste, une communication masquée, une information vitale. Ltaochuix ? Qu'est-ce que cela signifiait ?

— Que faisons-nous ?

— À quand remonte-t-il ?

— Deux heures à peine.

Margaret se tint le menton. Son instinct lui hurlait de se rendre sur la place des Grands Hommes qui jouxtait la faculté d'histoire, lieu de rencontre idéal pour les rebelles. Une foule trop dense pour attaquer, mais assez nombreuse pour se camoufler. Elle devait tenter sa chance.

— Que l'on prépare un vaisseau et une garnison, ordonna la princesse. Je vais aller vérifier ça par moi-même.

11

Arrestation

Camouflage optique activé, Huitzi galopait à une vitesse folle. Son allure cadencée et confortable étonna Ivan qui s'était attendu à une cavalcade remuante.

Monture et cavaliers atteignirent la place des Grands Hommes cinq minutes avant l'heure prévue. Sur ordre de son maître, l'équidé patienta dans un coin sombre.

Après avoir mis leurs lentilles, les rebelles parcoururent les lieux comme n'importe quel étudiant. La garde robotique ne fit même pas attention à eux.

Ivan scruta chaque individu, chaque passage, chaque discussion. Jusqu'à cet homme aux cheveux bouclés qui, épaule contre le mur, lisait un livre, camouflé du soleil par une large capuche grise. Le titre de l'ouvrage fit immédiatement comprendre à Ivan qu'il avait devant lui la bonne personne.

— Qui te dit que c'est lui ? l'arrêta Ombre.

— Mystères et divinités aztèques, drôle de coïncidence, non ?

Ivan s'approcha de lui à pas mesurés. L'étudiant releva la tête.

— Salut, tu as les cours ?

D'un signe de la tête, il l'invita à le suivre dans un petit amphithéâtre bondé. Ils s'assirent sur une marche, Ombre sur ses gardes.

— Tu as quelques infos, mais pas toutes. Faudra que je te redonne ça, commença l'informateur.

— Et pour Ltaochuix ?

— C'est pas clair. Même le prof est resté évasif. Certains disent que c'est une ville construite avant le règne de Fully et dont le but était simplement de concurrencer la Silicon Valley. Un an après, elle a été abandonnée. Certains racontaient qu'elle était hantée par un esprit maléfique. Les journaux de l'époque relatent des disparitions étranges aux abords d'un grand centre commercial. Cela a suffi à générer un vent de panique. Je n'en sais pas plus de ce côté-là.

Une idée germa dans la tête d'Ivan. Il attendit toutefois que son informateur termine son récit avant d'en tirer des conclusions hâtives.

— D'autres pensent qu'il s'agit d'un temple remontant à plusieurs millénaires. Mais cette théorie a été réfutée par un grand nombre de chercheurs. Le seul point commun de ces deux suppositions est la légende qui les rapproche.

— C'est-à-dire ?

L'homme posa ses coudes sur ses genoux et continua ses explications. Ombre perçut du mouvement, il fronça les sourcils. Fausse alerte.

— Lorsque les conquistadores ont commencé la conquête du Mexique, les Aztèques les ont pris pour leur dieu. Ils leur ont voué un culte avant de s'apercevoir de leur erreur. Ils essayèrent de les repousser, mais les flèches d'obsidienne étaient tout sauf efficaces. Alors, ils supplièrent Huitzilopochtli de terrasser l'envahisseur à l'aide de son Xiuhcoatl, comme il le fit avec sa sœur. Certains Espagnols interprétèrent mal leurs prières et pensèrent que le dieu de la guerre était juste un chef redouté. Quant au Xiuhcoatl, sa puissance, elle, avait bien été comprise. L'Église ordonna donc à Cortés de détruire cette arme qui menaçait la souveraineté de Dieu. Sauf que le commandant y voyait l'opportunité de devenir plus fort et de conquérir plus de territoires.

Ombre donna un coup de coude à Ivan. D'un signe de la tête, il l'avertit de la présence de la garde impériale. L'archéologue fronça les sourcils. Avaient-ils été repérés ?

— Excuse-moi, mais t'as pas moyen d'aller plus vite ? interrompit Ivan. On a une entrevue très importante dans quelques minutes.

— OK. Pour faire bref, le dieu de la guerre et son frère, Tezcatlipoca, ne virent pas ça d'un bon œil. Sans oublier quelques luttes intestines au sein même du panthéon divin. Décision fut prise de cacher l'arme de Huitzilopochtli pour que personne ne puisse s'en emparer. Pourquoi ne pas la détruire ? Ça, je ne sais pas.

— Et a-t-elle été découverte ? s'empressa Ivan, qui commençait à comprendre. A-t-on une idée de son emplacement ?

— Arrêtez-les ! tonna une voix.

— Cette réponse, tu la connais déjà !

L'informateur n'eut pas le temps de s'enfuir. Un cercle rouge maculé de sang se dessina sur son front.

Le coup de feu avait vidé la place de ses occupants dans une immense cohue. Nulle échappatoire, une dizaine de soldats humains et robotiques entouraient déjà les deux rebelles. Fusils pointés sur eux, ils comprirent aux cliquetis que le moindre geste signerait leur arrêt de mort.

Un rire qu'Ombre n'eut aucun mal à reconnaître éclata.

— Mon instinct est de plus en plus développé, je trouve, se vanta Margaret. Je ne pensais pas que Sullivan enverrait deux jeunes recrues pour faire le sale boulot. Surtout ici, au beau milieu de l'élite de mon père. À moins que…

Elle claqua des doigts. Deux hommes immobilisèrent Ivan qui se débattit comme un diable. Sans la moindre once de délicatesse, ils lui ôtèrent ses lentilles. L'archéologue ferma les paupières et secoua la tête. Quelques larmes vinrent humidifier ses yeux.

— Tiens donc…

La princesse avisa le second étudiant. Lorsque sa silhouette élancée apparut, une certaine nervosité gagna son escadron. Ombre darda sur elle un regard mauvais.

— À moins que Sullivan n'envoie l'élite de son minable petit bataillon, ricana-t-elle, dédaigneuse.

— Encore à jouer les héroïnes, se moqua le cobaye avec un

immense sourire. Je pensais que ton père t'avait écartée des mouvements rebelles. Je suis très étonné qu'il te fasse confiance. La destruction de l'artère commerciale principale de Crazevilla a dû l'enrager, pourtant.

Sans réfléchir, la jeune femme le gifla.

— Surtout si elle est aussi gamine ! continua Ombre sur un ton railleur.

— Ferme ta putain de gueule, sale traître ! fulmina la princesse. Misérable vermine, avorton ! Tu peux me croire quand je te dis que je me ferai un plaisir de te les couper ! Peut-être que cela te rendra moins bavard !

Ombre avait vu juste. Fully avait écarté sa fille de la rébellion. Et elle espérait sans doute regagner ses faveurs en lui délivrant son ancien acolyte.

— Emmenez-les à la prison de haute sécurité ! Et je te présenterai moi-même à l'empereur.

C'en était trop, le cobaye éclata de rire.

— Je ne vois pas ce qui te fait rire, cracha Margaret. Je te ferai souffrir une fois que je vous y aurai enfermé, toi et ton petit copain !

— Il est étrange que ton père ne t'ait pas mise en garde. Visiblement, tu me sous-estimes… encore une fois !

Deux ailes de colibri apparurent dans le dos d'Ombre. Sans attendre, il lança une giclée d'acide sur quelques soldats. Les humains furent défigurés et les robots s'écroulèrent aussitôt dans une gerbe d'étincelles, leur circuit totalement fondu.

— Va-t'en, Ivan !

Son compagnon ne le fit pas répéter deux fois et profita de la confusion pour disparaître.

Une aura turquoise enveloppa l'ancien cobaye. Il darda ses yeux opalins sur Margaret. Un fin sourire sur les lèvres, il décima le reste de ses hommes et prit son envol.

— Ombre et son copain se sont enfuis ! beugla Margaret dans sa radio. On passe au plan B, maintenant !

La princesse s'était rappelé cette transformation qui l'avait fait faillir. Il était hors de question qu'il lui échappe une seconde fois !

✳

Ombre filait à travers les immeubles, son aura laissant une magnifique traînée turquoise qui effraya plus d'un badaud comme elle en émerveilla beaucoup.

Quelques machines le prirent en chasse et une volée de balles le frôlèrent de peu.

Ombre cracha de dédain. Au loin se profila une galerie en verre, sans doute une bibliothèque. Il s'y engouffra, laissant une multitude de gouttes acides derrière lui. Elles grignotèrent peu à peu les pivots et autres poutres de soutènement. Des fêlures apparurent dans un crissement inquiétant jusqu'à ce qu'ils ne se brisent complètement. Une pluie tranchante s'abattit sur les visiteurs. La structure s'effondra dans un fracas infernal ensevelissant ceux qui n'avaient pas eu le temps de fuir. Ombre se retourna pour constater les dégâts quelques instants. Encore une fois, Margaret allait attirer les foudres de Fully qui n'aurait aucune pitié, même pour sa fille. Il n'en sourit que davantage.

— Ombre !

Un leurre ? Non… Il suspendit son vol.

Deux hommes tenaient Ivan en joue devant le vide que dessinaient quatre grands buildings, une corde de piano passé autour de son cou.

Ombre comprit qu'au moindre geste suspect, ils le pendraient.

— J'ai appris de mes erreurs, Ombre, dit Margaret. Plus que tu ne le penses. Maintenant, tu as le choix. La fuite ou la mort longue et douloureuse de ton ami.

Ombre grogna. Hors de question de jouer avec la vie d'Ivan, surtout lorsque celle-ci tenait dans un équilibre précaire. Les rouages de son cerveau fonctionnèrent à plein régime. Il calcula le nombre d'humains et de robots. Les issues possibles. Il dut amèrement reconnaître que Margaret avait cette fois-ci bien joué. Il savait toutefois, en son for intérieur, qu'elle n'allait pas s'en sortir aussi facilement. Même si elle lui ôtait les pièces de cuivre, il lui restait tout de même son acidité.

Pour l'heure, et pour épargner la vie d'Ivan, Ombre leva les mains en signe de reddition. Il s'approcha lentement du toit de l'immeuble et reprit une apparence normale.

Ses ailes à peine disparues, une petite aiguille perça son cou. Il saisit la fléchette et la regarda, incrédule et surpris.

Sur un signe de la princesse, un homme lui ôta les pièces aztèques et lui passa des menottes. Sa volonté commença à s'effacer, sa vision se brouilla. Un coup de crosse de fusil le plia en deux, un autre lui fit ployer le genou.

— Je viens de t'injecter un sérum qui te fera dormir un peu et qui neutralisera ton acidité le temps de te conduire devant mon père et à la prison de haute sécurité. Une fois là-bas, ton pouvoir demeurera parfaitement inefficace et tu n'auras aucune chance de t'échapper.

La vue d'Ombre commença à se brouiller. Il lutta pour garder ses sens en éveil.

— Sache que j'ai bien plus appris de mes erreurs que tu ne le penses, murmura-t-elle à son oreille. Je suis loin d'être aussi stupide que tu ne le crois. Ne t'avais-je pas dit un jour que je t'aurais ?

Et ce fut le noir.

12
Sur un plateau
d'argent

Fully attrapa une clé de douze pour réajuster son prototype. Il lança ensuite un programme pour activer la machine. Les lignes de codes défilèrent devant son œil expert. Finalement, il opina du chef. Bien que quelques menus réglages soient encore nécessaires, il était plutôt satisfait des résultats qui lui parvinrent.

Fully fit signe à l'un de ses scientifiques d'approcher.

— Le calibrage commence à être bon, expliqua-t-il, et les branchements fonctionnent. Travaillez sur les programmes ainsi que le réglage des pièces que j'ai entourées sur le plan. Je pense que nous pourrons prochainement lancer la production. Prévenez-moi une fois fait.

— Oui, Votre Majesté, s'inclina respectueusement le scientifique.

Des pas précipités alertèrent le souverain. Un garde le salua maladroitement, essayant de reprendre son souffle.

— Ma… Majesté… Votre fille. Ombre et…

— Calmez-vous et reprenez, s'agaça Fully.

— Votre fille a appréhendé Ombre et un autre rebelle.

Le dictateur fronça les sourcils. Margaret, arrêter Ombre ? Il se renfrogna. Une petite voix lui murmurait la plus grande prudence. Son ancien acolyte était plein de ressources. Il n'était guère dans ses habitudes de se laisser faire. À moins de ne pas avoir le choix.

— Menez-moi à ma fille, ordonna-t-il sombrement.

✳

Margaret se tenait devant le trône de son père, les deux rebelles à ses pieds.

Fully reconnut sans peine Ivan, puis il se tourna vers Ombre qui le regarda droit dans les yeux. Sans jamais ciller. Un fin sourire se dessina sur son visage d'ange, malgré sa mauvaise posture. Fully connaissait bien ce rictus moqueur. Le cobaye avait sans doute déjà tout calculé… Réellement tout ? Peut-être que oui, peut-être que non. Il se pouvait que ce soit également du bluff. Néanmoins, ne pas prendre en considération ses capacités et son intelligence, en dehors de l'insulter, était une grossière erreur. Mieux valait-il rester sur ses gardes.

Fully observa ensuite Margaret, la mine grave. Elle lui avait désobéi. Ne lui avait-il pas demandé de se tenir à l'écart des rebelles ? Même la vue de ces deux prisonniers, pieds et poings liés, ne lui plaisait pas. Jalousie ? Envie ? Non, pas vis-à-vis de sa fille. Il aurait pu être fier d'elle, la féliciter ! Il savait cependant que cette arrestation ne s'était pas faite sans dégâts matériels que les concitoyens de Crazevilla ne verraient pas d'un bon œil.

Des rebelles s'étaient de nouveau incrustés dans leur havre de paix au nez et à la barbe de la sécurité impériale, semant aussi bien la destruction que la mort sur leur passage. Et cela deux fois, en peu d'intervalle, remettant en cause non seulement son pouvoir, mais également sa crédibilité en tant que chef suprême. Chose qu'il ne pouvait permettre.

Il la jaugea sévèrement, attendant d'elle une explication qui, il le savait, ne lui plairait pas.

— Père, commença-t-elle en bombant le torse. Je sais que…

— Tu m'as désobéi, coupa Fully.

— Oui, mais… Je te jure que j'ai travaillé dur ! tenta-t-elle de se justifier. J'ai réussi à neutraliser l'acide d'Ombre et ce sera également le cas dans la prison de haute sécurité. J'y ai fait installer une radio de ma création dont les fréquences annulent son pouvoir, en étudiant l'un des dossiers de ton grand-oncle. Ce qui te laissera le loisir de le punir et d'exécuter le traître !

Vraiment ? se demanda Fully.

Il avisa son comparse.

— Pourquoi Ivan ? interrogea-t-il en relevant la tête vers elle.

— Ici au mauvais endroit au mauvais moment, siffla-t-elle. C'était également la garantie que son ami se tienne tranquille.

Au moins, tout n'était pas perdu ! Même si le dictateur grimaça. Ivan était un rebelle inestimable et sa fille ne semblait pas en avoir conscience. Preuve supplémentaire de la stupidité de sa progéniture. Archéologue chevronné, de ce qu'il savait de lui, et scientifique formé par Déborah Robinson, il avait été l'instigateur d'un voyage au Mexique pour retrouver la main de Huitzilopochtli. Ce maudit et puissant gantelet qu'Ombre portait désormais au poignet gauche.

— Que faisiez-vous sur la place des Grands Hommes ? interrogea Fully.

— Un informateur nous y attendait, répondit subitement Ivan à la surprise de son ami. Nous avons entendu parler d'un festival en ton honneur. Il devait nous donner les plans de la sécurité.

Ombre applaudit silencieusement la ruse d'Ivan, car la tâche à laquelle il faisait référence avait été confiée à un autre groupe. Fully ne devait en aucun cas découvrir qu'ils recherchaient l'arme sacrée du dieu de la guerre.

Fully se frotta le menton. Cette réponse était bien trop précipitée pour être anodine. Ivan n'était pas connu de ses services comme un poseur de bombe et encore moins un homme de terrain. Cet informateur devait-il seulement leur fournir des plans ? Le doute était permis.

L'empereur passa de l'un à l'autre sans savoir quoi penser. Finalement, il hocha la tête.

— Bien, je te félicite, dit-il sans plus de conviction. Qu'on les emmène à la prison de haute sécurité. J'aviserai ensuite.

Margaret était sur un petit nuage. Visiblement, elle avait fait forte impression sur son père.

✳

Fully suivit le cortège sécurisé. En son for intérieur, il aurait dû être satisfait d'une telle arrestation. Mais il n'arrivait pas à s'y résoudre… Il se mit à la hauteur d'Ombre.

— Tu t'es donc laissé berner par ma fille ? demanda-t-il, pince-sans-rire.

— J'ai juste évité à Ivan de se retrouver pendu au bout d'une corde, répondit sur le même ton Ombre. Visiblement, elle tient de toi son sadisme. Sinon, tu te doutes bien que je ne serais pas là.

Un grand sourire ourla le visage rond de Fully.

— C'est bien ce qui me semblait, ricana-t-il. J'ai le sentiment que toi et Ivan me cachez quelque chose. Vous n'êtes pas venus à Crazevilla pour de vulgaires plans de sécurité.

— C'est la vérité. Sullivan m'avait envoyé les chercher. Étant donné que le rendez-vous n'était pas loin de la faculté d'histoire, Ivan m'avait suivi pour consulter les livres de la bibliothèque universitaire. Rien de plus.

Il mentait, c'était évident. Toutefois, Fully ne releva pas. Il finirait par découvrir à un moment ou un autre le fin mot de l'histoire.

— Mon petit doigt me dit que tu ne resteras pas longtemps dans cette prison.

— Et pourquoi cela ?

— Ta chance insolente, sans doute. De plus, ma fille pense que ton seul atout est l'acidité de ta sueur. C'est la preuve qu'elle te connaît bien mal.

— Je ne sais pas si je dois me sentir flatté ou inquiet, avoua Ombre. Tu ne vas donc pas intervenir dans cette arrestation ? Cela ne te ressemble pas.

Si Fully le connaissait, l'inverse était tout aussi vrai. Le dictateur l'arrêta et le regarda droit dans les yeux.

— En effet, cela ne me ressemble pas. T'arrêter, te tuer de mes propres mains et retrouver le clan rebelle de Sullivan pour enrayer cette maudite verrue de mon monde font toujours partie de mes plans. Crois-moi quand je te dis que j'ai une salle spécialement réservée pour toi et ta petite bande.

— Tu ne retires cependant aucune gloire de cette arrestation, en déduisit Ombre. Elle est trop facile à tes yeux, j'imagine.

— Pas seulement.

Fully se tut quelques instants avant de reprendre.

— Ma fille est aussi inconsciente et stupide que sa mère est dépensière, dit Fully. À la différence qu'Igrène fait marcher l'économie de mon royaume à sa manière. Margaret, elle, le détruit comme une sale gosse capricieuse. Je ne prétends pas être un père exemplaire. J'ai commis des erreurs que je regrette aujourd'hui. J'ai pensé que ma fille s'assagirait avec le temps. Je me suis lourdement trompé. Au point que je me demande parfois s'il s'agit réellement de ma progéniture.

— Qu'attends-tu de moi ?

— Que tu lui donnes une leçon.

Fully s'arrêta sur le seuil du palais. Il retint Ombre encore quelques instants alors qu'Ivan était embarqué dans un fourgon blindé.

— Il est temps que Margaret comprenne où est sa place. Je préfère cependant te prévenir. Je ne te faciliterai pas la tâche. Il me semble que tu es assez malin pour t'en sortir tout seul.

— Et que suis-je censé lui faire ?

— Ce que bon te semblera, mon vieil ami.

Fully fit signe à deux hommes de l'emmener et à un troisième de s'approcher.

— Sont-ils en place ? s'enquit l'empereur.

— Depuis quelques jours déjà, répondit respectueusement le soldat.

— Je ne m'attendais pas à avoir une aussi grande chance. Finalement, ma fille m'aura enfin servi à quelque chose.

1 3

Prison impériale

L a fouille au corps avait été minutieuse. Trop, aux yeux des deux hommes qui avaient été contraints de mettre leur fierté de côté. Ils avaient été débarrassés de leurs affaires, puis conduits à la douche. Aucune intimité permise, les gardiens de la prison les lavèrent avec un puissant jet d'eau jusque dans les moindres détails. Ils essayèrent même, et cela bien vainement, de retirer le gantelet du bras d'Ombre. Ivan avait été contraint d'intervenir et de leur expliquer cette anomalie indépendante de la volonté du cobaye. De plus, pour qu'il puisse fonctionner, il fallait obligatoirement que le porteur soit en possession des pièces de cuivre, pièces confisquées plus tôt.

L'espace clos, immense amphithéâtre dont les quelques milliers de cellules s'empilaient comme des cubes, se couvrait d'un toit transparent et de quelques zones d'ombre. Il y avait des bancs, çà et là, quelques tables ainsi que du matériel sportif : des poids, un panier de basket et des lignes qui traçaient une sorte de piste. Une sonnerie retentit subitement. Tandis que des prisonniers retournaient dans leur espace confiné, munis du strict nécessaire, d'autres sortaient pour prendre leur place.

Après avoir déposé les effets de toilette qui leur avaient été attribués, Ombre et Ivan gagnèrent la cour de promenade sous l'œil curieux et les sifflements de quelques prisonniers. Peu rassuré par ces visages, dont la faible lueur diurne leur conférait des traits fantomatiques, l'archéologue talonna son comparse.

Une bande s'approcha des nouveaux venus. L'un des membres, une brute épaisse, aussi grand qu'Arakin, dévisagea Ivan. Il passa ensuite au cobaye qui, loin d'être impressionné, le jaugea sans retenue.

— Si on m'avait dit que je te retrouverais ici, ronronna-t-il à l'attention d'Ombre. Je sens qu'on va bien s'amuser, surtout dans les douches.

Un éclat de rire gras accompagna cette menace qui ne rassura pas Ivan. La fouille au corps lui avait amplement suffi.

— Son petit copain me plaît bien, dit un autre en passant son bras sur ses épaules. Je me le réserve.

— Ravi de l'entendre, bégaya Ivan. Mais je crains…

— Tu crains quoi, beauté ? voulut savoir son prétendant. T'inquiète pas, je suis doux comme un agneau. En plus, j'aime bien ta petite bouche.

— Je crains que nous ne soyons pas du même bord, vous et moi.

— C'est pas grave, je te ferai découvrir…

Ivan essaya de se dégager. L'homme lui lécha le cou et caressa son entrejambe. Ivan se débattit plus fort et le repoussa fermement.

— J'AI DIT NON ! cria-t-il sur un ton qu'il ne se connaissait pas.

— Mais elle se rebiffe ! s'amusa son agresseur.

— Cela suffit !

Ombre s'interposa.

— C'est à cause de moi que vous êtes ici ! Uniquement moi. Ivan est innocent ! Faites ce que vous voulez de moi, mais épargnez-le. Je ne me défendrai pas. Vous en avez ma parole.

La malice qu'il lut sur le visage carnassier de ses deux interlocuteurs lui indiqua clairement que son laïus ne les avait pas atteints. Ombre comprit que cela les avait même amusés. Margaret avait sans doute dû faire passer le message. Par un moyen dont il ignorait tout, l'acidité de sa sœur avait été annulée. Sans oublier que la prison de haute sécurité était comme son nom l'indiquait : d'une sécurité sans faille. Si Ombre se battait, que se passerait-il ? Ivan serait le premier à en pâtir, peut-être à en mourir, et cela, il le refusait.

— Je te demande pardon, Ivan, eut-il le temps de souffler, avant que le premier coup tombe.

Il n'avait pas le choix. Il devait se laisser faire.

✕✕✕✕✕

Des flashs lumineux agressaient la rétine d'Ivan. On le traînait comme un vulgaire sac de linge sale. Passé à tabac, il ne sentait plus son corps. Un long filet de bave coulait de sa bouche en sang.

Ses assaillants le jetèrent face contre terre avant de le mettre à genoux et de le maintenir par les épaules. Il tremblait sans vraiment en connaître la raison. Peut-être était-ce cette douleur qu'il ne sentait plus.

Face à lui, l'homme de la promenade. Il déboutonna sa tunique et la laissa s'affaisser le long de ses jambes. Il cracha ensuite dans sa main et la glissa dans son caleçon, un sourire de satisfaction sur ses lèvres.

Bien malgré lui, Ivan se mit à rire à la surprise de ses geôliers. Cette scène lui rappelait celle d'un vieux film qu'il avait regardé avec Ludivina, lors d'une projection improvisée au camp des rebelles. L'image de sa compagne lui donna le courage d'affirmer :

— Il vous faudra un pied de biche pour m'ouvrir la mâchoire. Je préfère vous prévenir.

Sa boutade ne fit rire que lui et enragea encore plus son violeur. Il le gifla, déchira sa tunique et ordonna à ses complices de le maintenir sur le ventre.

— Crois-moi tu vas moins rire maintenant ! siffla-t-il en le déculottant.

Ivan s'était déjà évadé de son corps lorsqu'il sentit son agresseur s'allonger sur lui, son sexe prêt à s'insérer entre ses fesses. Il se concentra sur l'image de sa famille. L'espièglerie de Ludivina et le sourire poupin de son fils.

Pourtant, bien loin de ressentir une déchirure, une main douce caressa son dos et le rhabilla avec mesure.

Que se passait-il ?

Des hurlements… Oui, cela devait être ça. Une soudaine agitation se déclencha. Des pas précipités quittèrent le coin où il avait été emmené. Ses yeux hagards lui offrirent la vision d'écailles bleues et marron qui ondulaient non loin de lui, à moins que ce ne soit sur lui. Il ne savait pas.

Des cris de terreur lui parvinrent à nouveau et un impressionnant sifflement y mit fin.

— Tu es en sécurité, Ivan.

— Déborah ? gémit-il.

Ses iris roses lui offrirent un sourire rassurant avant qu'il ne perde connaissance.

✖✖✖✖✖

Une poche gargouilla.

Ombre ouvrit doucement les paupières et explora la pièce dans laquelle il était allongé. Du carrelage, du blanc, des lits neutres… l'infirmerie.

Il grimaça lorsqu'il sentit quelque chose tirer sur le dos de sa main. Un cathéter solidement fixé avec de l'adhésif transparent. Le cobaye suivit les tuyaux et aperçut plusieurs poches d'un liquide translucide. À sa droite, le bip d'un cardiographe traçait une ligne de vie par intermittence et un brassard prenait sa tension.

Son corps le faisait souffrir. Ses blessures, profondes, allaient sans doute mettre du temps avant de guérir parfaitement. Du reste, plus qu'à l'accoutumée.

Ombre s'était pourtant laissé faire, comme il l'avait promis. Cela n'avait pas suffi à épargner son ami.

— Ivan… murmura-t-il.

Une vive inquiétude étreignit sa poitrine.

Une présence interrompit le fil de ses pensées. Il tourna la tête. Une femme au teint bronzé et mat s'approcha de lui comme une mère s'approcherait de son enfant. Ombre cligna plusieurs fois des yeux, incertain, car les pourtours de cette étrange personne lui semblaient flous, très flous. Il crut distinguer autour de son cou quelques crânes, peut-être même des mains et des cœurs. Il tressaillit. Par ailleurs, d'où venait cette sensation froide qui glissait sur sa peau nue ?

Un hoquet de stupeur s'échappa de sa bouche lorsqu'il comprit qu'une multitude de serpents constituaient la jupe de la mystérieuse inconnue. À moins qu'il ne s'agisse de sa longue chevelure noire de jais.

— Qui êtes-vous ? demanda-t-il, presque effrayé.

Aucune réponse. La paume de cette étrange femme appuya sur sa poitrine douloureuse. Une chaleur apaisante se diffusa dans tout son corps. Ses plaies se refermèrent et ses os se ressoudèrent instantanément.

— Retrouve le Xiuhcoatl, champion de Huitzilopochtli, et aide-le à terrasser sa sœur.

Son timbre, manifestation de sa profonde peur et tristesse, imprima au fer rouge le cœur d'Ombre qui aurait aimé la rassurer.

— Ceci t'aidera.

Le cobaye sentit du métal froid dans le creux de sa main droite. Les pièces que Margaret lui avait confisquées !

— Comment avez-vous… ?

Lorsqu'il releva la tête, l'inconnue avait disparu.

.

14

Le peintre, le champion et l'évasion

Ivan, allongé sur sa couchette, regardait pensivement le plafond de sa cellule. Il avait beau réfléchir et approcher toutes les théories possibles, aucune ne lui semblait logique.

Il se souvenait d'avoir été battu et emmené dans une pièce sombre éclairée d'une simple lucarne. Un prisonnier avait essayé d'abuser de lui… Des cris, des hurlements… et ce rêve terriblement étrange où il avait croisé les yeux roses de Déborah et ce grand serpent.

En se réveillant dans un lit de l'infirmerie, les gardiens lui avaient indiqué qu'une tentative d'évasion avait sonné l'alerte. Ils avaient pensé que l'archéologue avait été assommé par les fuyards.

— Cette théorie me semble extrêmement saugrenue, se dit-il en frottant son menton.

En revenant dans ses quartiers, les détenus s'étaient tenus tranquilles, à l'exception de quelques menaces verbales et de regards peu engageants.

— Cette histoire est vraiment bizarre, continua-t-il de marmonner. J'espère qu'Ombre va bien.

Une alarme tonitruante le tira de ses pensées. C'était l'heure de la balade. Il s'approcha des barreaux et attendit leur ouverture.

En descendant dans la cour, il aperçut ses agresseurs. Il déglutit avec peine, mais, à son plus grand étonnement, ces derniers préférèrent l'éviter. Plus étrange encore, il constata une certaine terreur dans leur regard. Ils le fuyaient comme la peste.

— Décidément…

Ivan avisa ensuite Ombre, allongé sur un banc. Il soupira bien malgré lui.

— Heureux de te revoir, lança-t-il à la cantonade.

— Moi aussi.

Le cobaye se redressa et invita Ivan à s'asseoir à côté de lui.

— Tu as remarqué ? demanda-t-il.

— Oui. Plus de menaces. À ton avis, que s'est-il passé ?

— Je pense que nous avons une alliée.

Ombre montra discrètement les pièces de cuivre avant de les remettre dans sa poche.

— Une personne veut que nous nous en sortions.

— Les pièces ? s'étonna Ivan. La princesse Margaret te les a prises avant qu'on entre dans cette prison. Comment est-ce possible ? Tu penses que c'est la même personne qui nous aurait aidés avec ces hommes ?

— Pour être franc, je n'en sais rien…

— Dans ce cas, qu'attendons-nous pour sortir ? chuchota l'archéologue.

— Pas maintenant, répondit vivement Ombre. Je me fie à mon intuition. Et si elle est bonne, alors…

Ivan se renfrogna. Les prisonniers se tenaient tranquilles, mais pour combien de temps encore ?

Une nouvelle sonnerie annonça l'heure du déjeuner. Dans le réfectoire, on mangeait en silence une bouillie immonde accompagnée d'un morceau de pain sec. Toute communication était strictement interdite sauf entre les gardiens.

Une heure plus tard, chacun regagna sa cellule et ne la quitta à nouveau que pour la promenade de l'après-midi. Cette dernière fut calme et sans heurt. Quelques hommes jouaient au basket pendant que d'autres amélioraient leur performance physique ou discutaient entre eux.

Ivan réfléchissait à ce que son informateur lui avait dit. Selon lui, il connaissait déjà la réponse concernant l'emplacement du Xiuhcoatl. Peut-être avait-il simplement manqué un indice dans les ouvrages qu'il avait consultés ?

— Avez-vous vu mon chat ?

L'archéologue se retourna vers un drôle de détenu. Des cheveux hirsutes maladroitement coiffés en arrière, une barbe ainsi qu'une certaine maigreur. Il ne devait être ni un rebelle ni un aristocrate. En revanche, ses yeux noirs lui rappelaient vaguement quelqu'un sans pour autant mettre un nom sur ladite personne.

— Votre chat ? s'étonna Ivan.

— Oui, mon Mérou. L'avez-vous vu ?

L'archéologue secoua la tête. L'homme, dépité, baissa la sienne et renifla. Puis il se tourna vers le plafond, immobile.

— Il me dit quelque chose, avoua Ombre en le rejoignant.

— À moi aussi. Ses mimiques et ses yeux… Il me semble l'avoir déjà vu quelque part.

Ivan héla un prisonnier. S'approchant avec méfiance, il passa une main nerveuse dans ses cheveux crépus et essuya les gouttes de sueur de son front avec la manche de sa tunique.

— Qu'est-ce que tu me veux ?

— Tu sais qui c'est ? désigna Ivan.

L'homme fronça son nez épaté et secoua la tête en faisant la grimace.

— On ignore tout de lui, avoua-t-il en haussant les épaules et en mettant les mains dans les poches. Il est arrivé il y a un moment avec un gros chat, le genre plein de poils. C'était un type cultivé et super gentil. Trop gentil pour un monde comme celui-là. J'ai discuté un peu avec lui. Il m'a dit qu'il recherchait sa fille. Une certaine Stéphanie qui aurait rejoint la rébellion. Selon les rumeurs, Fully l'aurait gardé un petit moment avant de l'envoyer ici. Pourquoi ? Ça, je sais pas.

— Était-il aussi hagard à son arrivée ?

— Nan. Comme j'disais, c'était un mec avec toute sa tête. C'est juste que…

L'homme s'arrêta un instant. Il soupira et ferma ses yeux noirs.

— C'est juste que quoi ? insista Ivan.

— Il y a deux semaines ou trois, j'sais plus trop... un des gardiens a voulu caresser son chat. La bestiole l'a griffé. Alors, pour se venger...

Le prisonnier lutta contre ces images. Elles étaient simples et pourtant d'une incroyable cruauté.

— Il a chopé l'animal et ils l'ont pendu. Ils ont forcé son maître à regarder. Ils l'ont empêché d'aller le décrocher. C'était horrible !

Ombre fronça les sourcils, bien que peu étonné par ce traitement.

Stéphanie lui avait déjà parlé de son père. Artiste peintre, la bourgeoisie de Fully avait fait l'apologie de son art durant de nombreuses années, permettant à sa famille de vivre aisément. Jusqu'à ce que sa femme ne vienne à perdre la vie dans un mystérieux accident, changeant ainsi sa vision des choses. Cela ne plut guère à ses admirateurs qui se tournèrent vers un autre artiste fraîchement arrivé. Commença alors une descente aux enfers dont Ombre connaissait les retombées. Alcool, dettes de jeux... et une fille à s'occuper. Une fille qui le condamna une nouvelle fois en rejoignant la rébellion.

Une question demeura cependant : que faisait le père de Stéphanie dans cette prison ? N'avait-il pas été mené au tribunal des finances comme la mère et le frère de Ludivina ? Combien de temps Fully l'avait-il gardé avec lui ?

Étrange...

— Enfin voilà, termina le prisonnier. J'en ai fait des cauchemars. Je pense que c'est ce qui lui a fait perdre les pédales.

Le père de Stéphanie quitta son immobilité pour tourner en rond, les yeux fixes et mélancoliques.

— Pauvre homme, déplora Ombre.

— Ouais, d'autant qu'il sert maintenant de défouloir à certains balèzes de la prison. J'pense que ça l'a pas aidé non plus.

Le cobaye calma autant que possible son énervement. Il valait mieux pour lui croiser les bras pour ne pas céder à la sirène des pièces de cuivre cachées dans sa poche. Son état de rage aurait été préjudiciable. Hors de question d'attirer l'attention en se transformant. Ce n'était pas le moment. Il devait encore patienter.

Le père de Stéphanie se dirigea vers un mur. Dans sa main gauche, il tenait une palette imaginaire. Dans l'autre, un pinceau avec lequel il mélangeait des couleurs. L'homme se concentra sur son tableau, invisible de tous.

Ombre le rejoignit et admira son travail.

— Que peignez-vous ? interrogea-t-il.

— Mon petit trésor, répondit l'artiste. Ici, vous avez ma femme et là, c'est ma fille.

Il renifla, puis reprit son ouvrage.

— Je sais que Stéphanie va bien. Je suis si fier d'elle ! Elle a rejoint la rébellion et maintenant, elle lutte pour un monde meilleur. J'ai toujours su qu'elle irait loin, très loin ! C'est une battante, comme sa mère.

Il se tourna vers Ombre qui lui sourit, affable.

— Je connais votre fille et vous avez effectivement toutes les raisons d'être fier d'elle.

— Vous n'avez pas vu Mérou ?

Le cobaye soupira à la soudaine question de son interlocuteur qui reprit ses rondes. Il était temps pour lui d'agir et de le sortir de cet enfer.

Aussi désolé qu'Ombre, Ivan imagina sans peine la réaction de Stéphanie. La culpabilité allait longtemps peser sur ses épaules, peut-être même jusqu'à la fin de ses jours. Son amie ne méritait pas cela. Il secoua la tête, dépité.

Il avisa ensuite l'autre prisonnier, installé à côté de lui, concentré sur un match de basket organisé par quelques détenus.

— Tu viens d'où, toi ? interrogea subitement l'archéologue.

— Je viens d'Afrique. Afrique de l'Est, plus précisément.

— Tu es bien loin de chez toi.

— C'est compliqué. Pour faire simple, j'ai aidé à la destruction du barrage du lac Tana[3]. Ils m'ont chopé, j'ai bossé quelque temps dans les

---

[3] Le lac Tana est situé en Ethiopie.

mines avant d'être rapatrié ici pour insubordination et rébellion.

— Un rebelle donc, sourit Ivan.

— C'est ça ! Au fait, je m'appelle Christopher. Et toi ? D'où viens-tu ?

— Ivan. C'est petit peu plus compliqué que toi.

Le scientifique se tut lorsqu'il aperçut une auréole noire entourer peu à peu le cobaye en proie à une immense rage. Il en connaissait la cause et comprit subitement que son séjour dans la prison de haute sécurité allait prendre fin très bientôt.

※

Adossé au mur, les mains dans les poches, Ombre observait les allées et venues du père de Stéphanie en proie à des démons qu'il aurait bien été incapable d'expliquer. Parfois, il se tapait la tête avec la paume en s'insultant. Parfois, la mélancolie le submergeait et on pouvait entendre ses plaintes dans toute la prison ainsi que les vociférations des gardiens qui lui ordonnaient de se taire.

Les veines du cobaye pulsèrent d'un liquide noirâtre. Ce n'était pas tant ce qu'il voyait qui le rendait enragé, même si cela y contribuait, mais les explications qu'il allait devoir faire auprès de son amie.

Stéphanie ne s'en remettrait sans doute jamais de l'avoir laissé seul et sans défense. Comme pour Ludivina, comment aurait-elle pu imaginer un tel sort pour son père ?

— Ombre, essaie de te calmer, s'approcha Ivan, alors que de l'acide coulait en abondance de ses doigts.

— Prépare-toi, Ivan. Nous partons.

— Et comment ?

Ombre ne lui répondit pas. Deux ailes de colibri venaient d'apparaître dans son dos.

※※※※※

La sentinelle observait tour à tour ses écrans de surveillance en buvant son café. Une lentille spéciale lui permettait de contrôler le zoom des caméras ainsi que les détecteurs thermiques. Il reposa sa tasse, satisfait. Aucune activité ou présence suspecte.

— Eh ! La boîte de conserve, s'adressa-t-il au robot installé à côté de lui. Je vais pisser. Je reviens dans deux minutes.

— Entendu, mais tu devrais arrêter de boire autant de café. Tu gagnerais en performance et en vigilance.

La sentinelle ne répondit pas jusqu'à ce qu'une image n'apparaisse sur un écran de contrôle.

— Qu'est-ce que… ?

Elle montrait la cour de promenade et un homme muni d'une paire d'ailes. Dans ses mains, deux cœurs battants, ceux des gardiens à ses pieds.

— Oh, merde !

Plus étrange encore, il tourna deux yeux opalins dans sa direction. Nulle échappatoire possible à ce regard spectral qui scrutait son âme sans une once de pitié. Peu certain de comprendre ce qui lui arrivait, une panique insidieuse souilla son pantalon. L'instant d'après, un feu céleste se propagea dans la salle de surveillance.

✕✕✕✕✕

La panique gagna l'ensemble des prisonniers lorsque les flammes envahirent l'espace.

Ombre se découpa dans la fumée opaque, auréolé de jaune et de turquoise. Il observa ses mains quelques secondes, peu certain de comprendre sa véritable identité. Était-il l'ancien cobaye ou le dieu de la guerre ? Tout était si… confus. Et cette énergie qui le galvanisait, qui le poussait dans les extrêmes, dans la plénitude, l'allégresse, la joie, la peur, la haine et la rage. Ce tourbillon d'émotions l'effrayait comme il le rassurait.

Ses veines pulsaient d'une essence magique noire qui ne demandait qu'à sortir. Alors, il tendit le bras et propulsa un puissant jet d'acide contre le mur de la prison. Le trou béant, légèrement voilé d'une lueur blanche, dévoila un chemin vers la liberté. Tous ceux qui s'y empressèrent moururent brûlés vifs.

— Ivan, parla d'une voix gutturale Ombre, emmène-le.

Ivan ne savait que faire ni que penser. Était-ce l'absorption des cœurs qui l'avait rendu comme cela ? La transformation d'Ombre semblait plus… divine.

— Presse-toi !

Ce rappel à l'ordre le sortit de sa réflexion et il se hâta de rejoindre le père de Stéphanie.

— Venez avec moi, Monsieur ! Nous devons partir !

— Non !

L'homme se débattit et retourna à sa peinture imaginaire. La cohue l'indifférait, seule comptait le portrait qu'il faisait de sa fille et de son chat.

— Soyez raisonnable ! Nous ne pouvons pas rester ici.

— Je partirai une fois cette peinture terminée !

— Votre chat, Mérou, tenta Ivan, je l'ai vu ! Je sais où il est. Mais pour cela il faut me suivre.

— Vous avez vu Mérou ?

Ivan secoua bêtement la tête. Sa ruse fonctionna à merveille puisque le père de son amie ne protesta pas lorsqu'il le guida vers le trou béant.

— Hé, attends-moi ! s'égosilla Christopher. Je veux venir avec toi ! Je vous serai utile au clan rebelle. Par pitié, ne me laisse pas ici.

L'archéologue avisa Ombre qui hocha la tête dans sa direction.

— Très bien… Suis-moi !

✳

Prisonniers et gardiens essayaient vainement d'échapper à cette entité divine. Ombre sema la pagaille et la destruction, mû par une rage incontrôlable. Incontrôlable comme cette puissance qui ne demandait qu'à sortir et qu'il était bien incapable de contenir. Il se replia sur lui-même quelques secondes et la laissa s'évader.

✳

Ivan et ses compagnons avaient réussi à se mettre à l'abri à temps. La formidable explosion pulvérisa le bâtiment et recracha débris et fumée noire. De la prison, il ne restait désormais plus rien, en dehors de ce nuage de poussière qui retombait peu à peu.

Une bulle bleue sortit des cendres. Le scientifique y aperçut son ami et essaya vainement de l'appeler pour signaler sa présence. La seule réponse qu'il entendit fut :

— Margaret.

Et Ombre disparut dans le ciel.

✕✕✕✕✕

Un seau à champagne, quelques fruits rouges et un esclave sexuel qui veillait au plaisir de sa maîtresse vénérée. Son pouce appuya sur la plante de son pied, arrachant un soupir de satisfaction à la jeune femme.

Enfin ! Elle avait réussi là où son père, malgré tout le respect qu'elle avait pour lui, avait échoué.

Margaret fit signe à son esclave. Sans attendre, il la prit avec force.

— J'ai réussi ! s'extasia-t-elle aux nombreux coups de boutoir. Ombre est derrière les barreaux !

Cette simple affirmation la fit se cambrer, sa jouissance atteignant un niveau qu'elle n'avait encore jamais connu. Elle repoussa son jouet sexuel avec un rire de démente et attrapa la bouteille de champagne. Elle but au goulot tout en dansant.

— Demain, je me vengerai de cet ignare ! cria-t-elle à tue-tête.

— En es-tu certaine ?

Margaret se figea, les yeux grands ouverts. Cette voix… non, cela ne pouvait être… Elle se tourna lentement vers un visiteur surprise. De peur, elle lâcha la bouteille. Le contenant se brisa en mille morceaux à l'image de son ego et de ses espoirs.

— Imp… impossible ! bégaya-t-elle. La prison…

— Je crois que nous avons un compte à régler, sourit Ombre.

Margaret courut appuyer sur le bouton d'urgence de sa chambre pour avertir la garde. Ombre fut nettement plus rapide, en témoignait l'épais liquide qui fit fondre ledit bouton. Alors, la fille de Fully hurla de toutes ses forces. Une gifle l'assomma, mettant ainsi fin à cette insupportable alarme.

15

La punition de Fully

Margaret retomba lourdement sur la place centrale du clan rebelle à la surprise de tous.

Ombre atterrit non loin et quitta son apparence divine.

Quelques hommes s'occupèrent de Margaret sous ses protestations. Elle se débattit, mais ne reçut pour son compte qu'un coup de crosse de fusil dans le ventre.

— Que quelqu'un aille avertir Sullivan, ordonna Ombre. Ainsi que Stéphanie.

— Inutile, je suis déjà là.

Elle et Ludivina posèrent une lourde caisse de matériaux.

— Ombre, où est Ivan ? s'inquiéta la rebelle rousse.

Son compagnon et le cobaye s'étaient absentés deux jours durant sans donner le moindre signe de vie. Tout à coup, la porte principale s'ouvrit sur Huitzi et ses trois cavaliers. À peine Ivan mit-il pied à terre que Ludivina se précipita dans ses bras.

— J'ai eu peur, avoua-t-elle.

— Je vais bien, ne t'inquiète pas. Ce qui n'est pas le cas de tout le monde, confia-t-il en se tournant vers l'homme aux cheveux hirsutes.

Stéphanie ne put retenir les larmes de joie qui brûlaient ses yeux. Son père, dans un moment de lucidité, la reconnut. Il l'étreignit avec toute la force qui lui restait.

— Je suis tellement désolée, papa…

Il ne répondit rien et se contenta d'embrasser son abondante chevelure.

— Tu vas bien, c'est tout ce qui nous importe !

— Nous ? interrogea Stéphanie.

— Ta mère et moi !

La jeune femme recula, abasourdie.

— Mais… maman est morte il y a plus de dix ans maintenant. Tu ne te souviens pas ?

L'homme ne répondit rien et se dirigea vers un mur qu'il commença à peindre dans le vide.

— Pour fêter l'anniversaire de ta mère, je vais peindre son portrait. Non, plutôt Mérou. Tu veux bien me trouver notre chat ?

Stéphanie l'observa, entre confusion et peine. Alors elle chercha des réponses auprès d'Ombre. La moue contrite qu'il afficha l'inquiéta.

— Ombre… mon père… qu'est-ce qu'il lui est arrivé ?

— Je suis désolé, Stéphanie. Il était déjà comme ça lorsque nous l'avons retrouvé.

Un ricanement perfide et cruel éclata. Le sourire que Margaret offrit à Stéphanie rappelait sans conteste celui de Fully.

— Je ne pensais pas qu'un jour je trouverais un homme aussi fou que mon père. Oh ! Où avais-je la tête ? Mon père, c'est du génie, pas de la folie !

La princesse ricana, hors de contrôle. Furieuse, Stéphanie voulut se jeter sur elle. Ombre la retint de peu. Elle se débattit comme une démone, puis, impuissante, se calma en retirant son bras de la prise de son ami, tremblante de rage et de haine.

— Qu'est-ce que tu as fait à mon père, sale tarée ? cracha-t-elle.

— Stéphanie, fais-moi le plaisir de surveiller ton langage ! gronda le peintre. Sinon, tu vas dans ta chambre !

— Voyons, Stéphanie ! Quel affreux langage ! railla Margaret. Moi-même, je suis choquée. Pour ta gouverne, ce n'est pas moi qui ai rendu ton père totalement timbré. Accuse-moi de ce que tu veux, mais là…

Avec un air innocent, elle releva ses mains.

— Tu ne peux qu'en vouloir à toi-même, ma chérie !

Cette fois-ci, ce fut Ludivina qui la retint. Elle glissa un mot à sa meilleure amie qui essaya vainement de se contrôler.

Stéphanie inspira à fond sans pouvoir toutefois calmer les torrents qui dévalaient ses joues. En enfer, c'était cela. Elle devait être morte et punie de sa lâcheté. Les doigts cachant sa bouche, elle tituba jusqu'à son père.

— Maman nous attend pour le dîner, se reprit-elle difficilement. Je n'ai pas trouvé Mérou. Je pense qu'il a dû encore se cacher. On le retrouvera plus tard. Tu viens ?

Muet et les yeux dans le vide, le peintre suivit sa fille sans protester, hagard.

Margaret se gaussa. Ce pitoyable spectacle était à mourir de rire ! Pauvre petite chose… Elle ne pouvait s'en prendre qu'à elle-même, après tout. C'était elle qui avait abandonné son idiot de père, artiste raté de son état.

— Alors c'est toi Margaret, la fille de Fully ?

Arakin s'approcha d'elle et la toisa de toute sa hauteur. Les rebelles scrutèrent les alentours, peu rassurés par les quelques bruits de ferraille qu'ils entendirent. Les vis, les clous et autres petits éléments métalliques semblaient vouloir rejoindre l'homme aux cheveux bleus dont la large main s'aplatit sur la joue de la captive. Ce geste ne calma pas pour autant les nerfs d'Arakin, prêt à lui sauter dessus pour lui tordre le cou. Il croisa les bras sur ses imposants pectoraux.

En réponse à sa gifle, Margaret cracha du sang à ses pieds, mauvaise comme un démon.

— Tu as raison sur un point, Margaret, reprit Arakin. Ton père n'est pas fou. C'est un homme extrêmement intelligent qui ne sous-estime jamais ses adversaires. Selon son idée, chacun de nous peut potentiellement le dépasser ou devenir le grain de sable qui enrayera sa machine. Je suis très déçu, vois-tu ? En fait, je suis un peu comme Ombre. J'aime me battre. Surtout si la personne qui me fait face en vaut la peine. Ce qui ne semble pas être ton cas.

— Qu'est-ce que tu insinues, misérable avorton ?

— Que malgré son énorme QI, Fully n'a pas été capable d'engendrer une héritière digne de ce nom. Je dirais même qu'il a conçu une farce de lui-même.

— Va te faire foutre !

Arakin rattrapa subitement les cheveux de la jeune femme et tira sa tête en arrière pour être sûr de capter toute son attention. Les grincements métalliques reprirent de plus belle.

— Je ne sais pas ce qu'il est arrivé à ce pauvre homme, murmura-t-il. Sache cependant une chose. J'ai parfois une fâcheuse tendance à perdre les pédales et ce n'est pas Ombre qui dira le contraire. Si j'en ai la possibilité, je te ferai souffrir à un tel point que tes cordes vocales se déchireront avant même que tu nous quittes pour de bon.

— Mon père…

— Ton père ne fera rien, coupa une voix autoritaire.

Sullivan se rapprocha de la captive, le regard sombre. Arakin la relâcha.

— Sinon, il y a bien longtemps qu'il aurait remué ciel et terre pour te retrouver. Il semblerait que sa fille l'ait déçu.

— Tu mens !

— Non, il dit la vérité, ajouta Ombre. Je suis bien placé pour le savoir. Donc, ne mise pas trop d'espoir en lui.

— Vous mentez ! Et toi, tu n'es qu'un sale traître, postillonna Margaret. Une misérable invention du grand-oncle de mon père ! Je te suis supérieure, je suis ta princesse !

— Supérieure ? sourit Ombre. Ce n'est pas moi qui suis à genoux et en position de faiblesse. Garde ta salive, elle te sera utile lors de ton procès.

— Enfermez-la dans la cage, ordonna Sullivan.

Il retint le garde rebelle par le bras et lui glissa à l'oreille.

— Surveillance maximum, compris ?

Il hocha la tête et embarqua Margaret sous moult vociférations. Elle hurla à pleins poumons et se débattit comme une diablesse. La poigne de fer de ses geôliers ne fit qu'attiser sa haine, leur attitude indifférente à ses menaces.

✖✖✖✖✖

Stéphanie s'occupa au mieux de son père.

Elle ne put s'empêcher de grimacer et d'avoir un haut-le-cœur lorsqu'elle le débarrassa de sa tunique de prisonnier. Il s'était oublié. L'odeur pestilentielle envahit son petit baraquement. Aussi se hâta-t-elle d'en ouvrir l'unique fenêtre et de respirer l'air frais.

Après une énième inspiration, Stéphanie se reprit et continua à s'occuper de son père tout en négociant avec ses caprices et sa folie. Une fois qu'elle l'eut vêtu, elle lui donna à manger et le fit boire. Elle l'emmena aux toilettes et l'aida à faire ses besoins.

— Où est Mérou ? demanda-t-il pour la dixième fois.

— Il est allé se balader, répondit Stéphanie en l'allongeant sur son lit.

Elle glissa une couverture sur ses épaules et l'embrassa sur le front.

— Je pars faire une course.

— Ne tarde pas trop, ma chérie. Tu sais que maman n'aime pas le retard.

— C'est promis.

✖

Ombre l'attendait à la sortie de son baraquement. Il retint de peu Stéphanie qui éclata en sanglots.

Jamais elle n'avait imaginé devoir faire une telle chose. Devoir s'occuper de son héros, de son papa comme d'un vulgaire bébé. Il avait été un homme de science, cultivé et pacifique. Un homme capable de tenir de longues conversations sur le sens de la vie, la littérature et bien sûr l'art. Un peintre de talent qui avait été reconnu très tôt par ses pairs.

Que restait-il désormais de lui ? En dehors de cette poupée de chiffon au regard voilé par la folie.

— Ne restons pas là, chuchota Ombre.

— Je vais prendre le relais, assura la mère de Ludivina.

Elle avait connu ce grand monsieur qui, sous ses airs sévères,

121

cachait un bon vivant au rire communicatif. Apprendre son état l'avait choquée plus que de raison.

— Faut que je reste avec lui, c'est mon rôle ! contesta sa fille.

— Tu peux pas prendre soin de lui dans cet état, gronda Ludivina. Va te reposer chez Ombre. Je m'en occupe avec maman. On te préviendra, si besoin.

Stéphanie hocha lentement la tête, impuissante, et se laissa porter par son ami.

Ombre l'allongea et glissa sur ses épaules une couverture épaisse. Arakin ouvrit la porte du baraquement après avoir toqué, un plateau-repas sur la paume de sa main.

— Mange un peu, conseilla Arakin en posant les victuailles sur le lit.

— Que s'est-il passé, Ombre ? demanda-t-elle subitement en ignorant Arakin.

L'ancien cobaye hésita un long moment et rechercha même l'approbation de son rival. Adossé au mur et bras croisés, il acquiesça. Alors, Ombre commença son récit.

Stéphanie l'écouta, les yeux fixes. Elle imagina sans peine les horreurs qui avaient rendu fou son père. Comment Fully avait-il pu envoyer un homme aussi innocent que lui dans un endroit pareil ? Pourquoi ? Comment ? Et Mérou ? Ce gros chat acariâtre qui ne se laissait caresser que par ses maîtres. Pour peu qu'il fût en de bonnes dispositions. Pourquoi diable son père l'avait-il emmené avec lui ?

— Sortez, ordonna-t-elle. Laissez-moi.

Tout était de sa faute. Tout ! Son père était devenu fou à cause d'elle.

— Stéphanie, il…

— Sortez ! cria-t-elle en balançant le plateau contre le mur.

Ombre et Arakin se regardèrent, interloqués.

— Je veux être seule.

Ils acquiescèrent à l'unisson et s'en furent.

La porte refermée, la jeune femme hurla dans son oreiller. Qu'avait-elle fait ? Qu'allait-elle faire ? Son père ne pouvait pas rester ici et encore moins être renvoyé en dehors du clan. Elle hurla à nouveau, pleurant comme jamais auparavant.

Lorsque Ombre regagna son baraquement, elle s'était endormie, son sommeil perturbé par des cauchemars. Il ramena la couverture sur elle, puis s'occupa de laver son excès de colère.

— Papa !

À son tour, Ombre se coucha et déposa un baiser sur son front en murmurant :

— Je suis fier de toi, ma fille.

— Papa… Pardon.

✖✖✖✖✖

Un bruit le réveilla. Les yeux grands ouverts, il scruta l'espace exigu. Autour de lui, trois personnes dormaient à poings fermés : un homme et deux femmes.

Ludivina ressemblait à une poupée emmitouflée dans sa couverture, ses cheveux roux cachant son visage rond.

Nouveau bruit.

— Mérou, c'est toi ?

Le père de Stéphanie se leva de sorte à ne pas réveiller l'amie de sa fille, blottie contre le mur opposé, sa tête retombant sur le côté. Il ouvrit la porte et crut distinguer son chat. Mais lorsqu'il voulut le rattraper, il s'échappa.

✖

Margaret tournait en rond dans cette pièce circulaire entourée de barreaux aussi gros que ses bras. La cage portait admirablement bien son nom : peu de place pour se mouvoir et une tôle ronde qui servait de toit. En guise de toilette, un simple seau. La prison mobile avait été placée au centre d'un espace lui-même circulaire entouré de hautes murailles. Cinq hommes armés se chargeaient de sa surveillance et deux autres surveillaient l'entrée. Pour couronner le tout, des projecteurs aveuglants étaient braqués sur elle.

La princesse se tritura les méninges pour trouver une issue à son impasse. Faire les yeux doux à l'une des brutes épaisses ? Hors de question.

— Sales menteurs, vitupéra-t-elle. Je suis sûre que mon père me cherche. Je suis sa fille, après tout !

Et ce fichu rebelle qui n'avait rien laissé au hasard ! La cage ne possédait aucune ouverture fermée à clé. Seule une machine pouvait soulever cette sorte de panier d'acier pesant plus d'une tonne.

Elle enrageait. Comme elle enrageait !

Son esprit dérangé lui envoya un million de supplices pour faire souffrir ce Sullivan.

— Sale con !

Margaret saisit les barreaux de sa cage jusqu'à s'en blanchir les phalanges.

— À l'aide, papa, viens m'aider ! s'égosilla-t-elle.

✕

— Enfin, te voilà, petit galopin !

Le père de Stéphanie saisit son chat, à moins que ce ne soit un vieux sac rapiécé. Il le caressa malgré tout, en croyant entendre ses ronronnements.

— À l'aide, papa, viens m'aider !

Ce cri ? D'où venait-il ?

— Papa !

Cet appel au secours...

— Stéphanie ? s'enquit-il.

L'homme s'approcha d'une zone à l'entrée surveillée par deux molosses. Stéphanie était là, sous cette cage, captive de quelques gardes. Il devait à tout prix l'aider.

✕

— Putain de barreaux ! s'énerva à nouveau Margaret. Ils vont me le payer, tous !

Deux gardes se tournèrent soudainement. Un bruit de casseroles les avait mis en alerte. Ils hochèrent la tête en direction de leurs confrères qui approuvèrent silencieusement une vérification. Ils ne revinrent pas.

Intrigué, le troisième s'inquiéta de leur absence et partit les rejoindre. Nouveau silence lourd.

Les derniers s'observèrent, dubitatifs. Quelque chose n'allait pas. L'un d'eux se saisit de sa radio et la relâcha aussitôt, un taser entre les côtes. Ses complices subirent le même sort.

Margaret regarda le père de Stéphanie s'activer avec stupeur. Il se dirigea vers un énorme bouton rouge et appuya dessus. Petit à petit, la cage se souleva.

La princesse n'attendit pas que sa prison soit totalement relevée pour passer en dessous. Encore stupéfaite par cette chance insolente, elle scruta les iris noirs du fou et crut y apercevoir un logo : celui de son père.

Elle sourit de toutes ses dents. Fully ne l'avait pas laissée seule face aux rebelles. Elle devait à présent quitter le clan.

— Suis-moi, ma chérie ! lui intima l'homme en la prenant par la main.

Ces gens n'étaient pas des gens bien ! Ils s'en étaient pris à sa fille en l'enfermant dans cette cage minuscule, dans le froid et isolée de tous. Elle leur avait pourtant fait confiance. Elle les avait rejoints dans leur combat et voilà comment ils la considéraient. Stéphanie ne méritait pas cela. C'était une jeune femme courageuse et réfléchie dont il était extrêmement fier ! Il fallait qu'il l'aide à sortir, peu importe le prix à payer.

L'homme se détourna quelques instants de ses écrans de surveillance pour attraper son sandwich et donner son rapport à son camarade avec qui il travaillait.

Alors qu'il allait croquer dans son déjeuner, son regard s'attarda sur une image : une cage vide et des gardes à terre.

La sentinelle délaissa son repas et pianota un moment sur son clavier à la recherche de la fugitive. Il scruta ses écrans, tourna et retourna les caméras, la panique s'insinuant peu à peu dans sa tête.

— Ça va ? demanda son camarade.

— Margaret Craze s'est échappée !

L'homme se figea. Il ajusta la vidéo sur son tableau de contrôle, puis ses yeux s'écarquillèrent d'horreur. Il attrapa son talkie-walkie.

— Sullivan, c'est le poste de surveillance. Margaret s'est enfuie avec le père de Stéphanie, ils sont actuellement devant la porte du camp !

Il fallut quelques secondes pour obtenir une réponse du chef rebelle.

— *Quoi ? C'est impossible !* s'énerva Sullivan.

— Il faut faire vite ! Il y a des gardes impériaux à l'extérieur en approche.

— *Donne immédiatement l'alerte !*

⁂

— Nous y sommes, ma chérie, dit le brave homme. Tu seras bientôt libre !

Margaret jubilait. L'ironie était à son comble. C'était le père de son ennemie qui la faisait sortir ! Lorsqu'elle irait raconter tout cela à Fully…

— Dépêche-toi !

— Oui, un peu de patience. Cela ne doit pas être compliqué à ouvrir.

Coup de chance, simple hasard ou manipulation, Margaret penchait pour la troisième option, le père de Stéphanie sut déverrouiller la porte blindée du premier coup. Dans un grincement rocailleux, elle s'ouvrit lentement.

⁂

La sentinelle extérieure ne comprenait pas la raison de cette ouverture. Elle n'avait reçu aucune information sur une intervention nocturne. Abasourdi, l'homme regarda la grande porte s'écarter peu à peu.

Une insidieuse panique glaça son sang lorsqu'il avisa des gardes impériaux en patrouille. Il se saisit de son talkie-walkie.

— Qu'est-ce qu'il se passe ? Les portes s'ouvrent ! À vous !

Aucune réponse. Il recommença.

— Je répète, les portes s'ouvrent sur des gardes impériaux en approche !

Sullivan perçut la terreur dans la voix de sa sentinelle. Le cœur battant à tout rompre, il se précipitait vers la sortie du clan. L'information qu'il avait reçue l'avait déconcerté. Dans sa folie, le père de Stéphanie aidait leur ennemie à s'enfuir. Margaret avait-elle profité de sa confusion pour le convaincre ? Sans nul doute. Il courut à perdre haleine jusqu'à la porte principale.

La porte s'écartait, pas assez vite cependant au goût de la princesse.

— Putain ! grinça-t-elle.

Le père de Stéphanie s'approcha d'elle et posa une main apaisante sur son bras.

— En attendant que cela s'ouvre, allons manger une part de tarte à la myrtille avec maman.

Margaret le repoussa si fort qu'il tomba sur son séant.

— Pauvre abruti totalement sénile !

La lenteur des deux battants que ne fit qu'accentuer son énervement.

La garde impériale passa l'angle de la rue pour arriver droit sur l'impasse. La sentinelle, déguisée comme à son habitude en vieillard, prépara discrètement son fusil d'assaut avec le vain espoir de ne pas à avoir à l'utiliser.

Sullivan aperçut avec horreur l'ouverture devenir de plus en plus grande… sur une patrouille impériale !

— Vite ! Refermez-moi cette fichue porte !

L'un des rebelles se pressa vers le boîtier lorsque la réaction du père de Stéphanie mit fin à sa course. Son visage se tordit en une grimace furieuse.

Il demeura immobile quelques secondes avant de se fâcher complètement. Il se retourna et appuya sur un bouton vert. À la stupeur de Margaret, les battants se refermèrent.

— Non !

Folle de rage, elle se jeta sur lui avant d'être retenue et maintenue au sol, un genou sur son dos.

Un silence angoissant s'éleva dans les airs lorsque la troupe impériale inspecta l'impasse. Un laser quadrilla les lieux, puis un second avec une lenteur proche du supplice.

— Rien à signaler, annonça une voix robotique.

Sullivan en perdit le contrôle de ses jambes et tomba à genoux, effaré.

— Il s'en est fallu de peu, lâcha-t-il platement.

Il se frotta le visage, encore sous le choc. Son clan avait frôlé la catastrophe.

※※※※※

Stéphanie avait laissé son père à la surveillance de la mère de Ludivina.

Elle attendait de connaître comme beaucoup la sentence de la princesse Margaret. Sullivan n'avait pas voulu patienter jusqu'au lendemain.

Ombre n'avait guère été étonné par son attitude. La fille de Fully ressemblait beaucoup à Igrène sur ce point : c'était une opportuniste qui ne reculait devant rien pour obtenir ce qu'elle désirait.

Assise sur une chaise en bois, pieds et poings liés, Margaret attendait. Haineuse, elle darda sur ses ennemis un regard dur.

Sullivan s'approcha d'elle, les bras fermement croisés sur sa poitrine. Il avait longuement entendu parler de cette peste et de son sadisme. D'abord alimenté par ses caprices de petite fille, puis par l'égoïsme de son adolescence et enfin le vice de sa vie d'adulte. Trop de sang coulait sur ses mains, plus que sur celles de son père. Sullivan voulait éliminer cette plaie de toute son âme. Qui s'en inquiéterait, après tout ? Le bon sens le retint, mais il n'imaginait pas la laisser partir sans lui donner une leçon.

— Nous pourrions l'échanger contre quelques prisonniers, avança une femme aux muscles saillants.

Ombre l'arrêta aussitôt.

— Les rebelles capturés par Fully sont torturés à mort, l'informa-t-il. Non, ce qu'il faut, c'est lui donner une leçon.

— Une leçon ? rétorqua-t-elle. Elle reviendra au pas de charge et sans doute avec son père pour couronner le tout !

— Oh que non, je puis te le promettre.

— Il faut qu'on la tue ! scanda un autre. Montrons à Fully de quoi on est capable !

— Tout ce qu'il verra, haussa Arakin, c'est qu'on ne vaut pas mieux que lui.

Stéphanie profita du débat pour s'approcher de la princesse. Elle lui assena une paire de gifles, puis une seconde. La jeune femme n'avait jamais aimé la violence à l'état pur. Pourtant, cela lui avait fait du bien. Elle avait déchargé son cœur d'un peu de sa colère et de sa haine, même si, au fond d'elle, elle aurait aimé la voir souffrir davantage. Stéphanie fit au mieux pour se calmer et taire cette voix qui lui susurrait de continuer sa frappe.

— J'avais entendu pas mal de choses à ton sujet, Margaret, commença-t-elle, coupant court au brouhaha. Au départ, je me disais que tu ne devais pas avoir la vie facile, qu'être une princesse était sans doute quelque chose de dur quand on est la fille d'un dictateur comme Fully. Il m'était même arrivé de prendre ta défense dans certains cas, parce que je trouvais que les rumeurs qui circulaient à ton sujet étaient très exagérées…

Stéphanie secoua la tête. Elle ne savait que penser, que faire. Après un court instant d'hésitation, elle reprit :

— Rejoindre la rébellion m'a ouvert les yeux. Et je me suis rendu compte de ma bêtise. Comment avais-je pu défendre une femme qui défigure les autres parce qu'elle les trouve plus belles qu'elle ? Comment ai-je pu défendre une femme qui asservit les enfants en leur promettant monts et merveilles et qui, au final, les abandonne de l'autre côté de la Frontière Interdite ? Comment ai-je pu défendre une femme qui se moque de la vie d'autrui et qui se sert de la folie d'un homme pour s'échapper ?

— Comment une pauvre fille comme toi peut-elle croire que j'ai besoin de sa pitié ? rétorqua Margaret, mauvaise et amusée.

— Je ne suis pas comme toi, continua malgré tout Stéphanie en ignorant sa pique. Peu importe ce que tu as fait, ce n'est pas à moi de te punir. Me mettre à ton niveau me rendrait aussi pathétique que toi. Je suis une rebelle, pas un monstre. Même si j'aimerais que tu connaisses la souffrance de tes victimes au moins une fois dans ta vie.

Elle s'écarta pour rejoindre sa meilleure amie qui, en guise de soutien, lui prit la main. Elle la gratifia d'un sourire rassurant. Stéphanie n'avait pas cédé à la sirène de la vengeance.

Ombre, lui, n'aurait pas cette même pitié. À nouveau, le cri déchirant de Stéphanie heurta ses oreilles ; sa mine horrifiée en découvrant l'état de son malheureux père, sa soudaine fatigue et surtout cet éclat de voix dans son baraquement qui ne lui ressemblait pas. Plus encore, le cobaye avait en mémoire la corde de piano passée autour du cou d'Ivan. Autant de choses qu'il ne pouvait tolérer. Fully lui avait donné son feu vert. Alors, pourquoi résister ?

Mauvais, il posa les mains sur les cuisses de Margaret et lui offrit le sourire d'un démon.

— Sullivan avait raison quand il disait que ton père ne viendrait jamais te chercher, susurra Ombre. Tu es une honte pour lui, une erreur de la nature.

Si les paroles du cobaye blessèrent Margaret, elle fit de son mieux pour ne rien en montrer.

— Sale menteur ! Tu…

Son ricanement mit fin à sa répartie.

— Ceci est un cadeau de sa part.

D'abord du chaud, puis une brûlure. L'odeur de la chair cuite envahit soudain l'air. Si certains rebelles se détournèrent ou se bouchèrent le nez de dégoût, d'autres, entre fascination et satisfaction vengeresse, regardaient la sentence sans faillir.

Margaret ignora autant que possible cette atroce douleur. Elle souffla, tentant d'y résister. De ses yeux fous ne s'écoulèrent que quelques gouttes salées qu'elle essaya vainement de chasser en secouant la tête. Elle défia Ombre qui appuya encore plus sur ses deux jambes. L'acide s'attaqua aux fémurs. Malgré une volonté de fer, la fille de Fully hurla à pleins poumons et la douleur laissa place à de l'amertume.

Margaret saisit alors la vérité dans toute son horreur : Fully était l'instigateur de cette mascarade. Elle payait pour son insolence. Ne l'avait-il pas avertie ? Ne lui avait-il pas demandé de rester à l'écart ? Finalement, cette brûlure, cette douleur ne fut que le reflet de son cœur brisé. Elle avait voulu plaire à Fully, lui montrer qu'elle aussi était engagée dans la bataille. Une bataille que son géniteur gardait jalousement sous son contrôle et dans laquelle elle n'avait pas sa place. Plus humiliant encore, il avait demandé à Ombre, traître à la couronne, de le lui faire comprendre.

Le dernier lambeau de peau se déchira et sa jambe gauche tomba dans une mare de sang.

※

La garde impériale l'avait retrouvée à l'entrée du palais. Comment les rebelles s'y étaient-ils pris pour la mener jusqu'ici ? Fully ne voulait pas le savoir. Seul le résultat comptait. Il rejoignit sa fille dans ses appartements.

Installée dans un fauteuil roulant, Margaret se perdait dans la contemplation de sa baie vitrée, vêtue d'une chemise de nuit et d'une robe de chambre. Sa mère se tenait à côté d'elle, une broderie sur les genoux. Igrène n'arrivait pas à finir son ouvrage. Le mutisme de sa fille l'inquiétait.

Un frisson parcourut son échine au son grinçant et sinistre de la porte de la chambre. Fully s'approcha d'elle et lui ordonna de sortir. Nulle contestation ne fut permise. Elle s'éclipsa aussi discrètement que possible sous le regard implacable de son époux.

— Je vois qu'Ombre a fait du bon travail, encore une fois, commença-t-il, aussi froid qu'un iceberg. Il a beau m'avoir trahi, je le regrette ! Lui au moins m'était utile. Et, bien qu'il m'arrivât parfois de perdre son contrôle, je lui accordais tout de même une confiance aveugle.

Margaret essaya autant que possible de faire bonne figure, bien que les paroles de son père soient aussi caustiques que la sueur d'Ombre.

— Sachons toutefois reconnaître les choses : ta dernière désobéissance a très bien servi mes intérêts.

La princesse observa Fully sans comprendre.

— Me croyais-tu assez idiot pour ne pas te faire surveiller ?

Lorsqu'il daigna enfin la regarder droit dans les yeux, nul amour paternel. Tout juste une considération digne d'un souverain à un sous-fifre.

— Je t'ai surveillée, ma fille. Et cette surveillance m'a été très bénéfique puisqu'elle a été l'aboutissement d'un projet que je souhaitais mettre en place depuis de nombreuses années.

— De quel projet parles-tu ? osa-t-elle s'enquérir.

Le ricanement de son père lui glaça le sang. Elle se rencogna dans son fauteuil.

— Une petite surprise de mon cru au sein même du clan.

Margaret comprit lorsqu'elle se souvint avoir vu le logo de Fully dans les iris du père de Stéphanie.

— Donc, tu sais où il est ?

— Non, toujours pas. Ce maudit cheval possède un brouilleur extrêmement puissant à la hauteur du talent de Sullivan. Il est assez malin pour anticiper les choses même les plus infimes. C'est pour cette raison qu'il n'en demeure pas moins redoutable. Aussi, me faudra-t-il attendre et utiliser ce temps pour me préparer. Je finirai quoi qu'il en soit par obtenir ce que je veux. Patience est mère de toutes les vertus.

Son ricanement éclata dans la chambre et il sembla à Margaret qu'il fut entendu dans tout le château.

16

Délivrance

Son état s'était empiré au fil des jours. Stéphanie ne savait plus quoi faire pour apaiser les crises de délire de son père. D'un moment calme et paisible, il pouvait entrer dans une colère noire et incontrôlable. Cette inconstance mettait les nerfs de la jeune femme à rude épreuve, peu importe l'amour qu'elle lui vouait.

Parfois remplacée par la mère de Ludivina, replonger dans la mécanique ne lui offrait que peu de répit. L'homme ne cessait de réclamer sa présence lorsqu'elle s'absentait trop longtemps.

Fatiguée, elle ne répondait même plus aux piques d'Arakin. Bien que certaines la fassent sourire. Au moins lui accordait-elle cette mince victoire.

Ivan sortit de son baraquement pour fumer sa pipe. Dans le ciel, des nuages gorgés d'eau menaçaient de déverser leur chargement à tout moment.

— Papa !

— Non, laisse-moi !

Le scientifique soupira, plaignant sincèrement son amie. Ce fut avec une grande patience qu'elle put enfin le rentrer dans son baraquement avant que des gouttes et de la grêle ne tombent avec fracas, accompagnées de quelques coups de tonnerre.

Ivan ne tarda pas à s'abriter. Il n'aimait guère la pluie, bien que nécessaire pour remplir les cuves d'eau potable. Il se remit au travail sans plus attendre. Depuis son retour, et avec les récents évènements, il n'avait pu faire de rapport détaillé à Sullivan concernant sa rencontre avec l'informateur. Pour lui dire quoi, au final ? Même pour lui, les explications qu'il avait obtenues se résumaient à un flou total.

À l'obscurité soudaine, Ivan alluma la petite lampe de son bureau.

— Je ne fais que passer ! entra précipitamment Ludivina.

Elle courut jusqu'à une caisse métallique et attrapa son fer à souder. Ivan lui réclama un baiser avant qu'elle ne disparaisse, puis il se concentra à nouveau.

Bien que très court, ce petit interlude lui fut bénéfique. Il lui raviva la mémoire de quelques menus détails auxquels il n'avait pas prêté plus d'attention. Il saisit un bloc et nota ses idées.

— Récapitulons, réfléchit Ivan. À la suite de la venue de Cortès, les dieux eux-mêmes auraient caché le Xiuhcoatl pour éviter qu'il ne tombe entre de mauvaises mains. Bon…

Il se leva de sa chaise et tourna en rond dans l'unique pièce de son baraquement, tout en se tapotant les lèvres avec son stylo.

— Tu connais la réponse, répéta-t-il comme un mantra. Oui ! Mais laquelle ? Et à quelle question ?

Ivan s'arrêta net. Un éclair, une lumière vint illuminer sa réflexion.

Il avisa son vieux guide touristique avec un œil neuf.

— Non… cela ne peut pas être aussi simple… À moins que….

Il le relut avec une attention nouvelle en compilant les informations qu'il avait obtenues.

C'était ça, bien sûr ! Il avait enfin trouvé la clé à son énigme ! Il savait où était l'arme de Huitzilopochtli !

Le nom de la ville n'avait pas été choisi au hasard. Et pour repousser les éventuels curieux, le dieu de la guerre et son frère avaient dû faire en sorte qu'un esprit veille sur cet artefact. Restait désormais à déterminer lequel.

Ivan attrapa ses notes et rejoignit Sullivan.

✳

— Non.

— Quoi, non ?

— J'ai dit non.

— Mais… Sullivan, c'est… !

Ivan avait avancé de nombreux arguments sur la nécessité de trouver le Xiuhcoatl. Pourtant, Sullivan refusait catégoriquement de lancer une expédition. L'archéologue rechercha l'appui d'Ombre et d'Arakin. Si les deux hommes semblaient aussi enthousiastes que Ludivina et Stéphanie de partir à l'aventure, ce n'était pas le cas du chef rebelle. Indifférente, Cécile s'en moquait, bien que son visage ne trahisse une légère excitation à l'idée de quitter un peu le clan.

— Ivan, je comprends ton empressement, continua Sullivan. Toutefois, Fully contrôle le ciel. Si un vaisseau décolle de la base, nous prendrons le risque de nous faire repérer. Sans parler des forces alliées. Nous ne savons rien du continent sud-américain. D'autant que les hommes de Fully sont partout. Où allons-nous atterrir et avec quel comité d'accueil ? Je préfère ne pas prendre de risques.

— Sans compter que nous ne savons pas ce qui nous attend une fois que nous serons sur place, je veux dire, là où se cache l'arme de ce dieu, ajouta Cécile.

— Un camouflage optique, lança Ludivina à la surprise de tous. C'est facile à installer et à intégrer au programme du vaisseau. Pour ce qui est du comité d'accueil, j'avais effectué quelques recherches à une certaine époque. Je dois admettre que c'est assez flou, on ne connaît rien du pouvoir en place. Néanmoins, j'ai cru comprendre que la rébellion avait pris racine au Mexique. Peut-être qu'en leur envoyant un message crypté, nous pourrions les avertir de notre venue. Non ? Pourquoi refuseraient-ils d'accueillir le chef incontesté de la résistance ?

— Que faisons-nous pour le xihcol… heu… suicol ? essaya de prononcer Cécile. Si cette chose est si importante, alors les dieux ont dû y mettre une certaine protection, un peu comme ce que vous avez rencontré avec le gantelet, non ?

Ombre sourit de toutes ses dents.

— Ludivina, Stéphanie, Ivan et moi-même commençons à connaître les habitudes aztèques. Et je n'ai aucun doute sur le fait que cela amusera également Arakin.

L'intéressé réfléchit quelques instants, avant qu'un rictus euphorique n'ourle son visage carré.

— Je marche ! dit-il. Je vous avouerais que je suis très curieux !

— En ce qui me concerne, mes comp... commença Stéphanie.

— Toi, tu restes ici ! coupa sèchement Cécile.

Elle tenait enfin une occasion de pouvoir se retrouver seule avec Arakin. Il était hors de question que cette pimbêche vienne avec eux.

Stéphanie l'observa, interloquée. Elle baissa la tête, devinant sans peine la pensée de Cécile.

— Si c'est pour que ton père nous mette encore en danger, il en est hors de question ! C'est à cause de lui qu'on a failli se faire prendre, je te signale. Alors tu restes ici pour veiller à ce que ce sénile ne fasse pas de vagues ! Nous serons bien assez sans t'avoir dans les jambes.

Stéphanie se tut, incapable de contester cette gifle verbale. Elle qui se faisait une joie de partir, Cécile l'avait simplement remise dans une dure réalité à laquelle elle ne pouvait pas échapper.

— Inutile de faire une tête de chien battu, continua-t-elle, mauvaise. Fallait y réfléchir à deux fois avant de le laisser tout seul. Quel genre de fille es-tu ?

Nouveau coup qui eut pour effet d'amplifier sa culpabilité. Car même si le ton de Cécile était cruel, elle n'en disait pas moins la vérité.

— Cécile a raison. Je... je ne peux pas venir avec vous, déclara-t-elle, mélancolique. Si je ne reste pas avec mon père, qu'adviendra-t-il ? Je suis la seule à pouvoir le contrôler. On en a eu un exemple avec Margaret. Je vous laisse. Je pense que vous avez beaucoup de choses à régler pour ce voyage.

Stéphanie se leva et quitta sans attendre la salle de réunion en essayant de contenir sa peine. Ivan poussa un soupir, claqua ses mains sur la table pour montrer sa colère et s'en fut à sa suite.

— Bien joué, ronchonna-t-il.

Médusés, Ludivina et Arakin observèrent Cécile sans mot dire. Ombre fronça les sourcils, ses veines pulsant d'un liquide noirâtre. Cécile était allée bien trop loin.

— Et tu étais obligé de lui sortir ça comme ça ? s'insurgea Ludivina. Tu connais la définition du mot fair-play ?

— Stéphanie refuse de voir que la folie de son père nous mènera tous à notre perte ! rugit Cécile en tapant du poing sur la table. Il est temps qu'elle ouvre les yeux pour le bien de tous ! Si elle nous suit, qui nous dit qu'il se tiendra tranquille ? Dans son délire, il pourrait très bien contacter notre ennemi.

L'amie de Stéphanie lui accorda ce point sans pour autant décolérer.

Cécile soupira d'exaspération avant de rajouter :

— Comme si on avait besoin d'un foldingo ici, sans avoir deux bourgeoises à se coltiner.

— Tu veux bien répéter ?

Ludivina bondit de sa chaise pour rejoindre Cécile et l'attraper par le col.

— Tu veux bien répéter ? La bourgeoise est un peu sourde d'oreille, tu vois.

— Ludivina ! gronda Sullivan.

Malgré le rappel à l'ordre du chef rebelle, la jeune femme ne lâcha pas son emprise. Il fallut qu'Arakin intervienne pour les séparer.

— Quoi, Ludivina ? s'emporta-t-elle en repoussant l'homme aux cheveux bleus. Hein ? Dis-moi, Sullivan ! Quoi ?

Elle reprit son souffle et essaya autant que possible de garder son calme. Le sourire suffisant de Cécile à la défense de son vieil ami l'énerva encore plus.

— Vas-y ! Je t'écoute ! Depuis que Stéphanie et moi on est là, cette pimbêche passe son temps à nous rabaisser en nous traitant de bourgeoises ! Peu importe ce que nous faisons, où que nous allions ou les risques que nous prenons, elle nous regarde comme si nous étions de la merde. Même Huitzi est mieux considéré que nous. Et Stéphanie s'en prend plein la gueule dès qu'elle fait un pas de travers. Ce qu'elle fait n'est jamais assez bien. En revenant de sa dernière mission, Cécile est venue la voir pour lui reprocher d'avoir mis en danger des civils. Putain, mais est-ce que c'était de sa faute ? T'étais là quand la bombe a explosé ? Réponds !

Cécile se tut, impassible et nullement impressionnée par le discours de Ludivina qui continua malgré tout.

— Ma meilleure amie subit ton harcèlement et tes piques depuis qu'on est là sans jamais rien dire. Alors que moi, il y a bien longtemps que je t'aurais éclaté les dents. Tu veux que je te dise ? T'es vraiment qu'une sale conne jalouse de l'attention qu'Arakin et les autres rebelles lui portent. Stéphanie sourit, elle est là pour les autres, elle aide les gens autant que possible alors que toi… Toi, tu les regardes comme si tu étais la cheffe incontestée de ce fichu clan. Alors qu'en fait, t'es rien. Juste une gonzesse qui essaie de se donner de l'importance dans un combat commun. T'essaies de faire quoi ? Obtenir une médaille ?

— STOP ! s'insurgea Sullivan. Ludivina, tu sors te calmer immédiatement !

Elle se dirigea vers la porte et, alors qu'elle saisit la poignée, elle se retourna, hésita un instant, puis finalement quitta la salle de réunion.

— Fait chier, tiens ! put-on entendre, avant qu'elle ne claque le battant.

Cécile soupira d'aise.

— Bon, nous pouvons enfin reprendre une discussion normale ! s'exclama-t-elle.

— Je ne crois pas, non, décréta Ombre en se levant. Sullivan, reportons cette réunion à plus tard. Il nous manque bien trop d'éléments pour pouvoir organiser ce voyage au Mexique.

— Je suis d'accord, confirma Arakin. Nous avons besoin de l'expertise d'Ivan, de Ludivina et de Stéphanie.

L'homme aux cheveux bleus appuya sur ce nom. Dans ses iris brûlait une colère sourde qui rapetissa Cécile et la fit rougir de honte.

— C'est ce que je comptais faire. Nous la reprendrons une fois le calme retrouvé.

La rebelle, exaspérée de reporter cette assemblée, repoussa sa chaise dans un grincement pour sortir à la suite des deux hommes.

— Pas si vite, Cécile. J'ai deux mots à te dire.

— Il n'y a rien de plus à dire.

— Plus que tu ne le penses.

L'air furieux de Sullivan, un air qu'elle ne lui connaissait pas, la fit se rasseoir. Encore une fois, ces fichues bourgeoises avaient obtenu ce qu'elles voulaient.

⁂⁂⁂⁂⁂

Stéphanie se dirigeait vers son baraquement jusqu'à ce que l'appel d'Ivan ne l'arrête.

— Stéphanie !

Elle ne prit même pas la peine de se retourner. Elle appuya sur la poignée de sa porte, son ami la retint.

— Stéphanie, s'il te plaît… supplia presque Ivan. Tu sais que nous ne pouvons pas partir sans toi. Nous trouverons une solution pour ton père au moins le temps du voyage !

Elle secoua la tête et daigna enfin lui faire face.

— Quelle solution ? lui demanda-t-elle, la voix étranglée. Laquelle ? L'enfermer dans les sous-sols ou dans une pièce ressemblant à une prison ? C'est mon père. Pas un animal ! Cécile a raison, je ne peux pas partir avec vous. Ce serait égoïste aussi bien pour ce clan que pour lui. Trop longtemps je l'ai laissé seul. Je dois assumer mes responsabilités. Vous y arriverez sans moi. Je ne suis pas comme toi, je n'ai pas de connaissance aiguë en civilisation aztèque. Je n'ai pas le pouvoir d'Ombre ou d'Arakin et Ludivina saura vous concocter un programme de son cru. Cécile, elle, elle sait se battre. Elle a l'habitude.

— Cécile n'est pas une amie proche, contra Ivan.

Stéphanie haussa les épaules comme si cela importait peu, même si cette confidence lui faisait un peu de bien à son cœur meurtri.

— Partez sans moi, ce sera mieux pour tout le monde, conclut-elle.

Et elle entra dans son baraquement sans un regard en arrière. Ivan n'insista pas, aussi peiné qu'elle.

⁂

Stéphanie le retrouva assis sur son lit, tête basse et bouche entrouverte. Elle attrapa une serviette et essuya la bave de la commissure de ses lèvres.

— La pluie s'est arrêtée. Tu veux aller au parc ?

Il se tourna vers elle et acquiesça lentement. Alors, elle l'aida à se relever et l'accompagna vers l'écrin de verdure du camp. Ils marchèrent un moment. Sa mine ahurie l'avait enfin quitté pour adopter une façade presque normale. L'air semblait lui faire du bien.

Là, père et fille s'assirent un instant, sans mot dire. Profitant simplement des quelques rayons du soleil qui arrivaient à percer la couverture nuageuse.

— Tu veux bien m'aider à rejoindre Mérou et maman ? demanda subitement le vieil homme.

— Nous irons les retrouver après cette promenade.

— Non, pas toi. Juste moi.

Stéphanie sonda le regard de son père qui observait les cumuli se déplacer dans le ciel. Que voulait-il dire ?

— Tu n'as pas idée d'à quel point je suis fier de toi, commença-t-il. Tu es courageuse, brillante et jolie. Et je ne pense pas que ce sera Arakin qui dira le contraire sur ce dernier point !

La jeune femme rougit jusqu'à la pointe de ses oreilles et un fin sourire naquit sur le visage ridé de son père.

— Oui, je suis fier de ma fille si battante. Sache que je ne t'en ai jamais voulu. Jamais. Tu as fait ce que j'aurais dû faire depuis le début. Je me suis complu dans la dictature de Fully, car elle était plus simple pour moi alors que, toi, tu as rejoint la rébellion.

Son père avait-il un éclair de lucidité ? Peut-être, du reste, Stéphanie était perdue. La folie paraissait leur accorder un semblant de répit.

— Je suis désolée, papa, vraiment je…

D'un geste de la main, il l'arrêta.

— Je ne veux pas d'excuse ou de pardon, déclara-t-il. Tu as suivi ta propre voie, tu es en parfaite santé et entre de bonnes mains. Je pense qu'à présent, je peux partir tranquille. Je t'aime, ma petite luciole. Maintenant, aide-moi à rejoindre Mérou et maman, tu veux bien ?

Il lui offrit un sourire réconfortant. Stéphanie se précipita dans ses bras paternels et le serra contre son cœur, comme elle l'avait fait avant de partir.

— Moi aussi, je t'aime, papa.

— Où est Mérou ?

Elle releva la tête. La folie était de retour.

— Dites-moi, Madame, vous n'avez pas vu un gros chat ?

Stéphanie sourit faiblement et attrapa sa main.

— Si, je sais où il est, papa. Suis-moi, lui dit-elle en l'aidant à se relever.

※

La nuit était tombée sur le clan et un vent fort avait définitivement chassé les nuages du ciel. Les étoiles scintillèrent dans le firmament comme autant de diamants sur la paroi noire d'une grotte.

Stéphanie avait un étrange sentiment, mêlant culpabilité et soulagement sans qu'elle ne puisse en expliquer clairement la raison. Depuis quelques minutes, son père peignait son mur d'une image que lui seul était capable de voir.

Sa fille le rejoignit et entoura sa taille de ses bras graciles.

— Je pense avoir terminé, dit-il en posant son pinceau imaginaire. Qu'en dis-tu ? Il faudra juste que j'arrange un peu les poils de Mérou. Autrement, vous êtes réussies, toi et maman.

— C'est un très beau tableau, papa. Comme toujours. Et ne change rien à Mérou. Il est parfait.

Le vieil homme l'embrassa sur le front. Ils demeurèrent ainsi à admirer un mur aux nuances de gris. Pourtant, dans leur imaginaire, se dessinait le portrait de leur famille.

Stéphanie profita autant que possible de cet instant. De ce dernier instant. Elle serra son père indifférent. La jeune femme n'avait pas voulu en arriver là. Ce n'était pas dans sa nature. Si toutefois il lui arrivait quelque chose, qui s'occuperait de lui ? Qui en prendrait soin comme elle le faisait ? Elle ne pouvait décemment pas laisser la mère de Ludivina prendre son rôle auprès de lui. Elle ne pouvait pas lui laisser un tel poids.

Tu veux bien m'aider à rejoindre Mérou et maman ?

Cette requête résonnait dans sa tête comme une mélodie grinçante. Stéphanie s'interrogea sur son bien-fondé. Son père avait-il perçu son désarroi ? À moins que son état ne lui fasse honte. Peut-être ne voulait-il simplement pas vivre avec cette folie qui le rongeait de jour en jour.

— Viens te coucher, papa, ordonna-t-elle, après avoir pris une grande inspiration. Il est tard.

Il la suivit sans discuter. Elle lui ôta sa veste, puis ses chaussures et l'allongea avant de lui glisser une couverture jusqu'à son menton.

— Bonne nuit, papa. Dors bien…

— Bonne nuit, ma chérie.

Le vieil homme ferma les yeux.

Doucement, Stéphanie attrapa son deuxième oreiller. Elle hésita longuement avant de plaquer le coussin sur le visage de son père.

— Pardon, papa, pardon ! pleura-t-elle.

Il se débattit encore et encore, griffa ses mains, rechercha son souffle, tenta vainement de repousser cette masse de tissu… sans y parvenir.

Puis… plus rien.

Plus de soubresauts ou de cris étouffés. Il fallut quelques minutes à la jeune femme pour se ressaisir et comprendre son geste.

Désemparée, elle dut faire un gros effort pour soulever l'oreiller avec la crainte viscérale de voir le visage terrifié de son père. Il n'en fut rien. À la place, il se parait d'un voile presque serein et d'un léger sourire.

Lorsqu'elle comprit que tout était à présent fini, Stéphanie s'effondra.

※

Ombre ouvrit prestement le baraquement de son amie au cri qu'il entendit. Ses yeux s'arrondirent lorsqu'il la vit à genoux un oreiller près d'elle.

— Stéphanie…

Il s'approcha d'elle avec prudence. Lorsque Stéphanie releva la tête, son corps se mit à trembler. Elle bégaya pour tenter de justifier son geste.

— Je voulais pas… Je te jure, je voulais pas…

Ombre se posa à côté d'elle.

— Je le sais, se contenta-t-il de dire. Je le sais.

— Il m'a demandé et…

Il étouffa son chagrin en la prenant dans ses bras avec douceur.

※

Les larmes s'étaient taries. Même lors de l'hommage funéraire. Aucune prise de risque, le corps fut incinéré.

Soutenue par Ludivina, Stéphanie conserva le silence, ne trouvant aucun mot adéquat pour honorer son père. Pour quoi faire ? Seuls ses amis et la famille de Ludivina assistèrent à la crémation.

Ombre emmena la jeune femme dans son sanctuaire pour tenter de lui changer les idées.

Stéphanie s'était allongée dans l'herbe fraîche que l'équidé broutait avec grand intérêt pendant qu'Ombre s'entraînait.

Dans son esprit, les souvenirs remontèrent. Les disputes, les rires, son caractère autoritaire et maniaque – le sien finalement ! – et le fameux Mérou dont le poil fourni laissait des moutons parfois aussi gros que lui. Ou encore, cette fois-là, où elle s'était totalement rasé le crâne pour se le faire tatouer. Ses doigts passèrent dans sa chevelure. Stéphanie gloussa bien malgré elle en se remémorant la mine ahurie de son père.

Ombre s'allongea à côté d'elle, les mains derrière la tête. Ils discutèrent un long moment de ce temps révolu.

Ombre analysa les traits de son amie : détendus, presque soulagés, comme libérée d'un poids. Il savait Stéphanie honteuse du meurtre de son père. Qui ne le serait pas ? D'autant que la nouvelle avait attisé les commérages et quelques réflexions haineuses. Il comprit cependant, durant leur conversation et les confidences qu'elle accepta de lui faire, que ce geste avait été inévitable. Peu importe ce que l'on dirait et les reproches qu'on lui ferait.

— J'espère que tu me comprends, Ombre, dit-elle. Je sais ce que pensent les autres à mon sujet. Que j'ai choisi la facilité. Mais je sais, au fond de moi, que mon père était déjà mort. Je l'ai condamné en partant.

— À moins d'être sans cœur, une telle décision n'est jamais simple à prendre, assura Ombre en s'asseyant. Ce n'est pas parce que nous sommes entrés dans la rébellion que les gens réfléchissent plus que la moyenne. Même s'ils sont contre la dictature de Fully, certains n'en demeurent pas moins limités.

Stéphanie hocha la tête. Jamais elle ne s'était prétendue au-dessus des autres. Elle reconnut néanmoins que quelques rebelles possédaient une réflexion simpliste.

— Tu as raison, finit-elle. Ombre ?

— Oui ?

— Cela va te paraître peut-être insensé, mais… je me sens libre, à présent.

17

Retour au Mexique

Bien, nous allons pouvoir reprendre, dit Sullivan à son assemblée.

Il avait laissé quelques jours à Stéphanie après l'incinération. Ludivina avait bien essayé de la faire parler un peu, mais sa meilleure amie lui assurait que tout allait bien. Son père était libre de ses tourments et il était temps pour elle de tourner la page pour regarder vers l'avenir.

Ludivina en fut peu convaincue cependant, Arakin également, au visage austère et à la froideur dont elle pouvait parfois faire preuve. Surtout au moment où les rebelles, poussés par Cécile, décidèrent de l'exclure du clan. Stéphanie n'avait pas voulu se défendre, ignorant superbement ses détracteurs.

— Cela aurait été il y a quelques mois, elle aurait hurlé au scandale, avait dit Arakin.

Et ses compagnons n'avaient pu qu'approuver sa réflexion, bien qu'Ombre connaisse les raisons d'une telle indifférence.

Agacé, Sullivan avait mis un terme à cette subite manifestation orchestrée par Cécile. Ses remontrances n'avaient pas suffi à sa vieille amie. Il se le tint pour dit.

— J'ai longuement discuté avec Ludivina, continua le chef rebelle, après un soupir. Nous allons partir pour le Mexique et rechercher cette arme. Si sa puissance n'est pas une légende, alors autant saisir notre chance.

— En espérant bien évidemment qu'il ne faille pas recourir à l'invocation de Huitzilopochtli.

— C'est-à-dire ?

— Le Xiuhcoatl est un artefact divin, expliqua Ivan. Même si Ombre maîtrise une partie du pouvoir du gantelet, pourra-t-il tout de même l'utiliser ?

Sullivan réfléchit en se frottant le menton. Puis il opina du chef.

— C'est un risque que nous devons prendre, déclara-t-il.

L'archéologue hocha la tête et se cala plus confortablement dans sa chaise.

— Arakin, Ombre, vous vous doutez que vous faites partie du voyage, continua le chef rebelle. Vos compétences physiques seront un atout. Surtout si nous devons rencontrer des créatures ou des pièges comme ceux que nous a contés notre ami.

— Compte sur moi ! approuva l'homme aux cheveux bleus.

— Ludivina, comme tu le sais, je te confie la lourde tâche d'installer le camouflage optique sur mon vaisseau. Le dernier que j'ai mis en place a été endommagé lors d'une mission de sauvetage. Et je n'ai guère eu le temps ni même la motivation pour l'améliorer. Je t'en ai expliqué les raisons.

— J'ai déjà commencé à travailler dessus, l'informa-t-elle. Il faudra quand même que je fasse un essai pour être certaine que ce soit opérationnel. Je ferai également l'inventaire sur les composants électroniques nécessaires à notre voyage. Sait-on jamais.

— Parfait ! Stéphanie…

Elle leva la tête, sourcils froncés. Sullivan allait sûrement lui demander de rester pour surveiller les ateliers. Ce qui, en soi, n'était pas un mal. Au moins allait-elle être tranquille, loin de cette pimbêche qui passait son temps à lui mener la vie dure.

— Mon vaisseau nécessite quelques réglages. Et je ne pourrai pas être aux commandes et à la réparation en cas de problèmes, sourit Sullivan.

Tes compétences en mécanique nous seront d'un grand secours. De plus, tu sais parfaitement ce qu'il risque de nous attendre là-bas. Je requiers donc ta présence, si toutefois, tu es disposée à partir avec nous.

— Je seconderai Ludivina à l'inventaire, assura-t-elle d'un ton sec. Je ferai le nécessaire pour les pièces mécaniques. Tu peux compter sur moi.

Cécile se rencogna. Non seulement, elle était toujours parmi eux, mais en plus, elle participait à l'expédition avec l'aval de Sullivan. C'était à se demander si elle n'avait pas fait exprès de tuer son père pour obtenir la sympathie de chacun. Ce qui ne l'étonnerait guère. Sous ses airs doucereux, Stéphanie cachait une stratège. Il allait être difficile pour Cécile de rester seule à seul avec Arakin, cette fille dans les pattes.

— Cécile ?

Elle fixa Sullivan dans l'attente de son rôle à l'expédition. La rebelle était pleine de ressources et ses nombreux talents seraient un atout non négligeable.

— Tu resteras au camp, annonça Sullivan. Tu assureras la liaison avec nos hommes et nos femmes en mission pendant mon absence. Tu me feras un rapport détaillé à mon retour.

— Quoi ? hurla-t-elle en se levant précipitamment de sa chaise. J'espère que tu plaisantes ? Je suis la mieux qualifiée pour partir en expédition ! Je suis bonne mécanicienne, les circuits électroniques n'ont pas de secret pour moi et j'ai des capacités physiques qui dépassent celles de Stéphanie ou Ludivina. Pourquoi ne pas leur dire à elles de rester sur place ?

— Pour les raisons que j'ai évoquées précédemment, expliqua calmement Sullivan. Ludivina et Stéphanie sont déjà parties là-bas avec Ivan et Ombre. Elles savent ce qui nous attend et ont également une bonne connaissance des Aztèques. Ce qui n'est pas ton cas ! Tu es nettement mieux qualifiée pour me remplacer. Et surtout, tu es la seule personne en qui je peux avoir confiance en dehors de cette tablée.

Cécile poussa un soupir d'exaspération. Elle jeta un regard haineux à Ludivina et Stéphanie. Plus particulièrement à la seconde. Encore une fois, elles avaient gagné les faveurs de Sullivan. Si elles n'avaient pas été là, il lui aurait confié cette tâche sans la moindre hésitation. Leur présence était un véritable poison à sa vie. On l'excluait purement et simplement. Elle n'avait plus autant d'importance qu'avant, alors qu'elle avait fondé les bases de cette rébellion avec Sullivan.

— Si tel est ton souhait, finit-elle par dire, alors je vais dans ce cas prendre connaissance des missions en cours.

Sans plus de cérémonie, elle quitta la salle de réunion.

— Nos rôles sont tous à présent définis. Mettons-nous à l'œuvre ! Ludivina, Stéphanie, rejoignez-moi dans dix minutes à mon baraquement.

✳

— Va falloir que je fasse un inventaire des pièces dont je vais avoir besoin, commença Ludivina en sortant de la salle de réunion.

— Pareil pour moi, confirma son amie. J'attends d'abord de voir le vaisseau de Sullivan.

— Tiens donc, mais qui voilà ? s'avança Cécile, un rictus mauvais sur les lèvres. De fille désemparée d'avoir tué son père, elle est devenue guillerette, car elle part ! C'est à se demander si le meurtre de son paternel n'était pas prémédité pour cette unique raison. Qu'en pensez-vous, vous autres ?

Quelques curieux s'arrêtèrent alors que Cécile les prenait à partie.

— La ferme, Cécile ! vitupéra Ludivina. Tu ne sais rien.

— Plus qu'il n'en faut, continua-t-elle. Stéphanie l'a juste euthanasié pour partir tranquillement. Et cela sans le moindre regret.

— Retire ce que tu viens de dire !

Ludivina allait lui sauter au cou quand Stéphanie l'arrêta. Elle darda sur Cécile un regard vide et froid pour finalement lui tourner le dos et continuer son chemin. D'abord surprise, sa meilleure amie comprit. Il était parfaitement inutile de lui accorder de l'importance.

— C'est ça ! lança sa rivale, prise au dépourvu. Tu devrais avoir honte !

Les curieux s'en étaient déjà allés lorsque Cécile rechercha leur soutien.

Dépitée, elle cracha et s'en fut, le rouge aux joues. Les bourgeoises avaient encore gagné.

— Je me vengerai… Tu ne perds rien pour attendre, Stéphanie.

※

Les deux amies suivaient le chef rebelle dans un dédale de couloirs souterrains. C'était la première fois qu'elles visitaient cette partie du camp. Impressionnées, elles ne quittaient pas Sullivan une seule seconde. En revanche, lorsqu'elles aperçurent ce trou béant où une multitude d'hommes et de femmes s'affairaient autour d'un gigantesque vaisseau, elles se précipitèrent à la rambarde. Jamais elles n'auraient imaginé qu'une telle chose se cachait sous leurs pieds. C'était incroyable ! Telles deux petites filles découvrant des cadeaux sous un sapin, elles s'observèrent avec émerveillement.

— Suivez-moi.

Ludivina passa devant Sullivan et dévala les marches. Malgré son enthousiasme, Stéphanie se montra plus mesurée.

Alors que la rebelle rousse courait autour de l'immense machine en sautant comme un cabri d'un lieu à l'autre, Stéphanie admira les courbes et la ligne du vaisseau en passant doucement sa main sur la carcasse.

— C'est génial ! s'enthousiasma Ludivina. Tu as vu ça, Stéphanie ?

Elle ne lui répondit que par un léger sourire.

— C'est toi qui as construit ce truc ? s'enquit Ludivina.

— Évidemment ! confirma Sullivan, après un éclat de rire. Il va falloir quelques réparations avant que nous puissions décoller. Je compte donc sur vous.

Sullivan fit le point sur la mécanique et l'électronique. Il les emmena à bord et leur montra les pièces à changer ou simplement à réparer. Puis les deux amies se mirent à l'ouvrage sans attendre, avec l'appui de quelques ouvriers, tandis que Sullivan s'occupait du chargement des vivres.

Ludivina installa son bouclier optique et l'essaya à plusieurs reprises. Satisfait de son travail, le chef rebelle dut reconnaître publiquement que l'élève avait dépassé le maître.

Le lendemain fut semblable au jour d'avant et les réparations avançaient plus vite que ne l'avait escompté Sullivan, surpris par l'efficacité de sa petite équipe. Pour bien faire, Ombre et Arakin les avaient rejoints et leur apportaient une aide non négligeable.

Après un dur labeur, le vaisseau était prêt à décoller.

✳

Léo réclama sa mère à grand renfort de sourires. Elle le prit dans ses bras et l'embrassa tendrement sur la tête tout en le berçant.

Pendant ce temps, Ivan préparait ses affaires. Après avoir glissé une chemise dans son sac, il s'attarda sur les ouvrages qu'il allait emporter. Au bout de quelques minutes, il se résigna à n'en prendre qu'un seul. Inutile de s'encombrer.

— J'espère que ce ne sera pas long, dit-il en pliant un pantalon. Vous allez me manquer, tous les deux.

— Comment ça ? fronça Ludivina surprise par une telle affirmation.

— Eh bien, toi et Léo, répondit-il comme une évidence.

— Moi et Léo ? Ivan, aurais-tu oublié que je fais partie de l'expédition ?

— Oui, je sais ! Mais pour être franc, je préférerais que tu restes pour veiller sur notre fils. J'ai bien peur que ce soit plus périlleux que la dernière fois.

Ludivina contint bien mal son soupir. Léo s'endormait. Alors elle partit le coucher. Elle referma doucement le rideau de son berceau et se tourna vers son compagnon, la mine coléreuse.

— En gros, Madame reste sagement à s'occuper du gosse pendant que Monsieur s'amuse ! reprit-elle, amère.

— Ce n'est pas un jeu, rétorqua-t-il. Souviens-toi, la dernière fois, on a failli y passer tous les deux !

— Mais là, c'est différent, Ivan. Nous avons beaucoup plus d'expérience et surtout je suis plus adulte que je ne l'ai été. Enfin, qu'est-ce qui t'arrive, tout à coup ?

— Rien, ronchonna Ivan.

— Comment ça, rien ? Tu te moques de moi ?

— Je n'aime pas te voir quitter le camp et courir je ne sais où. C'est tout.

Les excuses qu'il lui apportait étaient totalement vides de sens ! Son compagnon ne lui disait pas tout. Ses yeux fuyants en étaient la preuve. Elle inspira profondément.

— Tu ne crois pas que moi aussi, je m'inquiète ? haussa-t-elle malgré tout la voix. J'ai pas arrêté de m'inventer le pire alors que tu étais avec Ombre, la dernière fois. T'imagines pas à quel point j'ai peur de ne plus te revoir quand tu t'en vas. J'ai eu peur pour notre fils.

— Parce que tu crois que ce n'est pas à lui que je pense ? s'énerva subitement Ivan. Je ne veux pas qu'il soit orphelin ! Bon sang, c'est quand même pas compliqué à comprendre !

De rage, il frappa sur sa lampe. Elle vint violemment se fracasser contre le mur déversant sur la table de travail moult éclats de verre. Il s'appuya ensuite contre son bureau, la tête rentrée dans les épaules.

— Je ne veux pas que mon fils connaisse cette solitude. J'en ai beaucoup trop souffert. Si je pouvais retourner dans le passé, je retiendrais mes parents de toutes mes forces.

C'était donc cela.

Les parents d'Ivan avaient fait partie de la première vague de résistance en dehors de celle de Sullivan. Ils étaient morts dans le quartier riche qu'ils devaient faire exploser. Si Déborah n'avait pas été là, jamais Ludivina ne l'aurait connu.

Elle encercla son torse et déposa doucement sa tête sur son dos.

Il se libéra pour s'asseoir sur sa chaise, les épaules voûtées, coudes sur les genoux. Ludivina s'accroupit et attrapa tendrement ses mains.

— Regarde-moi, mon amour.

Ivan daigna enfin relever le menton, une certaine tristesse se lisant sur son visage et ses lunettes embuées. Ludivina les lui retira délicatement et les posa sur son bureau.

— Peu importe ce que l'on va trouver au Mexique, nous y reviendrons tous les deux pour serrer notre fils. D'accord ? Et si d'aventure nous devions périr, ma mère et mon frère seront là pour veiller sur lui. Son parrain également. Jamais Léo ne connaîtra ta solitude.

Elle caressa sa joue et il s'appuya sur sa paume. Elle se jeta à son cou et il se réfugia dans sa chevelure.

— Nous reviendrons, Ivan. Tous les deux, je te le promets.

Le jeune homme hocha la tête et plongea ensuite son regard dans celui de Ludivina. Il avisa son tee-shirt et les courbes qu'il laissait entrevoir. Sa compagne n'avait presque pas pris de poids lors de sa grossesse, en dehors de celui de leur enfant. Deux mois s'étaient écoulés depuis la naissance et les seuls témoins de sa maternité n'étaient autres que ce petit ventre, ces quelques vergetures et cette poitrine opulente. Jamais cette femme aux cheveux de feu ne lui parut plus désirable.

Lorsqu'il se releva, le souffle court, il s'empara de ses lèvres. Il en força l'ouverture sans lui laisser le temps de contester. Il l'effeuilla avec précipitation, parant son corps de caresses, ses mains baladeuses voulant couvrir chaque parcelle de sa peau douce.

— Ivan… soupira Ludivina. Ce… ce n'est peut-être pas le moment.

Il ne l'écouta pas, car, déjà, elle se cambrait contre lui, s'accrochant à sa nuque comme à une bouée. Elle lui ôta sa chemise et goûta à sa peau avec avidité. Elle le voulait tout entier. Elle défit le pantalon de son amant tandis qu'il s'installait entre ses cuisses, la luxure à la commissure de ses lèvres. Ludivina était prête à le recevoir. Elle le supplia dans un murmure de mettre fin à cette torture, à cette brûlure qui embrasait tout son être.

Un gazouillis, puis un cri de contestation coupèrent leur élan.

— Léo… ronchonna Ludivina. Pas maintenant…

Elle ferma les yeux et se passa ses mains sur son visage. Ivan s'écarta, aussi dépité que sa compagne. Elle se leva pour rejoindre son enfant. Il l'observait de ses grandes prunelles claires avec un petit sourire vainqueur.

— C'est moi ou il l'a fait exprès ? s'étonna Ivan.

Ludivina prit son fils et lui présenta le sein. Il l'attrapa et but son lait goulûment. Bien que ce ne fût pas intentionnel, son majeur se leva en direction de son père.

— Et en plus, il me nargue ?

La mère eut bien du mal à contenir son fou rire.

— Léo… si tu commences tes premiers mois de vie en m'empêchant d'aimer ta mère et en me faisant des gestes inappropriés, nous n'allons pas nous entendre !

Ludivina laissa échapper un rire cristallin remplacé, quelques minutes plus tard, par de langoureux soupirs.

✳

Ludivina donna les dernières instructions à sa famille concernant son fils. Après un câlin, ponctué de quelques pleurs, et un baiser, la jeune femme leur confia son bébé avant de rejoindre Ivan.

Stéphanie, Arakin et Ombre arrivèrent ensuite. Ils montèrent sans attendre dans le vaisseau, pendant que Sullivan vérifiait quelques détails avec l'un des navigants au sol. Il opina du chef et lui tendit un bloc. Il attrapa une caisse et grimpa à son tour.

— Attendez-moi !

Sullivan se retourna. Cécile accourut, un sac à dos sur l'épaule.

— Je viens avec vous ! Peu importe, ce que tu diras, Sullivan.

— Jusqu'à preuve du contraire, c'est moi qui prends les décisions, Cécile ! se fâcha-t-il.

— Pourquoi ne pas confier ma tâche au renard à deux queues ? Après tout, ils sont…

— Cela suffit !

La voix de Sullivan porta en écho sur les parois du hangar souterrain. Elle fit tourner de nombreuses têtes, même celles des voyageurs.

— Je n'ai pas à me justifier sur mes choix ! Tu connais la raison de ta présence ici et la raison pour laquelle je ne demanderai jamais au renard à deux queues une telle responsabilité. Cesse de regarder ton propre nombril, Cécile, et accepte mes décisions. Sinon, tu sais que la porte t'est ouverte.

Rouge de colère, Sullivan referma le sas sans plus de cérémonie.

À quoi s'était-elle attendue ? Qu'il change d'avis ? Cécile jouait avec le feu. Cette dernière affirmation « la porte t'est ouverte » la convainquit qu'elle devait rester à sa place. Du reste, jusqu'à leur retour.

Le vrombissement de la machine lui rappela qu'elle était sur la piste de décollage. Elle courut en dehors du cercle, ses cheveux soulevés par le souffle des moteurs annexes. Les propulseurs luisirent d'un bleu presque blanc. L'intensité de cette subite lumière augmenta, la chaleur aussi, contraignant Cécile à se protéger. Le moteur principal gronda de plus en plus fort et une formidable poussée propulsa le vaisseau dans le ciel en le faisant disparaître des écrans radars.

La cohue retombée, Cécile resta un long moment les bras ballants. Était-elle devenue à ce point inutile pour que Sullivan s'en remette plus à ces bourgeoises qu'à elle ? En à peine quelques années, elles avaient atteint un statut presque aussi important que celui du chef rebelle lui-même. Ces pestes lui avaient pris sa place et Stéphanie allait sûrement en profiter pour tenter un rapprochement avec Arakin. N'était-ce pas là finalement son but premier ? Cécile absente, elle aurait tout le loisir de le séduire.

Sans nécessairement penser à elle, elle était jalouse de ne pouvoir quitter cet endroit de malheur. Comme si cet amusement-là n'était réservé qu'à une certaine élite de laquelle, elle devait l'avouer, elle aurait aimé faire partie.

Tête basse, Cécile rejoignit son baraquement.

※

— Moteur auxiliaire en marche. Propulseurs.

Sullivan appuya sur plusieurs boutons avant qu'un écran tactile n'apparaisse devant lui. Il entra une série de coordonnées, puis attrapa deux manches qu'il abaissa aussitôt. Les secousses devinrent de plus en plus fortes.

Les passagers sentirent leur siège les soulever.

— Montre-moi ce que tu as dans le ventre !

Manettes à fond, le vaisseau prit subitement son envol dans une formidable poussée qui coupa le souffle de chacun. La carlingue vibra dangereusement. Dans une pensée furtive, Ombre crut qu'elle céderait. Au bout d'un moment, la machine se stabilisa, survolant un espace aérien contrôlé de près par Fully.

— Instant de vérité, murmura Ludivina.

Chacun observa un silence religieux. Sullivan surveilla les canons pointés dans leur direction jusqu'à ce qu'ils ne changent de visée. Le chef rebelle poussa un soupir de soulagement et gratifia Ludivina d'un clin d'œil ainsi que d'un immense sourire.

— Je confirme, l'élève a dépassé le maître ! Ils n'ont rien vu et ton occultation a parfaitement marché.

— Je te l'avais dit ! affirma la jeune femme comme une évidence.

18

Les aveux d'Arakin

Installée près du hublot, Stéphanie regardait distraitement le paysage cotonneux défiler devant elle. Elle soupira longuement. Ses pensées tourbillonnaient dans sa tête comme un ouragan. Les souvenirs de son père encombraient son esprit. D'abord, son geste, violent et désespéré, puis ce visage à la fois crispé, mais tellement serein.

La jeune femme avait beau se le répéter, se répéter qu'elle n'avait pas eu le choix, qu'elle l'avait fait pour le bien de la communauté, le sien et plus encore celui de son père, elle n'arrivait pas à chasser cette culpabilité qui enserrait son cœur.

Stéphanie replaça une mèche de cheveux derrière son oreille. Elle ramena ses genoux sous elle et essaya vainement de cacher sa mélancolie à ses amis. Elle renifla aussi discrètement que possible en tentant d'effacer les stries salées qui se déversaient sur ses joues.

Une masse vint se poser à côté d'elle. Elle n'y prêta guère attention, désirant simplement être seule dans sa réflexion.

Arakin ne l'entendit pas de cette oreille et s'installa plus confortablement sur son siège. Il analysa son amie. Essayer de plaisanter ? Non, ce n'était pas le moment. Comme beaucoup, il avait appris ce qu'il s'était passé. Lui aussi avait assisté à la déchéance du pauvre homme, jadis un artiste débouté. Comment supporter une telle chose ? Comment ne pas se sentir coupable d'avoir eu, l'espace d'un instant, juste une pensée pour soi, une pensée pour mener sa propre lutte ? Cette lutte pour le bien commun qui avait été le point d'ancrage de sa chute et de son tourment.

Arakin bascula la tête en arrière, avant de la tourner vers Stéphanie. Il hésita un long moment, peu sûr que l'idée soit bonne, mais la voir ainsi lui brisait le cœur.

— Tu savais qu'à l'époque, on me donnait un surnom ? commença-t-il.

Aucune réaction. Quelques semaines auparavant, la réplique aurait été cinglante. Il continua malgré tout.

— Les journaux m'appelaient Nuclear. Tu aurais dû voir les titres : « *Fully contre Nuclear : rencontre au sommet !* ». C'était comme dans les bandes dessinées. J'étais un héros avec des pouvoirs et Fully, c'était le méchant que tout le monde détestait.

Arakin eut un rire sans joie. Son visage se tendit tout à coup. Un pli se forma entre ses deux yeux.

— Je suis sans doute une erreur de la nature. Tu sais, un peu comme les albinos ou ces gens qui naissent avec quatre bras ou quatre jambes ou… j'sais pas... autre chose… Je n'ai pas qu'une force surhumaine, confia-t-il.

Il regarda le plafond et inspira.

— Le surnom Nuclear vient de mes pouvoirs. Mon corps est capable de générer la puissance d'une centrale nucléaire. Je suis également capable d'absorber la radiation ionisante dans toutes ses formes pour purifier un objet, voire même une personne ou un espace. C'est pour ça qu'on m'envoyait souvent en mission dans les zones irradiées. Sans oublier que mon corps peut attirer sur commande tout ce qui est métallique. Bref…

Stéphanie conservait son mutisme sans adresser le moindre regard à Arakin. Il se gratta le sourcil, puis posa les coudes sur ses genoux.

— On disait de moi que j'étais un être extraordinaire. L'homme capable de résister à Fully ! J'aurais préféré qu'il en soit autrement.

Sa voix baissa subitement et un voile obstrua ses yeux d'ordinaire taquins. Surprise, Stéphanie se tourna légèrement vers lui.

— Aucun héros ne sort indemne. Je n'échappe pas à la règle.

Arakin chercha longtemps ses mots avant de reprendre.

— Ma naissance était une erreur. Ma mère me l'a souvent répété. J'ai brisé sa carrière de danseuse et je l'ai empêchée de mener la vie qu'elle rêvait d'avoir. Et quelle honte d'avoir un fils roux comme mon « crétin » de père. Tu m'imagines, moi ? Poil de carotte comme Sullivan !

À nouveau, ce rire sans joie. Il secoua la tête en fermant les yeux, puis il reprit :

— Elle insultait régulièrement mon paternel, le rabaissait et l'humiliait, parfois, souvent en public. Un brave homme tombé amoureux de la mauvaise personne. Papa travaillait comme un fou pour combler ses moindres désirs et pour être sûr que je ne manque de rien. Le soir, j'avais toujours droit à une histoire de super héros. Il les inventait de temps en temps pour expliquer les bruits étranges que je pouvais entendre la nuit. Je n'étais pas dupe. Je savais qu'il voulait juste me rassurer sur les « bagarres » : ces mots et ces coups que ma mère lui donnait. Jusqu'à ce que l'une d'elles ne dérape. Je me suis réveillé un soir et j'ai tout vu.

Arakin inspira profondément. Les bleus, le sang, les suppliques… Autant de choses que ses yeux d'enfant avaient enregistrées comme une marque indélébile.

— J'ai essayé de m'interposer, de l'empêcher de lui faire du mal, mais c'était déjà trop tard.

— Tu n'es pas obligé de me raconter tout ça, assura Stéphanie en devinant aisément la suite.

— La tête de mon père avait heurté le coin de la table, continua néanmoins le jeune homme, le talon tapant nerveusement le sol. Je l'ai supplié de se lever ; il se contentait de me regarder. Et elle qui hurlait, encore et encore. Je crois que c'est à ce moment-là que tout s'est déclenché. Cela a commencé par un sentiment de rage. La rage de ne pas avoir pu défendre mon père, la rage de le voir immobile. Plus elle criait, plus je sentais des picotements dans le bout de mes doigts. Cette vague d'énergie était d'une puissance inouïe, bien trop pour qu'un gosse puisse la contenir. Mon corps entier était devenu un aimant. Je ne contrôlais plus rien. C'est sorti sans que je ne puisse l'en empêcher. Je me souviens encore des arcs électriques et de l'onde de choc. Et puis, le noir.

Le regard fixe, Arakin plongea dans ses souvenirs. Étrangement, le bruit des sirènes de la police, des pompiers et des ambulances ainsi que les voix des secours lui parvinrent avec une étonnante clarté.

— On m'a retrouvé inconscient dans les décombres de ma maison. Non seulement j'avais détruit mon foyer, mais j'avais également changé d'apparence. Mes cheveux et mes poils étaient devenus bleus. Il ne restait rien de mon père et de ma mère, si ce n'étaient des corps carbonisés. Aux infos, on parlait d'une explosion. C'est tout ce que je sais. Ça et ma mise en quarantaine. Je dégageais tellement de radioactivité que la centrale de Tchernobyl faisait pâle figure à côté de moi !

Arakin daigna enfin lever les yeux vers Stéphanie.

— Ce qui me rassure aujourd'hui, c'est de me dire que mon père est dans un monde meilleur. Dans un monde où il veille chaque jour sur moi, en sécurité. Quand j'y pense, le héros, ce n'est pas moi. C'est lui. Je me suis longtemps senti coupable de ce que j'avais fait. Il m'a fallu du temps et de la réflexion pour relativiser et comprendre que tout ceci n'était pas de ma faute. Ce n'était pas la faute de ce petit garçon. C'était la faute à une succession de choses malheureuses.

Arakin attrapa la main de son amie et en caressa le dos avec le pouce.

— Comme pour toi, Stéphanie. Alors, ne culpabilise pas. Es-tu responsable de la folie de ton père ?

— J'aurais pu l'éviter, murmura-t-elle. En restant avec lui, en…

— Non, coupa Arakin, comme je ne pouvais pas éviter cet incident malheureux. Que ce soit pour toi ou pour moi, leur mort était sans doute la meilleure solution pour eux.

Stéphanie médita ces paroles durant de longues secondes. Finalement, elle hocha la tête. Arakin encercla ses épaules et l'attira à lui.

— Tu es la seule à connaître cette histoire, avoua-t-il, comme libéré d'un poids. Même Sullivan n'en sait rien, pas plus que Cécile.

— Encore une fois, tu n'étais pas obligé de me raconter tout ça.

— Il le fallait. Juste pour pas que tu te sentes seule.

— Merci, chuchota-t-elle du bout des lèvres en baissant la tête.

Arakin la releva du bout des doigts. Petit à petit, leurs lèvres se rapprochèrent. Jalouse, une secousse les rappela à l'ordre. La séparation fut immédiate. Seuls demeurèrent leurs doigts entrelacés.

19

Rodrigo Dias

F ou de rage, Tristan faisait les cent pas sous l'air indifférent d'Arbre dressé qui n'avait pas daigné partir à la recherche de Déborah.

L'homme attrapa une bouteille et la balança contre le mur. Les tessons s'éparpillèrent alentour.

— Comment allons-nous faire plier Huitzilopochtli ? hurla-t-il sur son vis-à-vis. Il n'y a qu'elle qui puisse convaincre Ombre ! Pourquoi ne pas partir à sa recherche ?

Son mystérieux interlocuteur consentit enfin à lui accorder un peu de son attention.

— Déborah aurait été, en effet, un atout non négligeable, approuva Arbre dressé. Nous pouvons néanmoins aisément nous en passer.

— Pourquoi dans ce cas l'avoir arrachée aux bras de la mort ?

Arbre dressé l'ignora superbement et avisa ses frères en contrebas. Il leva les mains et ces derniers se métamorphosèrent en une multitude de boules lumineuses. Elles voletèrent et tourbillonnèrent pour finalement former une étrange nacelle blanche aux éclats aveuglants.

— Répondez-moi ! exigea Tristan.

L'homme au regard stellaire l'attrapa par la gorge et le plaqua contre le mur, courroucé.

— Tiens ta place et uniquement ta place.

L'avertissement, prononcé d'une voix sombre et macabre, calma Tristan qui ravala ses contestations. Il hocha vivement la tête pour signifier son approbation. Relâché comme un vulgaire sac, il se releva péniblement. Il était allé trop loin.

— Nous devons partir, reprit Arbre dressé en montant dans la nacelle. Le voyage ne sera guère long. Nous arriverons dans les temps pour la renaissance de notre sœur. Encore un peu de patience.

Tristan le rejoignit, un désagréable frisson parcourant son dos.

⚹⚹⚹⚹⚹

Ivan relisait son ouvrage et prenait des notes qu'il gribouillait presque aussitôt, désabusé. Il referma son livre et le remit dans sa sacoche.

— Aucune information, cette fois-ci ? demanda Ombre, qui se tourna vers lui.

— Non aucune qui pourrait nous être utile. Nous allons avancer dans l'inconnu, je le crains. On peut néanmoins supposer plusieurs choses, réfléchit-il. À savoir les éventuels pièges, les énigmes… À la différence qu'au dernier temple, nous avions un cahier qui nous aidait.

Ombre hocha la tête. Un fin sourire ourla ses lèvres.

Ivan devina sa pensée et sourit à son tour. Cette fois-ci, Déborah allait les suivre dans leur cœur.

Une soudaine secousse et il bascula violemment sur le côté, rattrapé de peu par Ombre.

Des alarmes hurlèrent.

— Nous sommes attaqués ! cria Sullivan.

Le pilote redirigea son vaisseau du mieux qu'il put, dévié de sa trajectoire par le choc. Il le redressa à grand-peine et sortit les canons ainsi que les mitrailleuses.

Sullivan surveilla son radar. Il fronça les sourcils. Devait-il être inquiet ou rassuré ? Il n'y avait plus rien.

— C'était quoi ? s'enquit Ombre.

— Je ne sais pas, avoua le chef rebelle. Quoi que cela fût, nous avons à présent un grand nombre d'avaries. Je vais devoir ralentir l'allure.

— Le mode furtif fonctionne toujours ? s'inquiéta Ivan.

— Je vais vérifier, lança Ludivina, qui fut propulsée contre la cloison.

Partiellement assommée, elle ne dut son équilibre qu'à Arakin qui l'aida à se relever.

Alerte, alerte !

— Cela répond à ta question ? vitupéra-t-elle.

— Bouclier à vingt pour cent, notifia Sullivan. Ils sont cinq contre nous. C'est insuffisant ! Ludivina, rétablis au plus vite le mode furtif ! Quant aux autres, accrochez-vous !

Un nouveau choc secoua la carlingue. L'énergie du bouclier descendit à dix pour cent. Sullivan constata avec horreur que les propulseurs avaient perdu plus de la moitié de leur puissance. Fuir leur était donc impossible.

— Arakin, va à la boule et occupe-toi d'eux ! Ludivina !

— Je fais ce que je peux ! Le circuit est endommagé !

Dans le compartiment rond transparent et encerclée de métal, Arakin visait avec une précision impressionnante. Un premier ennemi tombé, il s'attaqua au deuxième. Une seconde salve partit. Il aperçut alors Ombre qui avait pris place dans le second poste de tir. L'homme aux cheveux bleus maudit son pouvoir. C'était maintenant qu'il en avait besoin !

Ludivina s'activait pour réparer le circuit, mais les dégâts nécessitaient un environnement stable. Ce qui, au vu de la situation actuelle, était loin d'être le cas. Un arc électrique claqua dans l'air et frappa la jeune femme en lui dressant les cheveux sur la tête. Ivan vint la seconder.

— Je ne peux rien faire… se plaignit-elle. On est fichus !

Sullivan enclencha les missiles à tête chercheuse. Si l'un d'eux atteignit sa cible, il ne fit aucun dégât. Les boucliers ennemis étaient beaucoup plus performants.

— Nous sommes cuits, lâcha Sullivan, lorsque l'écoutille d'un des vaisseaux s'ouvrit sur une monstrueuse mitraillette triple aux canons démesurés.

Ombre n'avait plu le choix. Soit il agissait, soit ils y passaient tous.

L'acide commença à couler et sa transformation à s'opérer lorsqu'une explosion pulvérisa un ennemi. Les trois autres connurent le même sort. Soufflé par cette aide, Sullivan activa son transmetteur jusqu'à ce qu'une LED lui signala un message.

Nous allons appareiller notre vaisseau au vôtre et vous remorquer jusqu'à notre base. Nous vous invitons à rester calmes. Toute tentative de fuite est inutile. Terminé.

— Sullivan ? interrogea Stéphanie.

— Je pense que nous n'avons pas vraiment le choix. Prions pour que ce soient des amis.

※※※※※

Si l'atterrissage se passa en douceur, ce ne fut pas le cas de l'évacuation. Sullivan et ses compagnons en sortirent mains sur la tête, suivis de près par des hommes armés qui les bousculaient sans ménagement.

Peu certain des intentions de leurs interlocuteurs, Ombre dissimula les pièces de cuivre dans son poing. Il observa ensuite le hangar. Nonobstant sa vétusté, il était aussi grand que celui du chef rebelle. Çà et là, quelques tables munies d'ordinateurs occupaient l'espace et des étagères en ferraille contenant de nombreuses pièces détachées flanquaient une bonne partie des murs. Le cobaye remarqua également un lieu entièrement dédié à la soudure : de la plus petite à la plus imposante.

— Tu crois qu'ils font partie de la résistance ? interrogea discrètement Arakin, interrompant le cours de ses observations.

— Je n'en sais trop rien, répondit Ombre, incertain. En tout cas, l'accueil laisse à désirer.

Son ami opina du chef.

Un attroupement s'approcha d'eux. Un homme s'en détacha, le visage caché par un épais foulard.

Ses bras nus et musclés dévoilèrent une peau hâlée. Il fit quelques pas en direction de ses visiteurs, puis il les observa un à un de la tête aux pieds. Il jaugea Ombre, dédaigneux. Loin d'être impressionné, le cobaye bomba le torse et le toisa de toute sa hauteur. Ses iris bleu marine mirent un terme à cette inspection humiliante. Ombre n'aimait pas être analysé comme un vulgaire animal.

L'homme examina ensuite ses compagnons. De Ludivina à Arakin, en passant par Ivan, puis Stéphanie et enfin, Sullivan. Face au chef rebelle, l'inconnu ôta son foulard pour mieux dévoiler un visage balafré et mal rasé.

Bras croisés sur la poitrine, il demeura un instant silencieux. Il fronça les sourcils, dubitatif.

— Tu es Sullivan ? demanda-t-il avec un très fort accent espagnol.

— Je suis Sullivan, confirma ce dernier. En douterais-tu ?

— Depuis quand le chef de la rébellion s'allie-t-il avec des monstres ?

— Je ne vois actuellement aucun monstre, juste des résistants, contra-t-il.

L'homme grimaça. Il examina à nouveau la troupe et s'arrêta sur Ombre.

— La rumeur prétend qu'Ombre, l'acolyte de Fully, aurait rejoint la rébellion. Pourquoi ? Qui me dit que je peux te faire confiance, amigo ? Qui me dit que ce n'est pas une ruse de Fully ? Aux dernières nouvelles, il a réussi à exterminer la majeure partie des bastions de la résistance. Le seul qui lui fait défaut, c'est celui de Sullivan. À moins que lui-même ne se soit dérobé.

Ludivina allait intervenir, Ombre l'arrêta.

— Sullivan n'a jamais abandonné sa lutte contre Fully. C'est moi qui l'ai rejoint pour respecter le souhait de la femme que j'aimais.

— Le nom de cette femme ?

— Déborah Robinson.

L'inconnu éclata de rire, puis reprit un air sérieux.

— Vous combattez à la mémoire d'une catin qui utilisait ses compétences pour le compte de Fully. Certains de ses programmes ont détruit des cités entières.

— C'est faux ! s'insurgea Ludivina. Vous mentez.

— Esteban.

Un homme à la démarche chaloupée s'avança. Il ôta une partie de sa cape et dévoila le bas de son corps. Ses jambes de chair avaient été remplacées par deux bâtons articulés en fibre de carbone et d'acier.

— J'ai été témoin de la puissance des armes créées par cette folle, annonça-t-il. Les chiens de Fully vantaient son intelligence et son ingéniosité. Ils ne juraient que par ce qu'elle créait. Et ce qu'elle a créé a massacré des innocents. J'ai vu des femmes et des enfants brûlés vifs à cause d'elle. Elle ne mérite que notre mépris !

— Déborah était une prisonnière qui a souffert autant que vous ! défendit Ivan. J'étais là pour le voir et en témoigner aujourd'hui. Je vous interdis de juger une personne qui a perdu la vie pour tous nous sauver.

— Elle t'a fait quoi, l'ami, pour te retourner le cerveau. Elle t'a autorisé à la baiser ?

Une grimace déforma les traits d'Ivan qui serra le poing à s'en blanchir les phalanges jusqu'à ce qu'une lueur n'attire son attention.

Les deux ailes de colibri d'Ombre battirent en cadence, exprimant ainsi son agacement et son impatience. Il saisit l'impudent par le cou et lui écrasa la pomme d'Adam.

Une certaine agitation naquit peu à peu. Le cliquetis des armes se rependit en écho dans le hangar à l'atmosphère tendue. Nul n'osait reprendre son souffle.

— Manque encore de respect à la mémoire de Déborah et je sépare ta tête du reste de ton corps, menaça Ombre.

— Cela suffit ! cria soudainement Ludivina. Ombre, repose-le, tout de suite !

Le cobaye obtempéra sans discuter et calma peu à peu sa colère. Ludivina se tint entre les deux camps, un bras tendu vers chacun d'eux en guise de barrière.

— C'est bon, c'est fini cette cour de récréation ? se fâcha-t-elle. Est-ce qu'on peut maintenant agir comme des adultes responsables ?

La jeune femme quitta sa posture défensive et se tourna

définitivement vers le groupuscule local.

— Nous ne sommes pas là pour nous disputer comme de vulgaires adolescents, continua-t-elle plus posément. Nous vous avons dévoilé notre identité. L'homme que vous avez devant vous est bien Sullivan, le chef de la rébellion. Stéphanie et moi-même avons rejoint son clan, car nous avons toutes les deux été témoins des atrocités de Fully. Et nous l'avons encore été jusqu'à très récemment. Ombre dit vrai quand il prétend se battre à la mémoire de Déborah. C'est elle qui nous a montré le chemin. Elle a été notre guide et elle a sacrifié plus que sa vie pour nous venir en aide. Peu importe ce que vous direz à son sujet.

Ludivina soupira et secoua la tête.

— C'était ma meilleure amie. Oui, elle a travaillé pour Fully, mais dans l'unique but de couvrir ses réelles activités. En redonnant vie à Arakin, elle a fait renaître un espoir qui faiblissait depuis des années. Quant à Ombre, pensez ce que vous voulez de lui, accusez-le de tous vos malheurs si cela vous chante. Sachez toutefois qu'il n'a jamais dérogé à sa promesse. Je sais ce qu'il a fait et je sais également ce qu'il fait aujourd'hui. Sans lui, nous en serions toujours au même point. Jamais la lutte de Sullivan n'a été autant couronnée de succès et je peux vous assurer que Fully s'en mord les doigts. En plus, il vous a montré un échantillon de ce dont il est capable. Vous ne croyez pas qu'il aurait déjà tout détruit s'il l'avait voulu ?

Ses interlocuteurs soutinrent son regard en adoptant une posture de mâle dominant. Arakin imagina sans peine les pensées obscènes que ces hommes devaient avoir vis-à-vis de Ludivina.

— Je vous rappelle également que nous ne savons rien de vous, continua-t-elle malgré tout. Je vous raconte tout cela alors que vous êtes peut-être des hommes à la solde de Fully. Si c'est le cas, il doit bien rire de mon discours, le bougre. Sinon, présentez-vous. Et si vous ne souhaitez pas que nous restions, laissez-nous au moins réparer notre vaisseau et repartir.

Ivan posa une main réconfortante sur l'épaule tremblante de sa compagne et la gratifia d'un sourire.

Entre confusion et méfiance, le meneur sembla chercher un appui auprès de ses hommes. Finalement, il leur ordonna d'un geste de baisser leurs armes. Après un soupir, il secoua la tête.

— Nous sommes sur le qui-vive, en ce moment. Notre base a essuyé un nombre record d'attaques et nous peinons à nous remettre debout. Les dernières personnes que nous avons accueillies n'étaient autres que des espions à la solde de Fully. Ils ont réussi à transmettre des informations sur notre quartier général avant qu'ils ne soient appréhendés.

— Alors, pourquoi nous avoir aidés ? interrogea Arakin. Cela n'a pas de sens !

— Patrouille de routine, répondit sans attendre le meneur. Nous avons pour habitude de surveiller le ciel et la mer. Lorsque notre radar nous a indiqué cinq vaisseaux, nous nous sommes rendus sur place et nous avons aperçu le vôtre dont la signature énergétique ne correspondait en rien à celle de Fully. Nous avons pris le parti de vous défendre, puis nous....

— Puis vous avez vu Ombre et c'est là que vous vous êtes posé des questions.

L'homme confirma par un hochement de tête.

— Maintenant, vous comprenez notre méfiance. Aider un engin rebelle et y retrouver l'acolyte de l'empereur a de quoi surprendre. Nous avions toutes les raisons de nous inquiéter.

— Il me semble pourtant que l'information concernant son ralliement à la cause de Sullivan s'est propagée comme une traînée de poudre, intervint Ivan.

— Je ne sais pas ce qu'il se passe à l'autre bout de l'océan. La situation ici est totalement différente, basée sur la désinformation. Nous ne savons jamais ce qui est vrai ou faux. Mais cessons ces bavardages. Autant joindre l'utile à l'agréable. Nous serons mieux installés chez moi pour discuter de votre venue. Nous allons nous occuper de votre vaisseau durant votre séjour.

Le meneur claqua des doigts. Il donna quelques instructions en espagnol et, après un hochement de tête, quelques hommes se mirent au travail.

— Suivez-moi !

— Peut-on au moins connaître votre nom ? voulut savoir Sullivan.

— Rodrigo Dias. C'est moi qui coordonne cette faction.

Il prit les devants et dirigea ses invités dans un dédale de couloirs sombres. Stéphanie se rapprocha d'Ombre.

— Qu'en penses-tu ? demanda-t-elle discrètement. Je ne sais pas pourquoi, je ne le sens pas. Pas toi ?

Il haussa les épaules, incertain. Rodrigo semblait sincère dans ses propos et il avait ordonné à ses hommes la réparation de leur vaisseau.

Pour le reste de sa déclaration, Ombre savait que ceux qui dirigeaient les autres continents le faisaient librement avec pour seul mot d'ordre la gloire de Fully. Étrangement, il ne les avait jamais rencontrés. Sans doute parce que les réunions lui semblaient déjà d'un ennui mortel à l'époque.

— Attendons encore un peu avant de juger, préconisa-t-il. Je pense qu'il est trop tôt pour en tirer des conclusions.

Stéphanie acquiesça, bien que son intuition lui soufflât de rester sur ses gardes.

20

Un trop grand
intérêt

L e camp de Sullivan, pourtant fabriqué avec des matériaux de récupération, faisait figure de ville moderne, comparée à la grotte où le quartier général de Rodrigo résidait. Les lieux étaient sombres, chichement éclairés par endroits avec des torches à la lumière chaude. Les murs suintaient d'humidité.

Si l'on tendait l'oreille, l'on pouvait entendre quelques gouttes tomber dans de larges bassins d'eau translucide. Çà et là, quelques stalagmites rencontraient les stalactites du haut plafond rocheux pendant que d'autres s'éparpillaient en groupes plus ou moins grands. Des baraquements en bois et en taule, à l'équilibre précaire, ornaient les parois de la grotte dans un ensemble hétéroclite.

La place devait contenir à peine cinq cents âmes, soit dix fois moins que le bastion de Sullivan. Arakin doutait que les lieux puissent en accueillir davantage.

Ombre, de son côté, se sentait observé. Les curieux s'entassaient aux portes entrouvertes, qui se refermaient sitôt que ses prunelles bleu marine se posaient dessus.

L'angoisse se lisait sur leur visage, celle de voir l'ancien acolyte du dictateur pénétrer dans une zone sécurisée et surtout cachée.

Stéphanie n'aimait pas être épiée. Elle se sentait toute petite sous ces multitudes d'yeux qui la scrutaient avec crainte. Ludivina lui donna un coup de coude. Plus de quatre ans auparavant, elles étaient arrivées au clan de Sullivan avec Déborah et cette même sensation : celle d'être perçues comme des bêtes curieuses.

Ivan observait les lieux avec un grand intérêt. Les influences aztèques étaient très légères, mais tout de même présentes. Notamment au niveau des couleurs : bleu, rouge, noir et jaune. Devant certaines entrées trônaient fièrement quelques statues divines.

Le baraquement de Rodrigo Dias n'en était pas exempt et Ivan reconnut sans peine une représentation de Huitzilopochtli. Pour autant, la décoration aux accents de ce peuple ancien s'arrêtait au seuil. L'intérieur montrait une demeure propre sans artifices.

Le meneur les invita à prendre place autour d'une grande table ronde.

Ombre remarqua soudain cette présence, une présence discrète, celle d'une femme tenant dans ses bras une petite fille. Elle serra un peu plus son enfant lorsque son regard croisa celui du cobaye. Elle tremblait. Rodrigo s'empressa de la rejoindre.

— Il la rassure sur notre présence, traduisit Ivan. Visiblement, tu lui fais peur, Ombre.

— J'ai cru deviner, répondit-il, sec.

Elle quitta la pièce avec sa fille et revint quelques secondes plus tard déposer un verre de tequila devant chacun des rebelles.

Le porteur du gantelet la détailla plus attentivement.

La maternité avait marqué son corps d'un petit ventre et son visage présentait l'usure implacable de la lutte.

Pourtant, lorsque sa hanche ronde frôla le cobaye pour lui servir de la tequila, Ombre ne put s'empêcher de la désirer.

Bien avant le règne de Fully, cette femme avait dû être d'une beauté à couper le souffle. Les stigmates de la dictature n'avaient en rien retiré la sensualité qui se dégageait de ses gestes et de ses petits détails qui faisaient toute la différence.

D'un mouvement ample de la main gauche, elle repoussa son épaisse chevelure noire. Son regard sombre, surligné de longs cils, se concentra sur le liquide brun quelques secondes. Quelques secondes qui suffirent à Ombre pour comprendre que ses yeux de biche fuyaient ses iris et ceux de ses compagnons. Et que dans leur abîme se cachait un feu ardent.

Puis elle le quitta sans se retourner pour servir les autres, en laissant derrière elle les effluves d'un parfum terreux et celui de la peur.

Un coup de coude ramena subitement Ombre à la réalité. Ludivina lui sourit, amusée. Il se racla la gorge et se concentra sur l'échange entre Sullivan et Rodrigo.

— Que pouvez-vous nous dire sur votre organisation ? interrogea Sullivan en tournant le breuvage aux reflets d'or. Et concernant ces fameuses attaques ?

Rodrigo inspira profondément et commença son récit, précisant en premier lieu que sa base avait été créée quelques mois à peine après l'accession de Fully au pouvoir.

— Je suppose, Sullivan, que tu te souviens de la révolte du Venezuela ? demanda Rodrigo.

— J'étais jeune à ce moment-là, mais oui, j'en ai entendu parler. Cette révolte a commencé d'abord dans ce pays avant de se propager dans toute l'Amérique du Sud.

— Les dirigeants mondiaux n'avaient rien fait à l'époque pour enrayer les violences. Matuzaro en a profité pour prendre le pouvoir et lorsque Fully est devenu empereur, il a agi comme n'importe quel chien. Il a remué de la queue et a fait le beau. Ce bastardo a fait exécuter ses opposants et ceux de Fully. J'ai perdu ma famille, ma femme la sienne. J'ai alors pris le parti de me battre. Sans grand succès, je dois le reconnaître. Quelle erreur ai-je commise ? Quelles fautes ou mauvaise stratégie ai-je adoptées ? Je ne sais pas… Je m'interroge sans cesse !

— La répression de cet homme est saluée par Fully, intervint Ombre. Je suppose que ton combat le ciblait lui et l'empereur du monde ?

— Le seul combat qui m'intéresse présentement est celui contre Matuzaro, affirma Rodrigo. Il est devenu plus dictateur que le dictateur lui-même. Ses méthodes relèvent *del diablo*. Avant, nous étions plusieurs dizaines de milliers à travers tout le continent. Maintenant, nous ne sommes plus qu'un petit groupe d'à peine quelques centaines. Je crois qu'ici, au Mexique, je suis le seul qui reste encore debout.

— C'est donc la raison pour laquelle Fully multiplie ses attaques, dit Arakin. Il espère éteindre le dernier flambeau de ce pays pour décourager les autres.

Rodrigo acquiesça sombrement. Il but d'un trait son verre et en réclama un second.

— Il n'y a aucun moyen de l'atteindre ? s'enquit Ludivina.

— Toutes nos tentatives ont échoué. Si cela se trouve, nous nous battons contre un fantôme.

Menton dans la paume de sa main, les yeux de la jeune femme balayèrent un écran invisible.

— Tu es bien pensive, remarqua Stéphanie.

— Je réfléchis.

— À quoi ?

Ludivina se rencogna dans son siège et croisa les bras.

— Il faut être réaliste, reprit-elle, la mine grave. Ce Matuzaro représente un obstacle non négligeable. Si jamais il apprend que nous recherchons le Xiuhcoatl, soit il s'occupe personnellement de notre cas avec comme scénario catastrophe de s'approprier l'artefact, soit il prévient Fully.

Alors qu'il allait boire une lampée d'alcool, Rodrigo suspendit son geste. Il reposa son verre et dévisagea la jeune femme.

— Vous voulez bien répéter ?

— Je disais qu'une fois…

— Vous avez mentionné le Xiuhcoatl ? coupa-t-il avec empressement.

Ombre décela dans son regard une lueur de convoitise. La même que celle du hangar lorsqu'il avait utilisé la puissance du gantelet. Il fronça les sourcils. Était-il lui aussi à la recherche de l'artefact ?

— Ma compagne a effectivement mentionné le Xiucoatl, reprit Ivan en brisant un silence devenu bien trop pesant. Je ne veux pas paraître désagréable, mais vous ne nous avez pas laissé le temps de vous exposer les raisons de notre présence ici.

— En effet, reconnut le rebelle mexicain. Alors, je vous écoute.

De la découverte des pièces aztèques jusqu'à leur décision de revenir au Mexique pour retrouver l'arme de Huitzilopochtli, Ivan n'omit aucun détail. Ombre ne manqua pas d'exposer le gantelet en levant son poignet gauche. Non par fierté, juste pour obtenir à nouveau cette lueur. Ce qu'il vit ne fut pas de la convoitise, mais une colère sourde.

— Voilà. Je crois avoir tout dit. Nous pensons que le Xiuhcoatl pourrait nous aider à destituer Fully.

— Avez-vous déjà invoqué le dieu de la guerre ? interrogea Rodrigo.

— Une fois, car cette invocation nécessite un sacrifice. Pas celle d'une personne lambda…

— Mais celui d'une personne qui a été en mesure de défier les dieux, termina le meneur, pensif. La légende disait donc vrai. Le gantelet choisit son porteur. Je me demande cependant pourquoi vous, Ombre.

Le cobaye haussa les épaules. Qu'en savait-il ? Il avait pénétré le temple avec ses compagnons et s'était emparé de la main de Huitzilopochtli. Même Ivan n'avait pas la moindre idée ou le moindre indice pour expliquer ce choix.

— Vous connaissez alors la légende, constata Ombre.

— Je la connais pour être un descendant de la tribu Akuitela, révéla Rodrigo à la surprise d'Ivan. Ces légendes sont racontées de génération en génération dans ma famille. Nombreux ont été ceux à vouloir s'emparer de ce trésor sans jamais revenir, vous vous en doutez. D'ailleurs, j'ai une question à vous poser, Ombre. Vous est-il déjà arrivé d'aspirer les cœurs de vos ennemis ?

Ombre se rencogna dans sa chaise. Oui, c'était arrivé, et avec une euphorie proche de l'orgasme. La puissance qu'il avait ressentie à ce moment-là avait été grisante et perturbante. Il en avait même eu peur. Peur de ne pas pouvoir la contrôler et se contrôler. C'était une énergie qui dépassait le stade de simple mortel. Comme si, à travers l'absorption de ces cœurs, le dieu de la guerre lui avait transmis une infime partie de son pouvoir. Le cobaye en avait encore des frissons.

— À la prison de haute sécurité, finit-il par dire, coudes sur la table.

J'ai agi comme si j'avais été dans une transe incontrôlable.

Rodrigo hocha la tête, plongé dans une profonde réflexion. Un voile sombre passa sur son visage.

— Méfiez-vous, *amigos*. Détrousser les dieux n'est guère une chose facile.

— J'ai déjà entendu cette litanie, remarqua Ivan. Pourtant, nous avons le gantelet.

— Avez-vous pensé aux conséquences ?

— Les conséquences ?

— Laissez tomber, coupa sèchement Rodrigo.

Ombre fronça les sourcils, de plus en plus soupçonneux. Qu'est-ce que ce meneur ne leur disait pas ? Conséquences ? Mais quelles conséquences ? Quel était ce secret qu'il refusait de leur dire et qui semblait les impacter Ludivina, lui, Stéphanie et Ivan ? Son instinct guerrier lui soufflait la plus grande prudence.

— Quoi qu'il en soit, le chemin qui mène à la cachette de Xuihcoatl n'est pas sans risque, reprit subitement Rodrigo. Je me suis déjà rendu dans ce lieu.

— Donc, vous avez déjà essayé de le rechercher, en déduisit Ivan.

Rodrigo hocha la tête en gardant les yeux rivés sur son verre de tequila vide.

— Plusieurs fois, pour être franc. Je n'ai, en revanche, jamais trouvé le moindre indice sur l'emplacement exact de l'arme. Je vous propose de vous accompagner. En échange, vous me débarrassez de Matuzaro.

— Le marché est équitable, approuva Ombre. Qui nous dit cependant que vous n'allez pas en profiter pour nous subtiliser l'artefact une fois en notre possession ?

Question pertinente et intéressante qui mit légèrement Rodrigo mal à l'aise comme put le constater Sullivan. La tournure de cette discussion était déjà très étrange, cette fois-ci, elle était passée à un autre stade.

— Que voulez-vous que je fasse d'un artefact aussi puissant ? demanda-t-il sérieusement. Je ne serai pas en mesure de le maîtriser. Je doute même qu'Ombre y arrive, malgré le port du gantelet. Alors ? Marché conclu ?

Les compagnons s'interrogèrent du regard. Quels choix avaient-ils ? Aucun. Ils avaient en revanche la certitude qu'une fois le dictateur éliminé de l'équation, la recherche de l'artefact serait beaucoup plus simple.

— Marché conclu.

Sullivan tendit le bras, Rodrigo lui rendit sa poignée de main. Le meneur fit signe à sa femme qui resservit de la tequila à chacun.

— À une nouvelle alliance ! trinqua-t-il.

Les verres s'entrechoquèrent dans un son cristallin. Malgré la qualité de l'alcool, il demeurait dans la bouche d'Ombre un mauvais goût… celui du secret.

✕✕✕✕✕

Sullivan sortit de la douche, une serviette autour de la taille. Il s'ébouriffa les cheveux.

— Une bonne douche froide, rien de mieux pour se remettre les idées en place ! plaisanta-t-il.

Sa boutade ne fit rire personne. Arakin ôta sa veste en jean sans manche ainsi que son débardeur blanc puis il les posa sur une vieille chaise. Après s'être débarrassé négligemment de ses rangers, il se jeta sur sa couche.

Allongé sur le dos, mains derrière la tête, Ombre fixait le plafond, pensif.

— Eh bien ! Que vous arrive-t-il, tous les deux ? Je vous trouve bien silencieux.

Après avoir discuté avec Rodrigo, décision fut prise de se reposer. Les récents évènements les avaient épuisés bien malgré eux. Une bonne nuit de sommeil allait leur être salutaire.

Le chef rebelle partageait un baraquement avec son meilleur ami et le cobaye, pendant qu'Ivan, Ludivina et Stéphanie dormaient dans un autre.

Sullivan se délesta de sa serviette pour enfiler un pantalon confortable.

À califourchon sur une chaise, il observa ensuite tour à tour ses compagnons.

— Faut-il que je vous tire les vers du nez pour que je puisse enfin obtenir une réponse ? Ombre ?

Le cobaye poussa un soupir langoureux.

— Je me méfie de ce Rodrigo, daigna-t-il avouer. Il ne m'inspire aucune confiance.

— Et moi qui commençais à me dire que j'étais parano. Visiblement je ne suis pas le seul ! constata Arakin.

— C'est-à-dire ?

Arakin s'assit sur sa couche, coude sur les genoux. Ses muscles en parurent plus imposants.

— Ses explications, sa manière d'agir… Tout est décousu ! Je n'arrive pas à déterminer ce qui est vrai. J'ai l'impression que son discours est celui d'un autre ! Je ne sais pas comment vous expliquer mon ressenti.

— Ombre ? s'enquit Sullivan.

— Même chose de mon côté. Comme si cet homme avait appris une leçon par cœur.

— L'histoire de Matuzaro est-elle vraie selon toi ?

— Il y a une bonne part de vérité dans ce qu'il dit. J'ai le souvenir que Fully m'en parlait beaucoup. Il vantait même certaines de ses pratiques. Pour ce qui est des bastions rebelles de ce continent, ce qui est certain, c'est que nombre d'entre eux ont été exterminés. Ni plus ni moins. Et j'ai cru comprendre, enfin, je comprends aujourd'hui qu'il n'en reste plus qu'un seul à se battre contre le dictateur en place. Une autre chose m'a interpellé. Sa compagne. Sa peur n'était pas seulement due à ma présence. Elle était effrayée par son mari.

— Une femme battue ?

Ombre réfléchit quelques instants. Il n'avait pas pensé à cette option. Maintenant que Sullivan lui en parlait, cela semblait logique.

— Évitons de nous mêler de leurs affaires de couple même si, comme toi, ce genre de comportement me révolte. Notre but premier est de trouver l'arme du dieu de la guerre et de nous en aller.

Le cobaye opina du chef. Ils devaient tous tenir cet objectif.

— Il semblerait qu'il n'y ait pas que sa compagne qui te turlupine, reprit sérieusement Arakin.

— Le Xiuhcoatl. Je n'ai pas aimé son air intéressé, confia Ombre. Le fait qu'il nous avoue s'être déjà rendu dans cette ville prouve qu'il le recherche également. Autrement, pourquoi se risquer à aller dans un endroit détruit par les conflits et, sans le moindre doute, miné ? Et je ne vous parle pas de son ton sec lorsque Ivan lui a demandé des précisions sur ces fameuses conséquences quant à la découverte du gantelet. Rodrigo sait beaucoup de choses, mais il nous distille sciemment les informations. Ce que je crois, c'est qu'il attend qu'on le débarrasse de Matuzaro et qu'on retrouve l'arme du dieu de la guerre à sa place. Une fois l'un réalisé et l'autre en sa possession, rien ne l'empêchera de prendre définitivement le pouvoir.

Sullivan poussa un profond soupir. Il en était arrivé à la même conclusion que ses compagnons, et la dernière hypothèse d'Ombre lui était furtivement passée par la tête.

Arakin avait raison : toute cette histoire était totalement décousue et dépourvue de sens ! Qu'est-ce qui était vrai ? Qu'est-ce qui était faux ? La prudence était de mise.

— Pour être franc avec vous, j'ai également été surpris par ces différentes entrevues, avoua Sullivan. D'abord, il nous aide, ensuite il nous menace, puis il nous invite chez lui. Depuis que nous sommes ici, je ne sais sur quel pied danser. Attendons la suite des événements. Nous nous trompons peut-être à son sujet, mais la balance ne penche pas en sa faveur. Soyez prudents dans vos propos et vos agissements. Je me doute qu'ils en sont arrivés à la même conclusion, mais j'avertirai les autres.

— Tu penses qu'il pourrait saboter notre vaisseau si nous ne lui remettons pas le Xiuhcoatl ? interrogea subitement Arakin.

— C'est une possibilité ! D'où l'intérêt de faire profil bas. Pour le moment. Je compte donc sur votre discrétion, cela va de soi.

Arakin et Ombre opinèrent du chef. Sullivan avait raison : mieux valait se montrer prudent.

21

Étrange
Matuzaro

Rodrigo et Ludivina firent le point sur les plans du palais de Matuzaro, notamment sur son aéroport privé. Grâce à ses informations, la jeune femme put rapidement se mettre au travail.

Alors qu'il se baladait dans les installations, Ombre l'aperçut, concentrée sur un circuit électronique, une moue craquante peinte sur son visage rond. Elle se releva et passa un chiffon sur son front pour essuyer sa sueur. Elle ôta ensuite sa vieille chemise à carreaux. La grossesse de Ludivina l'avait rendue désirable à souhait. Elle l'avait embellie, d'une certaine manière. Ombre secoua la tête et baissa les yeux.

Pendant longtemps, il avait pensé refaire sa vie avec une autre femme. L'évidence voulait que l'unique personne qui aurait pu tenir ce rôle ait mis au monde son filleul. Ludivina était la seule à parfaitement le comprendre et à ne pas chercher à lui plaire à tout prix. C'était sa franchise qui l'avait sorti des ténèbres dans lesquelles il s'était inexorablement enfoncé. Un rire sans joie s'extirpa de sa bouche. Heureusement qu'Ivan ne surprenait pas ses pensées impures vis-à-vis de sa compagne.

— Je ne pensais pas qu'un jour je verrais une once d'amour chez cet homme, entendit-il en espagnol. C'est étrange.

Ombre se tourna vers la femme de Rodrigo, dissimulée derrière une palissade. Amusé, il lui répondit à voix haute :

— Je ne suis pas complètement sans cœur, vous savez.

Elle écarquilla les yeux et rougit. Elle se cacha davantage sous les gloussements du cobaye.

— Je parle plus de vingt langues, informa-t-il. L'apprentissage rapide faisait partie du cahier de charges lors de ma création. Je maîtrise parfaitement l'espagnol.

Elle demeura interdite quelques instants, puis reprit en s'approchant de lui avec prudence :

— Vous semblez beaucoup tenir à elle, remarqua-t-elle en désignant Ludivina du menton.

— Oui. Elle m'a guidé lorsque je m'égarais, concéda Ombre, redevenu sérieux. Elle a toujours été franche et sincère avec moi. Aucun jeu, juste de l'authenticité, pure et simple. Le décès de ma bien-aimée Déborah et la vie à la base nous ont beaucoup rapprochés. Ludivina prenait mon parti en appelant à l'indulgence et au pardon quand certains me jetaient des pierres.

— Un ange qui défend un monstre, lâcha-t-elle sans la moindre gêne.

— Qui est le monstre ? interrogea subitement Ombre. Celui qu'on a créé de toute pièce ? Ou celui qu'on a utilisé et qu'on a abusé en lui arrachant celle qu'il aimait ? Ou bien ceux qui tiennent les ficelles sous couvert de maintenir la paix ?

— Il vous suffisait de vous rebeller.

Ombre ricana et se tourna complètement sur son interlocutrice.

— Me rebeller ? répéta-t-il, hilare. On a sciemment brouillé les pistes et éliminé mon garde-fou. Imaginez-vous dans le noir le plus absolu, dans une pièce immense avec des miroirs de toutes sortes, de toutes formes. Chacun vous renvoyant un reflet différent, une vérité différente. Comment réagiriez-vous ?

La femme de Rodrigo se tut quelques instants, puis répondit :

— Nous portons tous notre croix…

— Quelle est la vôtre ?

Nouveau silence. Cette question l'avait déstabilisée. Un voile passa sur son visage.

— La servitude ?

Cette fois-ci, elle le scruta, sans mot dire.

— Qui vous dit que je suis asservie ?

— Votre peur vis-à-vis de Rodrigo, sans doute. Vous semblez être une combattante, une femme de caractère, pourtant, je l'ai remarqué, vous tremblez en sa présence. C'est étrange…

— Vous ne savez rien, martela-t-elle.

— Non, en effet. Je spécule. Tout ce que je dis finalement n'est que pure spéculation ! Dites-moi, dans ce cas, pourquoi je lis une profonde terreur dans vos yeux lorsqu'il parle du Xiuhcoatl ou de ceci ?

Il leva son bras gauche pour mettre son gantelet en évidence.

— Je ne suis pas idiot, reprit-il avec beaucoup de sérieux. Rodrigo convoitait visiblement cet artefact et il espère trouver l'arme du dieu de la guerre grâce à nous et aux connaissances d'Ivan. Je me demande juste pour quoi faire ? Mettre fin au règne de Matuzaro ? Possible… Mais une fois que ce sera fait… que souhaite-t-il ? Prendre la place de Fully ?

— Je ne sais rien de ce qu'il compte faire, s'agaça-t-elle. La seule fois où j'ai osé lui poser la question, il m'a giflée et il a menacé ma fille.

— Votre fille ? Ainsi donc, ce n'est pas la sienne… comprit Ombre. L'auriez-vous trompé ? Ce qui expliquerait la raison pour laquelle il vous terrorise. Un homme jaloux trompé par sa femme peut être incontrôlable pour ne pas dire dangereux dans certain cas.

Son interlocutrice se tut, tremblante. Alors qu'elle allait quitter Ombre sans demander son reste, il la retint par le bras avec une poigne douce.

— Si jamais j'apprends que cet homme vous frappe ou qu'il s'en prend à votre fille…

Elle eut un mouvement de recul en apercevant les ailes de colibri et le regard opalin d'Ombre.

— Il saura alors quelle est la puissance du dieu de la guerre.

Une immense table trônait au beau milieu du logis. Un plan, celui du quartier général de Matuzaro, avait été étalé en son centre.

Ombre entra dans la demeure et se tint à côté d'Arakin.

Rodrigo indiqua un point sur la carte.

— Ici, expliqua-t-il, se trouve l'aéroport. Selon les dernières informations que j'ai eues, il y a une faction de cinq hommes et cinq robots, sans oublier les mécaniciens, eux-mêmes armés. Matuzaro vit dans une forteresse surveillée jour et nuit. Chaque garde et personnel possède une puce RFID[4] enregistrée dans un dossier.

— En gros, c'est le genre de truc imprenable, dit Ludivina, pensive.

— Je ferai diversion avec quelques hommes dans la ville voisine pour vous permettre d'agir dans l'ombre.

— Mauvaise idée, objecta-t-elle.

Elle se pencha sur la carte et réfléchit durant de longues secondes. Rodrigo avait également amené quelques photographies. Elle les observa et les montra à Stéphanie qui comprit aussitôt sa pensée.

— Comme au bon vieux temps ? s'empressa-t-elle, ravie.

— Oui, et cette fois-ci avec plus de fantaisie, sourit son amie.

— Tu ne vas pas oser ?

— Oh que si !

Leur regard complice en disait long sur leurs intentions. Le chef rebelle mexicain s'impatienta.

— Pouvons-nous connaître le fond de votre pensée ? s'agaça-t-il.

— Vouloir faire diversion est une mauvaise idée, commença Ludivina. Vous l'avez dit vous-même, vous êtes encore le seul à lutter contre lui. Il se doutera donc de quelque chose. Et mener un assaut sur sa forteresse alertera Fully qui enverra aussitôt ses sbires à nos trousses. Nous devons la jouer fine en faisant en sorte que ni lui ni Fully ne s'aperçoivent de notre présence ici. Tout en sachant que nous devons également avoir assez de temps pour retrouver le Xiuhcoatl et repartir ni vu ni connu.

— Mais encore ? s'impatienta Rodrigo.

— Nous ne devons prendre aucun risque, continua Ludivina. Si

---

[4] Radio Frequency Identification: technologie d'identification par radiofréquence.

chaque employé, chaque garde a une puce, cela ne peut signifier qu'une chose : toutes les entrées et les sorties doivent posséder un détecteur qui s'enclenche dès qu'un mec inconnu au bataillon débarque. Sullivan, je compte sur toi pour pirater le système de sécurité. Il faudra le rendre inactif pendant au moins… je dirais… une heure.

— Ensuite, nous intervenons ! lança Rodrigo.

Ludivina secoua la tête, toute à son exposé.

— Nous ne serons que deux.

— Quoi ?

— J'ai créé assez de puces électroniques pour dérouter une armée entière.

— Pendant que Ludivina les installera sur les appareils, je m'occuperai de la mécanique, précisa Stéphanie.

— Je peux vous assurer que Matuzaro va s'en mordre les doigts, très, très fort !

— C'est-à-dire ?

Les deux amies se consultèrent avant d'éclater de rire.

— Disons qu'il ne sera pas le seul concerné par notre action.

Rodrigo ne cacha plus son agacement. Il n'aimait pas être mis de côté, ce qui, avec le plan de Ludivina, serait irrémédiablement le cas.

— Vous dites, commença-t-il, que vous allez pirater le système de sécurité et que vous vous occupez de la mécanique. Et vous dites également vouloir ajouter une puce au circuit des machines. Matuzaro saura qu'il s'agit d'un sabotage. Autant que si nous faisions diversion.

— Le temps qu'il s'en rende compte, ce sera trop tard pour lui, argua Ludivina. De même qu'une panne n'est pas un gage de sabotage. Nous cherchons juste à gagner du temps. Si nous sommes trop nombreux, nous attirerons son attention et il se doutera de quelque chose. Ce qui serait particulièrement négligeable pour la suite des opérations.

Rodrigo pesa chaque mot et dut admettre bien malgré lui que Ludivina avait raison.

— Très bien. Quand voulez-vous agir ? s'enquit-il.

— Cette nuit.

✼

La noirceur nocturne fut la meilleure alliée de Ludivina et de Stéphanie.

Ombre les déposa devant l'entrée du hangar. Sans attendre, elles se tapirent à l'abri d'un muret alors que la garde robotique passait tout près. Un léger halo lumineux éclaira leur visage. Ludvina fronça les sourcils au message qu'elle reçut. Des éclats de voix retentirent et une alarme sonna, stridente.

— C'est le moment, chuchota Stéphanie, alors que les mécaniciens faisaient place nette.

Les deux jeunes femmes bénéficiaient désormais d'une heure pour agir. Elles pénétrèrent dans le hangar de l'aéroport en catimini. Jusqu'à ce que Ludivina n'arrête son amie. Elle appuya sur son récepteur, puis suspendit son geste. Elle se montra. Haut, bas, gauche, droite. Sullivan avait à présent le contrôle des caméras de surveillance.

Une fois sur place, Ludivina s'attaqua aux vaisseaux principaux de Matuzaro. Pendant ce temps, armée de sa ceinture à outils, Stéphanie se chargea de desserrer quelques écrous et quelques vis des hélicoptères et autres avions de chasse.

La jeune femme coupa discrètement quelques câbles d'alimentation, puis s'en fut rejoindre Ludivina qui s'occupait du dernier appareil. Elle connecta sa tablette au circuit principal et modifia le programme de guidage.

— Bientôt fini ? s'enquit Stéphanie.

— Presque !

Elle ôta non sans peine un minuscule carré noir.

— Qu'est-ce que c'est ?

— La puce de guidage. Oups !

Ludivina le laissa tomber et l'écrasa avec le pied. Puis elle ramassa les débris.

— Quelle imbécile je fais ! Vraiment ! Il faut que je trouve une solution pour pallier cette maladresse !

Elle se gratta la tête et sembla chercher en se tenant le menton. Elle fouilla ensuite dans sa sacoche et en sortit une puce électronique plus petite.

— Puce de guidage « made in Ludivina ». Peu importe la destination saisie, le matériel sera automatiquement rendu à Son Altesse Fully Craze !

— Très chère Ludivina, je vous félicite pour votre acte citoyen. Votre civisme est un exemple !

— Merci !

Les deux amies pouffèrent avant de reprendre. Après avoir refermé le clapet des circuits, Ludivina consulta sa montre. Il leur restait à présent cinq minutes pour partir. Une ultime vérification et elles s'en furent.

Elles coururent jusqu'à la sortie du hangar et se cachèrent derrière le même muret. Ludivina attrapa une lampe à LED et, par un signal, avertit Ombre. Il restait deux minutes avant que le système de sécurité ne se remette en place.

— Tape-m'en une ! Nous sommes dans le temps ! s'enthousiasma-t-elle.

— Visiblement, nous aussi, dit une voix avec un très fort accent.

Piégées.

Elles étaient piégées. Comment cela était-il possible ? Elles avaient pourtant pris toutes les précautions ! Après un soupir de frustration, les deux rebelles levèrent les mains.

— Tu disais ? glissa Stéphanie, amère, à sa complice.

Elles se retournèrent doucement face à un homme qui se tenait sur une canne en argent massif rehaussée de deux têtes de serpent. Son énorme ventre cachait une partie de ses jambes. Cigare à la bouche, il recracha une épaisse fumée qui fit tousser les intruses. D'imposantes lunettes de soleil mangeaient la moitié de son visage, ourlé d'un bien étrange sourire en or. Il frotta son double menton et épongea la sueur de son crâne rasé avec le mouchoir de sa veste. Il devait sans doute s'agir de Matuzaro.

— Qu'est-ce que deux jolies jeunes femmes font dans mon atelier ?

Ludivina jeta un coup d'œil à Stéphanie, en manque d'argument.

— On passait dans le coin quand on a vu que la sécurité ne fonctionnait plus, expliqua alors la rebelle rousse. Du coup, on s'est dit qu'on allait vous piquer deux trois trucs.

— Vraiment ?

Ombre s'apprêtait à bondir lorsque, d'un geste discret, son amie lui ordonna de rester caché.

Deux hommes vidèrent les sacs des jeunes femmes sur un signe de Matuzaro. Des outils, des pièces détachées ainsi qu'une tablette retombèrent sur le sol.

— Nous avons quelques outils et une tablette, informa un soldat.

Matuzaro activa la surface lisse. Une photo d'Ivan et de Léo apparut en fond d'écran. L'homme grimaça. Il s'approcha plus près des rebelles et recracha sa fumée sur leur visage. Elles toussèrent.

— Pouvez-vous me dire ce que vous faisiez avec ceci ? demanda-t-il, sévère.

— Cette tablette appartenait à mon défunt compagnon, expliqua Ludivina. Je m'en sépare jamais. Elle regroupe tous les souvenirs que j'ai de lui. Je suis seule à présent pour nourrir mon gamin. En entrant chez vous, j'ai juste vu l'occasion de me procurer du matériel et de me faire un max de blé. La vie est pas simple pour nous.

— Et toi ? interrogea-t-il.

En excellente comédienne, un torrent de larmes dévala les joues de Stéphanie. Elle avoua :

— Mon père… Des gens l'ont rendu complètement fou. Il n'a plus que moi, à présent.

Matuzaro les considéra un instant, sans mot dire. Il releva alors ses lunettes de soleil, essuya à nouveau la sueur de son front et attrapa son portefeuille dont il sortit une liasse de billets.

— Faites-en bon usage. Maintenant, fichez le camp !

Ludivina et Stéphanie récupèrent maladroitement leurs affaires ainsi que l'argent sans demander leur reste, au plus grand soulagement d'Ombre.

2 2

Laisse-moi
respirer !

Ludivina se tenait sur l'un des plateaux surplombant le clan. Elle avait fait un rapport complet à Rodrigo en omettant volontairement sa malheureuse entrevue avec Matuzaro. Elle observait, incrédule, les billets que le dictateur lui avait donnés. Elles en avaient discuté un peu avec Stéphanie et n'avaient trouvé aucune logique à ce geste.

Ludivina poussa un langoureux soupir. Elle avait même examiné minutieusement chaque feuille dans leurs moindres détails. Aucun micro, aucune nanocaméra.

— Cela n'a pas de sens, répéta-t-elle pour elle-même.

Une main sur son épaule la fit se retourner. Ombre l'observa, interrogateur. Lui aussi avait assisté à la scène et il était aussi décontenancé qu'elle. Il avait rapidement fait part de cette étrange intervention auprès du chef rebelle, d'Arakin et d'Ivan. Ils en arrivèrent à la même conclusion : Rodrigo ne leur avait pas tout dit concernant Matuzaro. Car si réellement il était le tyran décrit par le mexicain, pourquoi avoir laissé partir deux inconnues avec une liasse de billets sans vérifier plus en amont leur matériel ? Cela n'avait aucun sens !

— Je sais à quoi tu penses et ta pensée est la même pour tout le monde, je te rassure.

— Je m'attendais à être interrogée de manière forte, à… tout faire capoter parce que Stéphanie et moi-même n'avons pas été assez prudentes. Au lieu de ça, il nous laisse partir. Pas que je ne m'en réjouis pas, c'est juste que…

— Ce n'est pas dans les habitudes d'un dictateur sadique ?

— Oui ! Quel homme aussi cruel que lui nous épargnerait ? interrogea-t-elle en se tournant subitement. Ombre, je… Enfin, je ne comprends pas et Stéphanie non plus ! Cela n'a aucun sens !

Ombre se mit un peu plus à la hauteur de son amie et inspira le soudain courant d'air frais qui souleva ses cheveux blonds.

— Rien n'a de sens, lui dit-il en enfournant les mains dans ses poches. Il existe de nombreuses zones d'ombre que même la femme de Rodrigo a refusé d'éclairer. Et je sais pourtant qu'elle a peur. Quelque chose l'effraie… Quoi qu'il en soit, nous trouvons le Xiuhcoatl et nous partons. Il règne ici une atmosphère étrange, engluée dans le secret et le mensonge. Moi-même, je n'ai que très peu d'éléments sur Matuzaro. Seul Fully l'a rencontré.

Ludivina revint à la contemplation de ce paysage particulier constitué de stalagmites et de stalactites. À nouveau, elle soupira.

— Je suis un peu lasse des cachotteries, avoua-t-elle à demi-mot.

— Tu es surtout épuisée, constata Ombre.

Sans en comprendre la raison, elle se précipita contre lui et ferma les yeux. Le cobaye demeura un instant les bras ballants ne sachant que faire. Finalement, il la serra contre lui. Elle se détendit peu à peu.

Qu'arrivait-il à Ludivina ? Ne pouvait-elle pas simplement trouver du réconfort auprès d'Ivan ? Non, à cet instant, ce dont elle avait besoin c'était la chaleur d'un ami, d'une personne neutre et sans jugement.

Le fait que son compagnon lui ait suggéré de rester au clan pour s'occuper de leur fils l'avait profondément vexée. Ils s'étaient expliqués, lui et elle. Elle avait écouté ses craintes et ses désirs, mais qu'en était-il des siens ? Ivan s'y était-il un jour intéressé ? Elle en doutait ou alors, elle ne s'en souvenait plus. Elle résista autant qu'elle put, puis se laissa aller contre lui.

— Ludivina…

Elle essaya de se reprendre sans y parvenir. Un cumul de petites choses, cela devait être ça. À trop vouloir se préoccuper des autres : son frère, sa mère, son fils, Ivan, le combat, Stéphanie et son père… Ludivina s'était un peu oubliée elle-même en mettant entre parenthèses ses propres désirs et ses propres craintes. Elle trouva en Ombre et son silence, une toute petite échappatoire, la possibilité de lâcher un peu de lest.

— Va te reposer, murmura-t-il. Tu es épuisée.

— Non, c'est pas ça, c'est juste…

— Je t'observe depuis un moment, avoua-t-il. On ne peut pas te reprocher ton courage et ton implication. Elles sont réelles et sincères. Mais à trop vouloir absorber la peine et les confidences des autres, tu t'oublies toi-même.

Ombre s'écarta un peu d'elle. Elle renifla et s'essuya les yeux négligemment. Elle les releva ensuite vers son ami. Même Ivan n'avait su déceler son malaise.

Dans un élan qu'elle ne se connaissait pas, elle embrassa le cobaye. D'abord surpris, Ombre allait la repousser, jusqu'à ce que ses sentiments ne prennent le dessus sur la raison. Alors, il approfondit leur baiser.

Ludivina s'écarta doucement, puis complètement. La culpabilité étreignit son cœur dans un étau douloureux. Qu'avait-elle fait ? Pourquoi s'était-elle laissé aller ? Que lui arrivait-il ?

— Je… hésita-t-elle. C'était une erreur, je n'aurai pas dû ! Excuse-moi.

Ombre ne la retint pas lorsqu'elle s'enfuit pour s'enfermer dans son baraquement. À quoi cela aurait-il servi ? Lui qui ne portait aucun espoir de retour. Ludivina s'était égarée, poussée par l'envie d'être pour une fois entendue et surtout comprise. Malgré ce constat, il aurait aimé renouveler l'expérience et, pourquoi pas, aller plus loin. Il se morigéna en apercevant Ivan rejoindre son baraquement. Il ne pouvait pas faire cela. Il n'en avait pas le droit, au moins par respect pour leur amitié.

Ombre secoua la tête et rentra à son tour.

✳

Ludivina se déshabilla lentement, doucement.

Qu'avait-elle fait ? Qu'est-ce qui lui avait pris ?

Elle devait tout de suite effacer ça de sa mémoire ! Ce qui venait de se passer devait rester entre elle et Ombre. Plus jamais elle ne devait recommencer ! Et si Ivan les avait aperçus ? Que penserait-il ? Il serait furieux !

Ludivina ne pouvait nier que ce baiser avait été doux et tendre, comme elle ne pouvait nier avoir aimé être dans les bras de son ami.

Elle suspendit son geste, la main sur sa ceinture. Après un soupir, elle ôta son pantalon.

— Cela t'a plu ? demanda une voix autoritaire.

Ludivina se figea. Finalement, Ivan avait tout vu.

— Dis-moi la vérité.

Son cœur battit à tout rompre. Elle était totalement incertaine quant à la réponse à lui apporter. Oui, cela lui avait plu ! Et si elle le pouvait, elle recommencerait !

— Non.

— Je sais quand tu me mens.

— Dans ce cas, pourquoi me poses-tu la question ?

— Pour l'entendre de ta bouche.

Ludivina inspira profondément pour faire face à son compagnon. Sa façade joviale avait été remplacée par une froideur qu'elle ne lui connaissait pas.

— Vous avez couché ensemble ?

La gifle claqua dans l'air. Cela allait trop loin.

— Et même si c'était le cas, qu'est-ce que cela peut te faire ?

Ivan porta la main à sa joue rouge.

— Réponds-moi, Ivan ! Qu'est-ce que cela peut te faire ? s'énerva sa compagne.

Abasourdi, le jeune homme se tut.

— J'en ai marre ! J'en ai ma claque de toutes ces conneries ! avoua entre deux sanglots Ludivina. Je n'en peux plus d'entendre les autres se plaindre. Je n'en peux plus de faire semblant, de vouloir plaire et d'être forte pour tout le monde ! Merde, quand est-ce que pour une fois, on m'écoutera sur ce que je ressens ? Hein ? Oui, j'ai embrassé Ombre et j'ai aimé ça ! Parce que lui m'a écoutée. Parce qu'il a été là au moment où j'en ai ressenti le besoin, il n'a pas fui. Il ne m'a pas… il m'a toujours encouragée. Il a toujours été là pour moi. Il m'a toujours poussée en avant sans jamais essayer de me retenir dans mes envies.

Ludivina se laissa retomber sur sa couchette et se frictionna les épaules.

— J'étouffe avec toi, Ivan. Laisse-moi respirer !

Soufflé par un tel aveu, le jeune homme baissa la tête, blessé au plus profond de son cœur.

— J'ai toujours été là pour toi lorsque tu en avais besoin, continua Ludivina. J'ai été là pour tes découvertes et quand tu te mettais en colère. J'ai tout mis de côté avec l'espoir qu'un jour tu entendes enfin ce que j'avais à dire. Je me suis montrée patiente en me disant… en me disant qu'enfin tu t'intéresserais un peu plus à moi. Tu n'as pas idée de la souffrance que j'ai ressentie lorsque tu m'as suggéré de rester au camp pour veiller sur notre fils. Le pire dans tout cela, c'est que j'ai réussi à te convaincre de ma venue uniquement parce que j'ai encore une fois mis de côté ce que je ressentais pour t'écouter, toi.

Ludivina rassembla ses genoux sous elle. Les yeux rougis, elle porta attention à son compagnon. Du silence et rien d'autre que du silence. Il quitta le baraquement en claquant la porte.

Quelques instants plus tard apparut Stéphanie. L'état de sa meilleure amie la préoccupa. Elle se précipita à son encontre et la guida vers son épaule.

— Dis-moi tout, ma belle. Qu'est-ce qui se passe ?

Ivan ne revint au baraquement que bien plus tard, alors que la nuit venait de tomber. Le clan endormi laissait les pas sourds des sentinelles emplir la cavité d'un léger bruit.

Le jeune homme n'avait cessé de réfléchir aux propos de Ludivina. Ces derniers l'avaient profondément blessé, car ils étaient empreints de vérité. Oui, il l'avait soutenue lors de leur arrivée au camp de Sullivan. Oui, il avait été là au moment de la naissance de leur fils et du retour de sa famille. Mais s'était-il seulement demandé, un jour, quels étaient les désirs de sa compagne ? L'avait-il délestée au moins une fois d'un poids trop lourd à porter ? S'était-il réellement un jour intéressé à son travail au sien de la rébellion ?

Lorsqu'il faisait des découvertes, lorsqu'il enseignait ou qu'il travaillait sur des recherches scientifiques dans le but d'aider Sullivan, il se précipitait vers elle pour lui narrer ses trouvailles ou ses doutes. Et elle l'écoutait sans jamais l'interrompre. Parce que pour lui, c'était quelque chose de normal. C'était sa manière de partager, d'être avec elle.

Cet égocentrisme avait poussé la femme qu'il aimait dans les bras de son ami.

Ivan entra dans le baraquement et y fut accueilli par Stéphanie. D'un doigt sur la bouche, elle lui imposa le silence.

— Elle dort, chuchota-t-elle. Je vous laisse. Je vais aller dormir avec les autres. Je crois que vous aurez des choses à vous dire quand elle se réveillera.

Ivan opina du chef. Stéphanie prit quelques affaires et s'en fut.

Le jeune homme se déshabilla et rejoignit sa compagne dans le lit de camp. Il l'observa dans son sommeil comme il aimait si bien le faire. La voir dans les bras d'Ombre avait été un électrochoc. Il se demanda l'espace d'un instant la raison pour laquelle elle était avec lui et non avec le cobaye. Il formerait un couple magnifique tous les deux. Après tout, Ludivina était une très belle femme qui s'ignorait. Combien au clan de Sullivan l'enviaient-ils ? Pourquoi pas Ombre ?

Ivan avait été idiot. Il se rappela soudain la raison de son amour pour elle : sa joie de vivre et sa grande capacité d'écoute. La manière qu'elle avait de remettre les gens en place, en toute innocence. Et cette manie de pousser la voix dans les aigus lorsqu'elle apprenait une bonne nouvelle.

Il sourit. Son bras rejoignit le sien. Il déposa sur son épaule nue un chaste baiser qui lui fit ouvrir ses paupières.

Lentement, elle se tourna vers lui et sa main rencontra sa joue, marquée de ses doigts.

— Je suis désolée de t'avoir giflé. Je n'aurai pas dû.

— C'est à moi de te présenter des excuses, souffla-t-il.

Ludivina se blottit contre lui et Ivan enfouit son visage dans son épaisse chevelure en la serrant davantage contre lui.

✳

Quelqu'un toqua à la porte. Sullivan partit ouvrir et eut la surprise de découvrir Stéphanie. Elle avisa soudain Ombre qui baissa aussitôt le regard, gêné pour la première fois de sa vie. Ludivina avait dû se confier, sans le moindre doute possible.

La jeune femme n'entra pas dans le jeu des remontrances à son plus grand soulagement.

— Tout va bien ? lui demanda le chef rebelle.

— Tout va bien, ne t'inquiète pas, assura Stéphanie. Ivan et Ludivina devaient se parler. J'ai préféré les laisser seuls. Voyez-vous un inconvénient à ce que je dorme avec vous ?

Sullivan s'effaça et elle entra sans attendre.

— Aucun, sourit-il. En revanche, ce ne sera pas avec moi. Je gigote et je ronfle.

— Ni moi, je ne partage pas mon lit, dit Ombre.

Stéphanie et Arakin s'observèrent en chiens de faïence.

— OK, je me dévoue ! capitula-t-il. Viens avec moi. T'es pas grosse, je te ferai une petite place.

— Non merci, je préfère dormir par terre !

Ombre et Sullivan éclatèrent de rire pendant que la jeune femme s'installait à même le sol.

— Pétasse !

— Moi aussi, je t'aime !

Arakin soupira bruyamment et se recoucha.

Alors que ses compagnons dormaient déjà à poings fermés, il peinait à trouver le sommeil. Après avoir essayé toutes les positions, il se tourna finalement vers Stéphanie. Son souffle régulier était presque hypnotique. Il l'observa un long moment, puis se leva. En bon gentleman, il ne pouvait pas la laisser dormir par terre ! Alors, il l'installa confortablement sur son lit de camp. Après un court instant d'hésitation, il la rejoignit et son bras musculeux la rapprocha de lui. Enfin, il put trouver le sommeil.

23

Une chimère aux yeux de crapaud

Il fallut une journée à Rodrigo pour organiser l'expédition dans l'ancienne Ltaochuix. Point de vaisseau ou d'avion, le transport du matériel et des vivres se ferait à dos de lamas.

La ville se situait à une dizaine de kilomètres du camp rebelle. Cependant, la région, ravagée par la guerre, avait vu son paysage modifié et son sol se gorger de mines et de roquettes encore intactes.

Plus de deux jours furent donc nécessaires pour Rodrigo, ses hommes et les compagnons de Sullivan pour traverser cette distance, jonchée d'explosifs.

Lorsqu'un panneau annonça la fin de leur voyage, un soupir trahit le soulagement des explorateurs. Nulle question cependant d'installer leur campement. Il leur fallait d'abord trouver un abri sûr. La troupe continua donc son avancée sous les cris des animaux dérangés dans leur habitat.

Muni de son vieux guide touristique, Ivan lut en chemin les éloges qui étaient faits à cette ancienne mégalopole : une ville prospère et attractive. C'était également un lieu de recherches technologiques surnommé la Silicon Valley mexicaine.

— Visiblement, c'était le nouvel Eldorado des scientifiques de l'époque, notifia Ivan.

Dubitative, Ludivina grimaça. Ltaochuix était aujourd'hui

méconnaissable, cachée sous une épaisse végétation. Seuls les plus hauts immeubles perçaient la verdure environnante. Verdure qui donnait du fil à retordre à Rodrigo et Ombre. Munis de machettes, ils avaient du bien mal à dégager le chemin.

Stéphanie déglutit avec peine en observant les rues et les avenues. Des arbres se dressaient dans quelques bâtiments délabrés et les fougères qui envahissaient les maisons cachaient des monstres assoiffés de sang. En témoignait le feulement d'un félin aux yeux rougeoyants. La jeune femme se rapprocha ostensiblement d'Arakin.

— On a peur des gros chats ? sourit-il, narquois.

Le regard rivé sur Stéphanie, il ne prêta pas attention à l'énorme python réticulé qui lui fit soudain face. Corps en accordéon, langue sifflante, le reptile était prêt à se tendre pour le mordre.

Pris de panique, Arakin l'attrapa par la tête et le lança plus loin.

— On a peur des gros serpents ? renvoya Stéphanie, amusée.

— Très drôle !

L'homme aux cheveux bleus pesta pendant un moment.

Tout à coup, une esplanade apparut. Vierge de végétation, elle offrait une vision circulaire idéale à la surveillance. Soulagée de trouver enfin un lieu où installer leur campement, la troupe se mit rapidement au travail.

✳

Assis sous la voûte étoilée, le croissant de lune pour compagnon, Ivan relisait les quelques notes écrites sur son vieux guide.

Avant de partir, il avait pris soin de faire des recherches sur la ville. Son informateur lui avait indiqué qu'elle avait été abandonnée un an après sa construction. La raison évoquée demeurait les étranges disparitions aux abords d'un centre commercial. Quelques coupures de journaux lui avaient donné un semblant de réponse. De mystérieuses traces d'animaux avaient été retrouvées dans le bitume. Tantôt celles d'un crapaud, tantôt celles d'un crocodile. Toutes étaient précédées d'une traînée de sang. On citait également des restes humains. Des os avaient été rongés par plusieurs dentitions en même temps.

— Très étrange, en effet…

Rien n'indiquait cependant, dans les notes d'Ivan, le nom éventuel du commerce ni même son emplacement. Il s'était alors demandé si leur simple inscription n'était pas source de malédiction.

L'archéologue constata, amer, que ses recherches ne l'avaient pas beaucoup avancé. D'autant que la bête à l'origine de cet abandon devait être morte depuis longtemps.

— Des indices ? lança Rodrigo en espagnol.

Plongé dans sa lecture, Ivan ne l'avait pas entendu arriver. Il se tourna légèrement vers le chef rebelle mexicain.

— Aucun, répondit-il sans ambages.

Comme ses compagnons, le jeune homme se méfiait de Rodrigo. Ludivina lui avait narré son étrange rencontre avec Matuzaro. Son opinion rejoignait celle de ses amis. Trop de mystères et de secrets. Quelque chose dans son attitude, dans sa manière d'être, le dérangeait.

— J'ai cru comprendre que c'était toi, le spécialiste, je me trompe ?

— C'est bien moi.

— Et si tu m'en disais plus sur ce que tu sais, amigo.

— Pourquoi ferais-je cela ?

— Nous travaillons ensemble ! s'enquit Rodrigo.

— Je travaille avec mes amis, nuance. Et qu'aurais-je à vous dire ?

Ivan remonta ses lunettes avec le majeur et se tourna vers son interlocuteur.

— Je ne sais pas ce qui nous attend, continua-t-il, sec. La première fois, un journal m'a guidé. Pour cette seconde, je suis comme vous, comme nous tous ici, c'est-à-dire dans le flou le plus total. Les informations que j'ai récoltées ne vous seront d'aucune utilité. Vous pouvez me croire.

— Vous ne me faites pas confiance, toi et tes amis. Pourtant, je vous ai accueillis chez moi, argua Rodrigo.

Un rire sans joie s'échappa de la bouche de l'archéologue.

— Pensez-vous réellement que mes compagnons ont obtenu ma confiance d'un claquement de doigts ? J'attends plus que de beaux discours ou des promesses. Certes, vous nous avez accueillis, mais avec des armes et de sacrés préjugés. Et, si je ne me trompe pas, il me semble que vous convoitez le Xiuhcoatl. Pardonnez ma franchise, mais cela ne me donne pas envie de vous octroyer le moindre signe de foi.

— Pourtant vous l'accordez à Ombre, qui fut jadis très proche de Fully.

— Je n'ai pas à justifier mes relations auprès de vous. Si vous voulez bien m'excuser, une longue journée nous attend demain et je tiens à me reposer convenablement. Bonne nuit !

Ivan se releva, épousseta son pantalon, puis s'en fut vers la tente qu'il partageait avec sa compagne et Stéphanie.

— Ton silence me prouve que tu me caches bien des choses, Ivan, l'arrêta Rodrigo.

— Votre mutisme également, rétorqua-t-il. Je ne cache rien, contrairement à vous.

Il se retourna pour lui faire face.

— Et je suis sûr que pour me convaincre de votre bonne foi, vous allez me narrer le baiser torride auquel vous avez assisté entre ma compagne et Ombre, je me trompe ?

Rodrigo serra le poing. Ivan était bien plus malin qu'il ne le pensait.

— N'essayez même pas. Ombre, Ludivina, Stéphanie, Arakin et moi-même avons une histoire commune, une histoire qui nous lie au-delà d'une simple amitié, au-delà même de votre propre compréhension. De plus, nous avons tous prouvé notre loyauté à la rébellion et donc à Sullivan. Essayer de nous diviser pour mieux nous contrôler est une gageure ainsi qu'une belle perte de temps. Une dernière chose, et c'est un conseil d'ami, méfiez-vous d'Ombre. Bien qu'il soit patient, il n'en reste pas moins très protecteur surtout lorsqu'il s'agit des proches de sa défunte compagne. À vous de ne pas dépasser les limites si vous voulez rester en vie.

Rodrigo fronça les sourcils. Il fulminait. Comment ces gens, à qui il avait accordé le gîte et le couvert, dont il avait réparé le vaisseau, pouvaient-ils se montrer aussi méprisants et imbus d'eux-mêmes ? Pour qui se prenaient-ils ? Des héros ? Et cela sous prétexte qu'Arakin et l'ancien acolyte de l'empereur étaient de leur côté ?

— Rira bien qui rira le dernier, *amigos*. Je ne me laisserai pas impressionner.

✳

Alors qu'Ivan allait entrer dans sa tente, il remarqua Ombre, pensif, la tête tournée vers les étoiles.

L'archéologue hésita un instant, puis se décida à le rejoindre.

Ils demeurèrent là, chacun plongé dans une réflexion qui leur était propre, un intense sentiment de gêne accaparant leur atmosphère. Cette gêne avait pour nom Ludivina. Ivan et elle avaient discuté une bonne partie de la nuit à la suite de leur dispute. Ainsi, le jeune homme put enfin comprendre son ressenti, ses peurs, ses désirs et certaines de ses angoisses. Un échange qui fut salutaire à chacun. Ivan avait alors pris conscience de son égocentrisme. Ludivina semblait tellement sûre d'elle qu'il en avait occulté ses propres sentiments.

— Je suis désolé, lâcha Ombre, peu fier. Désolé de…

Le coup de poing mit brutalement fin à sa tirade. Soufflé, il perdit presque l'équilibre et recracha du sang. Bien évidemment, cela ne l'avait pas fait plus souffrir qu'une piqûre d'insecte. En revanche, le geste avait eu le mérite de le surprendre.

Ivan secouait sa main droite comme un fou. Jamais il n'avait pensé que ce serait aussi douloureux !

— Bon sang, maugréa-t-il.

Il se massa les phalanges et reprit :

— Maintenant, je peux te pardonner ! Mais ne t'avise plus jamais de recommencer !

— Sinon, tu m'en remets une ? sourit Ombre, canaille et sachant son ami peu habitué à se battre de la sorte.

— Non, parce que ça fait mal !

Les deux hommes se regardèrent un instant et éclatèrent de rire comme deux idiots.

— Faudra m'apprendre à coller des pains. Je ne suis guère à l'aise avec cet exercice.

— Si cela peut te rassurer, tu as une très bonne droite !

Et ils repartirent comme deux fous.

— Sincèrement, Ivan, reprit plus sérieusement Ombre, je te

demande pardon.

Le cobaye baissa la tête.

— J'aurais dû la repousser. Je ne l'ai pas fait. J'ai eu un moment de faiblesse. Seulement…

— Seulement Ludivina est une femme exceptionnelle qui t'a défendu envers et contre tous. Et qui aujourd'hui, le fait encore, termina Ivan. Je te comprends. Pour ce qui est de mon cas, j'ai été puni de ma propre faiblesse à la comprendre, à l'écouter comme j'étais censé le faire. Je me suis focalisé uniquement sur ma propre personne.

Un ange passa. Inutile d'en dire plus sur ce qu'il s'était produit, d'en rajouter. Les deux amis venaient de régler leur compte.

— Tu es bien pensif, remarqua Ivan.

Ombre lui accorda ce point. Ses pensées étaient tournées vers la prison de haute sécurité et vers cette aide providentielle, celle qui lui avait permis de retrouver les pièces de cuivre.

— Quelqu'un nous a aidés à la prison de haute sécurité, affirma le cobaye les yeux dans le vague. Qui ? Je ne sais pas.

— Je te rejoins sur ce point.

Ivan inspira profondément. Il n'avait donc pas rêvé. Si au départ, il en avait douté – sans doute à cause du choc –, il en avait désormais la certitude : Déborah était venue à son secours. Devait-il en parler à Ombre ? Lui qui était toujours épris de la défunte. Il hésita, puis trancha.

— Nous avons été aidés, reprit-il. Lorsque les prisonniers m'ont emmené, quelqu'un les a empêchés de me faire du mal. Ai-je rêvé ou non ? J'ai senti une odeur un peu particulière. Comme de…

— La fleur d'oranger.

— C'est ça ! J'ai également senti un serpent. J'ai entendu son sifflement… Puis… plus rien…

Ivan décida de ne pas parler de Déborah. Finalement, elle devait être une simple hallucination visuelle et auditive, le reflet d'un fantasme, tant il aurait aimé la retrouver.

— Une femme m'a aidé, continua Ombre. Elle était tellement étrange. Comme toi, j'ai vu un serpent. Non, en fait, j'en ai vu plusieurs. De mémoire, c'est comme s'ils… comme s'ils formaient sa jupe. Et autour du cou elle avait des mains, des crânes et des cœurs en guise de collier…

— Coatlicue ? fronça Ivan.

— Je te demande pardon ?

— La femme que tu viens de me décrire ressemble à Coatlicue, révéla-t-il à son ami. La mère de Huitzilopochtli, de la lune et des quatre cents étoiles méridionales, déesse de la fertilité et de la terre. Tu es sûr de ce que tu as vu ?

Ombre hocha la tête. Cette odeur singulière, cette voix, cette douceur et l'aspect particulier de cette femme… Il ne pouvait pas avoir rêvé. Sinon, comment aurait-il pu récupérer les pièces de cuivre ?

— Certain, finit-il par répondre. « *Retrouve le Xiuhcoatl, champion de Huitzilopochtli, et aide-le à terrasser sa sœur.* ». C'est ce qu'elle m'a dit avant de me remettre les pièces.

De plus en plus perdu, Ivan ne savait comment interpréter les révélations d'Ombre. D'abord, l'apparition de Coatlicue, ensuite son intervention et cette supplique : « *Aide-le à terrasser sa sœur* ». Huitzilopochtli n'avait-il pas déjà vaincu Coyolxauhqui par le passé ?

— À quoi penses-tu ? lui demanda Ombre.

L'archéologue peina à lui trouver une réponse adéquate, perdu dans les méandres de sa réflexion. D'abord, Huitzilopochtli, ensuite, sa mère. Que se passait-il dans le panthéon divin des Aztèques ? Qu'est-ce que les dieux attendaient d'eux, simples mortels ? Oui, ils avaient défié les épreuves du temple. Oui, ils avaient su s'emparer du gantelet, faisant d'Ombre un champion, peut-être même un élu. En aucun cas, cependant, son ami était aussi puissant qu'eux. Un autre élément l'alerta. Une parole prompte de la part de Rodrigo : les conséquences. De quelles conséquences parlaient-ils ?

— Je ne sais pas trop… finit par dire Ivan. C'est obscur tout en étant très clair. Lorsque nous sommes allés chercher le gantelet, nous avions une idée de ce que nous voulions. Détruire Robinson et empêcher la fin de notre monde. Aujourd'hui, la déesse de la fertilité te demande d'aider son fils à terrasser sa sœur et nous nous apprêtons à rechercher une arme divine d'une puissance inouïe. Sans oublier les conséquences dont Rodrigo nous a parlé sans en mentionner le moindre détail.

Finalement, contre qui allons-nous nous battre ? Contre Fully ou contre la déesse de la lune, vaincue il y a des millénaires ? Cela me dépasse totalement.

Ombre concéda ce point. Lui-même ne savait que penser depuis l'apparition de cette étrange femme. Que se passait-il dans le domaine des dieux pour qu'ils viennent quérir l'aide des mortels ? Le cobaye était un être puissant. Il ne pouvait le nier. Sa puissance allait-elle être toutefois suffisante pour seconder Huitzilopochtli ? Il en doutait.

— Je dois t'avouer que je suis aussi perdu que toi, Ivan. Tout ceci nous dépasse. Évitons pour le moment toute conclusion hâtive. Retrouvons d'abord le Xiuhcoatl. De là, les réponses apparaîtront d'elles-mêmes. Gardons aussi cette discussion pour nous. Inutile d'alerter les autres sur ce que nous savons et ce que nous avons vu.

— Je suis d'accord. D'abord, ce que nous sommes venus chercher, ensuite, nous aviserons.

Ombre et Ivan se quittèrent sur ces conclusions, aussi perdus l'un que l'autre.

L'archéologue trouva sa compagne profondément endormie. Après s'être déshabillé, il s'allongea près d'elle pour puiser un peu de réconfort en la serrant contre lui.

❊❊❊❊❊

Il fallut plusieurs jours aux aventuriers pour visiter la ville. La verdure était le premier obstacle à leur évolution. Venaient en deuxième les animaux sauvages et en troisième le délabrement des immeubles qui menaçaient à chaque instant de s'écrouler.

Ivan avait scruté chaque place commerciale, recherché le moindre indice et la moindre empreinte. Les années avaient irrémédiablement effacé les traces de l'époque.

— J'ai l'impression de poursuivre une chimère ! se plaignit l'archéologue, un soir au campement. Autant partir à la recherche de

Nessy[5].

— Nous finirons par trouver, assura Ombre en retirant ses rangers pour laisser ses pieds endoloris respirer. Le nom de cette ville en est bien trop évident pour que ce soit une fausse piste.

Ivan soupira comme un condamné et s'allongea sur le dos, bras et jambes en croix.

Carnet en main, Sullivan gribouillait quelques inscriptions. Il tirait des traits et esquissait des cercles. Intrigué, Arakin rangea sa gourde et se posa près de son ami.

— Qu'est-ce que tu fais ? demanda-t-il en observant le tracé.

— J'essaie de comprendre une logique mathématique, expliqua le chef rebelle. J'ai remarqué qu'à certains endroits, l'architecture suivait un schéma bien particulier. Toutes les structures que j'ai retenues ont plus ou moins la forme d'un soleil dont les rayons respectent un angle spécifique. Et sur chacun des bâtiments, un chiffre ou un nombre y était gravé en langue aztèque. Visiblement, ils n'ont pas été mis là par hasard.

Ivan tourna la tête vers Sullivan.

— Que veux-tu dire ?

— Si j'ai remarqué des similitudes avec certains, d'autres sont totalement aléatoires. Sans aucun sens. Pourtant, je suis sûr qu'il y a quelque chose, une chose qui m'échappe. Comme dirait Fully : mon génial cerveau trouvera l'issue de l'énigme !

Arakin gloussa imaginant sans peine son pire ennemi affirmer une telle chose.

— Je peux ?

Sullivan donna son carnet à Ivan. Ce dernier observa le schéma, les sourcils froncés et la main tenant son menton. Il attrapa son crayon et sa règle, puis entreprit de relier des points avec d'autres. Lorsqu'il eut fini, il sourit de toutes ses dents.

— J'ai ! Je sais où nous allons pouvoir trouver le Xiuhcoatl !

Intrigué, Rodrigo s'approcha de la troupe.

— Et comment peux-tu être sûr de ta trouvaille, amigo ?

---

[5] Monstre du Loch Ness.

Ivan se mit debout et commença son exposé.

— Tout est une question de calendrier et d'arithmétique pour comprendre la logique.

— Un peu comme dans le temple du gantelet ? intervint Ludivina qui ne se rappelait que trop bien des volées de flèches et des plaques tournantes.

Ombre l'avait sauvée d'un bien triste sort, à ce moment-là. Ce furent les connaissances mathématiques de Déborah et celles d'Ivan qui les avaient tirés de cette mauvaise passe.

— Si on regarde bien le schéma de Sullivan, les bâtiments en question forment une sorte de demi-cercle, continua l'archéologue. Si on prend en considération les angles dont le nombre est un multiple de cinq et que nous traçons une ligne en respectant cette consigne, alors nous obtenons un point commun. Qui n'est autre que celui-ci !

Ivan montra fièrement le point central sous l'œil dubitatif du rebelle mexicain.

— Je veux bien suivre ta logique, mais cela ne nous indique pas l'emplacement qui nous intéresse !

L'archéologue s'en fut fouiller dans son sac pour en ressortir une vieille carte.

— Je l'ai trouvée dans une boutique. Je me suis dit qu'elle serait utile, se hâta-t-il de justifier.

Avec l'aide de Sullivan et de ses souvenirs, il retraça les cercles et redessina le schéma. Le point indiqua cette fois-ci un endroit précis.

— C'est là que nous devons nous rendre ! Une fois sur place, je saurai si c'est le bon endroit.

Chacun acquiesça. Après des jours à arpenter la ville d'ouest en est et du nord au sud, ils n'avaient plus vraiment le choix.

Ainsi, le lendemain, la troupe reprit la route dans la direction indiquée par Ivan. Ils marchèrent plusieurs heures sous l'atmosphère lourde et tropicale de la jungle. Était-ce leur imagination ou la chaleur était-elle plus importante qu'à l'accoutumée ?

— Cela ne peut vouloir dire qu'une chose, que nous approchons du but ! s'enthousiasma Ivan. Courage ! Nous y sommes presque !

Stéphanie et Arakin soupirèrent en chœur, dépités. Les pieds de la jeune femme commençaient à être douloureux et l'homme aux cheveux bleus supportait de moins en moins la température. Même Sullivan souffrait de ne pouvoir reprendre une pause malgré sa bonne volonté.

Jusqu'à ce qu'un appel de l'archéologue ne gonfle leur poitrine d'un espoir soudain et salvateur.

Chacun se précipita à son encontre. Une bâtisse en béton, recouverte de lierres, se dressait devant lui. Un dôme, dont le verre avait été brisé depuis longtemps par quelques palmiers, surmontait les murs craquelés. Les deux portes-tambours avaient vu leurs accès bloqués par des lianes épaisses et de la terre. Çà et là, des racines soulevaient le bitume.

— C'est ici ? interrogea Ombre.

Un haut écriteau indiquait en caractères gras, italiques et roses : *Bienvenido al centro comercial de cocodrilos*[6]. Quelques lettres peinaient à tenir droites. Deux d'entre elles, un « n » et un « e », avaient depuis longtemps renoncé à leur place. Une autre, un « i », pendait, lamentablement retenu par un fil électrique prêt à craquer.

— Un seul moyen de le savoir, répondit Ivan. En tout cas, nous avons dû passer à côté. Je ne me souviens pas d'avoir vu un tel endroit.

L'archéologue attrapa la machette du cobaye et se fraya un chemin dans la végétation. Il coupa, arracha du lierre et déblaya une partie du mur. Il prit garde au trou caché par l'épaisse canopée. En y regardant d'un peu plus près, il devait sans doute s'agir du parking. En témoignait cette très vieille voiture tapie dans l'ombre d'un feuillage.

Quelques marques le mirent sur la voie. De monstrueuses griffures creusaient des sillons sur les murs. Ivan s'accroupit et remarqua, malgré l'état du bitume, les traces d'un immense crocodile. Il sourit et revint alors sur ses pas.

Stéphanie, Arakin, Sullivan et le cobaye l'attendaient à l'ombre d'un grand palmier, pendant que Rodrigo et Ludivina étaient partis remplir leurs gourdes.

— Nous sommes au bon endroit ! lança-t-il à la cantonade. J'ai vu

---

[6] *Bienvenue au centre commercial des crocodiles*, en espagnol.

209

quelques marques.

L'homme aux cheveux bleus accueillit la nouvelle en tendant les poings vers le ciel en guise de victoire. À moins que ce ne soit juste le soulagement de ne plus arpenter la jungle de long en large.

— Nous n'avons plus qu'à entrer !

— Entrer où ? s'enquit Rodrigo, qui revenait.

Ludivina distribua les gourdes pleines à ses compagnons. Sa meilleure amie but une longue gorgée d'eau avant de la remettre dans son sac à dos.

— Dans cet endroit ! J'avais raison. Nous y sommes enfin ! Alors en avant ! décréta Ivan, heureux comme un enfant.

Ombre remarqua le soudain éclair d'avidité dans le regard du chef rebelle mexicain. Ses doutes se confirmaient de plus en plus. Il avait néanmoins besoin de preuves supplémentaires. Qui sait ? Peut-être se trompait-il.

✖✖✖✖✖

L'acidité d'Ombre leur permit d'entrer dans la bâtisse suspendue dans le temps. Tout avait été laissé à l'abandon. Il semblait aux aventuriers que le centre commercial allait prochainement ouvrir ses portes. La végétation n'avait que peu envahi l'espace en dehors de quelques arbres. La poussière et les toiles d'araignées s'étaient fait un nid de choix à certains endroits. Sullivan déglutit avec peine en apercevant les pattes de certains arachnides dépasser de leur cocon opaque. Quelques oiseaux chantaient à l'unisson. Des toucans se montraient parfois, presque aussitôt chassés par les cris de quelques singes agressifs.

— J'en avais toujours rêvé ! s'exclama Ludivina. Un centre commercial où tout est gratuit ! Un petit tour de shopping, ma choupette ?

— Bienvenue dans la friperie qui ne vend que du neuf ! gloussa Stéphanie. Eh, Arakin ! Ils ont peut-être des slips en solde.

Le jeune homme répondit à sa pique par un magnifique doigt d'honneur.

— Ou du dentifrice pour rendre les dents encore plus blanches, n'est-ce pas, Stéphanie ?

Elle lui lança un regard noir. Un sourire diabolique s'étendit sur le visage de son ami.

Ombre se retint de rire à cette farce désastreuse. Soudain, un squelette, puis un second attirèrent son attention. Il marcha jusqu'à eux et s'accroupit pour examiner les restes.

— Ivan ! appela-t-il. Regarde.

Il lui montra un fémur. Un animal semblait l'avoir grignoté comme un vulgaire morceau de viande. Ivan constata que les autres os avaient subi le même sort.

— Cela a dû être causé par différents animaux, si j'en observe les morsures. Certaines sont plus petites que d'autres, dit-il en examinant les restes. Je me demande tout de même quel animal aurait pu briser l'os du fémur en laissant une marque aussi nette. C'est… impressionnant.

Ivan se releva et analysa le complexe. Les oiseaux et les singes s'étaient tus à l'unisson.

— Je n'aime pas ça, souffla-t-il.

— Moi non plus, avoua Rodrigo, qui les avait rejoints. C'est bizarre et trop brutal.

Les trois hommes s'observèrent un instant. Ils allaient devoir faire preuve de prudence. Une présence ici était capable de taire les bruits de la nature et de leur donner la chair de poule.

— C'est moi ou il y a comme un malaise ? remarqua Ludivina, qui scrutait les alentours.

Chacun s'immobilisa un court instant, une certaine inquiétude sur le visage. Le silence était dérangeant, implacable. Même la brise ne soufflait plus.

Au bout de très longues secondes, la nature reprit vie comme par enchantement, laissant les aventuriers totalement déboussolés par ce qu'ils venaient de vivre. L'expérience avait été particulièrement déroutante.

— Cessons de perdre du temps inutilement, décréta Rodrigo. Nous devons nous y remettre.

— Je suis d'accord, approuva Sullivan. Le complexe a l'air immense. Séparons-nous pour le fouiller. Il doit y avoir des indices sur ce que nous recherchons.

— Dans ce cas, reprit Ivan, faites bien attention à ce que vous pourrez voir. Nous allons faire des groupes. Visiblement, le centre commercial s'organise en trois étages. Rodrigo et Sullivan, vous irez visiter le rez-de-chaussée. Arakin et Ombre, montez à l'étage. Ludivina, Stéphanie et moi-même irons explorer le sous-sol. Nous nous retrouverons ici. Et surtout, restons en contact.

Rodrigo acquiesça et s'en fut avec Sullivan explorer le rez-de-chaussée. Tandis qu'Ombre et Arakin montaient à l'étage, Ivan, Stéphanie et Ludivina commencèrent l'exploration du sous-sol.

Les recherches furent minutieuses pour chacun des groupes qui fouillèrent les moindres recoins de leur secteur. Aucun indice cependant ne leur permit de découvrir la cachette du Xiuhcoatl. Même les quelques plaques destinées à expliquer les ruines mises en valeur ne leur apportèrent aucune réponse.

Dos à la rambarde de sécurité du balcon, Arakin poussa un langoureux soupir.

— Nous avons tout fouillé ici, déplora-t-il. À moins d'avoir loupé un détail… Mais on a tout regardé ! Je déteste chercher pour rien !

Ombre s'accouda et inspira fort, aussi dépité que son rival.

— Espérons que les autres aient plus de chance que nous.

Le cobaye attrapa son talkie-walkie et lança un appel.

— Ici Ombre, rien de notre côté. À vous !

— *Ici Sullivan, rien pour nous. Terminé.*

— *Ludivina qui vous parle, en dehors de quelques fringues kitch, rien de plus.* *Nous remontons. Terminé.*

Ombre logea sa tête dans le pli de son coude. Plus bas apparurent Ivan et les deux jeunes femmes qui regagnaient le rez-de-chaussée. Il fronça les sourcils.

— Ivan, reste où tu es ! demanda-t-il dans son appareil.

Son ami s'exécuta. Ombre observa attentivement les dalles du sous-sol. S'en apercevant, Arakin l'imita et fronça les sourcils à son tour.

— C'est moi ou… ?

— Non, je crois que l'on voit la même chose.

C'était léger, à peine perceptible. Des lignes se reflétaient sur le sol, irisées de turquoise. Elles dessinaient un colibri qu'un immense serpent entourait.

— Ivan, monte. Il faut que tu voies ça.

— C'est trop gros pour que ce soit un simple hasard, constata Arakin.

Quelques instants plus tard, Ivan les avait rejoints. Mains sur les genoux, il reprit péniblement son souffle. Ombre lui montra alors le dessin.

— Qu'en penses-tu ? lui demanda le cobaye.

L'archéologue se pencha pour mieux voir. Un sourire triomphant ourla son visage.

— Que c'est une piste à ne pas négliger ! s'exclama-t-il. Retournons au sous-sol.

Un appel de Rodrigo freina son enthousiasme.

— Il semble que nous ne soyons pas seuls, déplora-t-il en fixant une masse sombre.

Son immobilité et celle du chef rebelle intriguèrent les nouveaux venus. Jusqu'à ce qu'ils ne comprennent. Là gisait un tigre à moitié dévoré et dépecé.

Stéphanie plaqua la main sur sa bouche et essaya de retenir sa nausée sans réellement y parvenir, Ludivina à sa suite.

— Qu'est-ce que… ? fit Arakin, incapable de finir sa phrase.

Ivan se pencha sur la dépouille et l'examina de plus près. Les mêmes traces de morsure que sur les os humains.

— J'y connais rien en bestiole, mais quel genre de carnivore laisserait sa proie en vue ? s'étonna Arakin.

— Ce n'est ni plus ni moins qu'un avertissement, expliqua l'archéologue, énigmatique. Visiblement, nous ne sommes pas les bienvenus, ici.

— Une simple odeur de poisson pourri aurait été suffisante pour nous faire fuir, ajouta Stéphanie, pâle comme un linge. Vous sentez ça ?

Chacun approuva d'un hochement de tête.

Silence.

On se figea.

Un grognement sourd le brisa. Une chose rampait non loin d'eux.

— On… on devrait peut-être bouger, bégaya Ludivina, peu rassurée. Ombre, tu as dit avoir vu quelque chose. Je me trompe ?

Le cobaye hocha la tête, les sens en alerte. La jeune femme déglutit avec peine, le souffle court. L'atmosphère était soudainement devenue pesante et malaisante.

Les aventuriers descendirent au sous-sol, peu rassurés.

Ivan se ressaisit lorsqu'il aperçut les lignes turquoise se dessiner sous ses pieds. Sous la surveillance d'Arakin et d'Ombre, il commença à les analyser. Un nouveau grognement, plus puissant, tendit le dos de l'archéologue qui se releva derechef. Son mouvement de recul alerta ses compagnons. Une odeur pestilentielle envahit l'espace et deux yeux de crapaud apparurent dans la pénombre.

— Attention !

Ivan se jeta sur Ludivina pour la tirer en arrière. Une monstrueuse mâchoire claqua dans le vide.

— *Dios mio*… souffla Rodrigo, lorsque la bête se montra dans toute son horrible splendeur.

— Je refuse de servir de déjeuner à un crapaud géant, haleta la rebelle, blottie contre son compagnon.

La chimère observa ses proies. Elle s'approcha à pas de velours tout en ronronnant. Étrange mélange que celui-ci. Sa tête d'alligator se tournait vers chacun des intrus pendant que sa queue de poisson battait frénétiquement l'air, traduisant ainsi sa profonde impatience. Arakin déglutit avec peine lorsqu'il remarqua les gueules qui ornaient chacune de ses articulations, même celle de ses pieds.

— C'est quoi cette blague, siffla-t-il entre ses dents.

Nulle réponse ne lui parvint que le grognement de la chimère qui se précipita tout à coup sur Stéphanie, tétanisée. L'homme aux cheveux bleus retint de peu la gueule du monstre. Rodrigo attrapa la mitraillette qui pendait à son dos et en vida le chargeur.

— *Mierda* ! Les balles ne lui font rien !

L'haleine putride de la créature faillit faire vomir Arakin. Il serra la mâchoire et tint bon malgré tout. Il repoussa son adversaire aussitôt attaqué par Ombre.

— On s'occupe de la bête ! Occupe-toi du reste, Ivan ! hurla-t-il.

Sans attendre, l'archéologue se mit au travail. Les engrenages de son cerveau s'activèrent à une vitesse folle. Ce monstre n'avait pas été placé là par hasard. Il protégeait quelque chose, une chose pour le moment inaccessible. À moins que…

L'idée fugace que l'étrange inscription qui se dessinait sous ses pieds ne soit qu'un élément du décor lui avait traversé l'esprit. Non, c'était impossible. Alors quoi servait-elle ?

— Ombre ! hurla Ludivina.

La chimère venait de refermer ses crocs sur le cobaye. Elle le secoua comme une vulgaire poupée de chiffon.

— Dépêche-toi, Ivan ! supplia-t-elle.

— Je fais ce que je peux ! rouspéta son compagnon.

Fermement cramponné, Arakin banda ses muscles et essaya en vain d'ouvrir la puissante mâchoire du monstre en prenant garde de ne pas se faire lui-même mordre par ses jointures.

À genoux, Ivan scruta l'inscription dans ses moindres détails. Stéphanie s'agenouilla à ses côtés.

— Un portail, souffla-t-elle.

— Plaît-il ?

— Un portail ! Je sais que ma référence n'est pas appropriée, mais je me souviens que dans un jeu vidéo, pour passer d'un monde à un autre, il fallait un portail.

L'idée de Stéphanie, bien que saugrenue, prenait sens dans l'esprit d'Ivan. La majeure partie du serpent, sans doute une représentation du Xuihcoatl, avait été dessinée à droite. Il observa Ombre qui avait été obligé de se transformer pour se libérer de la chimère et Arakin qui peinait de plus en plus à suivre la cadence.

— Il faut que cela marche ! marmonna-t-il. Tout le monde sur la gauche !

Après un instant d'hésitation, ils obéirent. Ivan interpella ensuite les combattants.

— J'ai trouvé la solution ! Venez vite avec nous !

— Pars devant, Arakin !

Ombre occupa la créature pour laisser passer son ami. Dès qu'il eut rejoint le groupe, le cobaye s'enfuit à toutes jambes pour rallier ses compagnons.

Lorsque la chimère bondit, ses proies avaient déjà disparu.

24

Le sifflement du Xiuhcoatl

Ombre, Ivan et les autres se réveillèrent difficilement. L'air semblait saturé d'humidité. Quelques torches crépitaient, splendides sculptures d'obsidiennes dont les flammes turquoise éclairaient chichement les lieux.

— Tout le monde va bien ? s'enquit Ludivina.

Divers grognements lui répondirent.

— Je prends cela pour un oui.

Elle amena sa main à sa tête et grimaça de douleur.

— Steph, tu te souviens de la cuite qu'on a prise à la soirée de Greg et de la gueule de bois qui s'en est suivie ?

— Vaguement, ronchonna-t-elle.

— Je suis en train de la revivre au centuple… se plaignit son amie.

Plusieurs minutes s'égrenèrent avant que chacun ne recouvre ses esprits.

Assis, les jambes repliées et la tête basse, Ombre reprenait son souffle. Il s'en était fallu de peu. Même transformé, espérer vaincre cette ignoble bête aurait été une chimère.

Une fois remise, bien que titubante, Ludivina apporta un peu de soutien à Ivan, encore sonné.

Réveillé depuis plus longtemps et adossé au mur, Rodrigo

patientait.

Sullivan se frotta le visage, peu certain de ce qu'il avait vécu. Il porta alors son regard sur Arakin, recouvert de blessures légères. Il s'approcha de lui pour lui apporter quelques soins.

— Et si tu nous expliquais, Ivan, commença Stéphanie en se mettant péniblement sur son séant.

Le jeune homme releva la tête et lui offrit un sourire triomphant.

— C'est toi qui m'as donné la solution.

— Comment ça ?

— Tu m'as parlé d'un éventuel portail. Lorsque les guerriers aztèques mouraient, la légende raconte qu'ils se transformaient en colibri et qu'ils devaient regarder par la gauche pour se rendre dans le royaume des morts. Je pense que la métamorphose d'Ombre nous a permis d'activer le portail. À moins que ce ne soit le gantelet.

— Et le monstre ? s'enquit Rodrigo. Un avertissement de ce qui nous attend ?

— Non. Mesdames et Messieurs, annonça théâtralement Ivan, j'ai l'honneur et le plaisir de vous informer que vous avez rencontré le Cipactli en personne. Tezcatlipoca l'a utilisé pour créer la terre. Personne ne peut le contrôler, pas même les dieux. Il a un appétit vorace et ne sera jamais repu. Ils ont dû le mettre là pour garder quelque chose.

— Et cette chose doit être le Xiuhcoatl ! s'enthousiasma bien vite le rebelle mexicain. Ce qui signifie que nous sommes sur la bonne voie ! Vous vous êtes assez reposés, remettons-nous en route !

Ombre haussa un sourcil. Cette soudaine autorité ne lui plaisait pas. Il balaya du regard ses compagnons. En plus d'avoir marché un moment dans la jungle, ils avaient tous exploré le centre commercial dans ses moindres recoins. La rencontre avec le Cipactli avait fini par les épuiser. Même lui, avec son don de guérison rapide, peinait à se remettre de ses émotions.

Ombre se releva en s'adossant au mur.

— Nous sommes tous fatigués physiquement et psychologiquement, déclara-t-il. Nous reprendrons la route, une fois que nous nous serons reposés, pas avant.

— Ce n'est pas toi qui décides, *amigo*, siffla le mexicain.

— Toi non plus, *amigo*, appuya Ombre.

L'homme remarqua alors les veines noires de son avant-bras droit. Peut-être avait-il été trop prompt. Les paroles d'Ivan lui revinrent en mémoire concernant l'attachement d'Ombre vis-à-vis de ses proches amis. Cet homme était dangereux. Mieux valait rester raisonnable et faire profil bas.

— Rodrigo a raison, annonça Ivan. Nous ne devons pas traîner. Nous ne savons pas si ce fichu monstre est le seul de la liste ou non.

Ivan prit son courage à deux mains pour se remettre debout. Sa tête tourna légèrement. Il s'appuya alors au mur. Sullivan but une gorgée d'eau, imité par Ludivina.

Lorsque Arakin trouva enfin la force de se lever, il tituba. Stéphanie se précipita pour le soutenir.

— Je veux bien continuer, dit-il. Encore faudrait-il qu'on sache où se rendre.

Le portail avait amené les aventuriers dans un espace exigu, flanqué d'un couloir sinueux aux murs désespérément vides.

Sans autre choix, ils le suivirent durant de longues minutes, marchant vers un inconnu qui ne les rassurait pas.

Jusqu'à cet immense trou révélant une tour sans fond. Sur chaque étage avaient été creusées des fenêtres barrées par des balconnets. L'étrange architecture mit les compagnons mal à l'aise. Aucun escalier, aucune échelle, pas même des sculptures, des fresques ou des glyphes pour les guider.

— On pourrait peut-être grimper ? suggéra Arakin.

— Sans moi, j'ai assez le vertige comme ça, avoua Stéphanie en s'accrochant à lui.

— Je vais aller voir, proposa Ombre.

Il sauta dans le vide et remonta quelques instants plus tard, ses ailes battant frénétiquement en cadence. Il revint finalement vers ses compagnons en secouant la tête.

— Je n'ai rien trouvé, se désola-t-il.

— Et je vais être franc, je n'ai aucune idée de ce que nous devons faire, avoua honteusement Ivan.

— Nous n'allons pas rester là, comme des *estupidos* ! grogna Rodrigo.

Ludivina s'approcha du bord. Elle se mit précautionneusement à genoux et se pencha un peu pour scruter l'obscurité. Elle se frotta le menton, puis se releva en époussetant son pantalon.

— C'est un test selon moi, commença-t-elle. Nous devons faire face à notre peur. Je pense que si une personne souhaite réellement obtenir une arme aussi puissante que le Xiuhcoatl, elle doit pouvoir prouver sa bravoure.

— Comment ? interrogea Sullivan.

— En effectuant une sorte de saut de la foi.

— Un quoi ?

— En sautant dans le vide, précisa Ludivina. Cela n'a eu aucun effet sur Ombre, car il a utilisé le gantelet. Mais il sera tout autre s'il saute sans user de son pouvoir. Enfin, je pense.

Chacun se concerta silencieusement. Au point, où ils en étaient, mieux valait-il sauter dans le vide que retourner affronter ce monstre et se faire dévorer. Ivan attrapa fermement la main de sa compagne.

— S'il faut qu'on saute, faisons-le tous les deux.

— Vous n'allez pas faire ça ? s'estomaqua Rodrigo.

Pourtant, le couple prit de l'élan et se jeta dans le vide, happé par la noirceur. Ombre faisait confiance à ses amis, alors il bondit à son tour, suivi de près par Sullivan. Stéphanie tremblait comme une feuille. Arakin l'enveloppa peu à peu, ses bras musculeux l'attirèrent à lui. Il recula doucement, jusqu'à ce que son pied ne les fasse basculer dans le vide. Ils disparurent dans un hurlement de terreur. Rodrigo hésita longuement avant de suivre les autres. Un grognement et deux yeux luisants décidèrent à sa place. Peu désireux d'être dévoré par le Cipactli, il sauta à son tour.

✖✖✖✖✖

Une cascade. Stéphanie entendait distinctement de l'eau couler avec fracas. Quelques gouttes arrosaient ses joues et mouillaient ses cheveux. Elle gémit et se releva péniblement.

D'abord inconscient, Arakin se réveilla peu à peu en grognant. Il s'assit avec difficulté, puis passa une main lasse sur son visage aussi trempé que celui de son amie.

Stéphanie le rejoignit et l'aida à se mettre debout. Une fois sur ses deux jambes, il fit craquer son dos ainsi que sa nuque.

— Ça va ? s'enquit-elle.

— À peu près, répondit-il en grimaçant.

Arakin prit le temps d'observer son environnement en fronçant les sourcils. Le ciel gris se confondait avec la roche. Les lieux semblaient stériles de vie.

Pire encore, il n'y avait aucune trace de leurs amis.

— Où sont les autres ?

Stéphanie secoua la tête, incapable de lui répondre.

— Je ne sais pas. Je viens à peine de me réveiller.

— C'est pas normal. On devrait explorer un peu les environs, proposa l'homme aux cheveux bleus. Il doit y avoir une porte de sortie ou un autre truc. Et on finira par les retrouver.

Son amie opina du chef et chacun partit de son côté parcourir des lieux… psychédéliques.

— Arakin ! appela-t-elle au bout d'un moment.

Stéphanie lui montra un étrange escalier gravé de figures divines.

— Où est-ce que cela va nous mener, encore ? se plaignit Arakin.

— Je ne sais pas, mais si tu vois une autre solution…

Il secoua la tête, dépité.

— Du moment qu'on ne rencontre pas ce monstre, cela me convient !

L'ascension dura plusieurs minutes sans le moindre heurt en dehors de leurs jambes endolories.

— Où sont les autres, selon toi ? s'inquiéta Stéphanie.

— Je ne sais pas. Je ne sais déjà pas où on est. J'en viens à regretter une belle bataille contre Fully. J'ai l'impression d'être dans un rêve. Je me demande même si on n'est pas endormis ou morts !

— Arakin ?

Le jeune homme se retourna et reçut une gifle retentissante qui lui laissa une belle marque sur la joue.

— T'es pas bien ! cria-t-il.

— Tu as mal ?

— À ton avis !

— Eh bien voilà, je viens de te prouver que tu ne rêves pas !

— Me pincer aurait eu le même effet !

— Oui, mais cela n'aurait pas eu la même saveur.

Arakin allait répondre par une répartie cinglante, quand un monument les rendit muets de stupeur. Aussi étonnée que lui, Stéphanie ne bougea plus.

— Bon Dieu, Ivan, comme je te regrette en ce moment, souffla-t-elle.

✳

Les hauts arbres semblaient toucher le ciel bleu vif et le soleil brillait d'une lueur bienfaisante. Çà et là, quelques grosses fleurs colorées s'épanouissaient dans un gazon parfaitement vert, butiné par de magnifiques papillons au vol chaloupé.

Ivan et Ludivina marchaient depuis un moment dans ce jardin d'Éden, sans trouver trace de leurs compagnons.

— Où sommes-nous, Ivan ? demanda Ludivina.

— Je ne sais pas, avoua son bien-aimé. Je ne sais même pas ce que nous faisons ici. Ni où sont passés les autres !

— J'espère qu'ils vont bien.

Ivan ne répondit pas et continua à marcher.

La végétation laissa soudainement place à une stèle. Pas d'artifice, de sculptures ou de gravures. Juste cet immense serpent en obsidienne qui le surmontait en montrant ses crocs. Ludivina en fit le tour, imitée par Ivan.

— La stèle est bien trop petite pour un sacrifice humain, constata-t-il. C'est à n'y rien comprendre !

— À moins qu'il faille que le champion du dieu de la guerre pose le gantelet, hasarda Ludivina. C'est pas vrai !

— Quoi ?

— Je commence à parler comme toi… C'est pas bon signe, ça !

Ivan s'esclaffa, puis revint à la stèle qu'il examina de plus près. Ses doigts glissèrent sur la roche lisse. Sa paume effleura le dessus avec l'espoir de ressentir un quelconque dessin. Rien.

— Du sang ? suggéra sa compagne. J'ai vu dans l'un de tes bouquins que c'était comme une sorte d'eau précieuse. Au point où on en est !

— Je confirme, dit Ivan, concentré.

— Tu confirmes quoi ? Mon idée ?

— Pas seulement. Tu as raison sur le fait que je déteins sur toi.

Cette fois-ci, ce fut Ludivina qui gloussa.

Ivan cessa son examen et rechercha quelque chose de tranchant. Il s'arrêta sur une monstrueuse plante ressemblant à un palmier.

— Je peux le faire, si tu veux, se proposa Ludivina.

Ivan secoua la tête, attrapa fermement une feuille et se coupa la paume. Il porta ensuite sa plaie au-dessus de la stèle. Quelques gouttes vermillon coulèrent et firent apparaître le signe du Xiuhcoatl. Une lueur aveuglante s'extirpa des yeux du serpent. La roche glissa, puis, dans un claquement sourd, l'arme du dieu de la guerre s'éleva jusqu'à eux.

❅❅❅❅❅

Ombre, Sullivan et Rodrigo écarquillèrent les yeux. Ils avaient, de leur côté, arpenté les couloirs d'un temple aux murs d'or éclairés par quelques coupoles en pierre sculptées. Jusqu'à trouver l'étrange stèle qu'Ombre avait frôlée du bout des doigts.

Nul besoin de donner son sang, un bâton courbé aux reflets turquoise était apparu comme par enchantement.

Était-ce bien le Xiuhcoatl ? Sur le poignet du cobaye, le gantelet pulsa d'une lueur irisée. Le doute n'était plus permis.

Ombre tendit la main, fébrile. Lorsque ses doigts se refermèrent sur l'arme prodigieuse, il vacilla, soutenu de peu par Sullivan. La puissance de l'artefact dépassait l'entendement. Ombre le détailla, son regard bleu marine traduisant une certaine fascination mélangée à de la peur. Il avait l'impression de tenir un serpent figé dont la gueule dévoilait d'immenses crocs. Du haut de la tête jusqu'au manche du gourdin, une crête de plumes cavalait sur le corps sinueux du reptile. Rodrigo osa s'attarder sur les deux billes d'obsidienne qui composaient ses yeux. Il eut un mouvement de recul. Le serpent semblait sonder son âme.

— Il faut maintenant que nous partions, intima Sullivan. Cet endroit me fiche la chair de poule.

Ombre acquiesça et passa devant, suivi de près par ses deux comparses.

✶✶✶✶✶

— Tu es sûr que c'est bien ce que nous cherchons ? demanda une nouvelle fois Ludivina.

Ivan ne répondit pas, incertain. Et si c'était un piège destiné aux pilleurs de trésor ? Impossible. Comment aurait-il trouvé un lieu pareil sans le porteur du gantelet ? Il soupira, dans une impasse. Si toutefois, il s'agissait bien de ce qu'il recherchait, alors il devait tenter sa chance pour ramener cette arme au champion du dieu de la guerre.

— J'espère que tu sais ce que tu fais, déglutit avec peine sa compagne.

Ses doigts s'approchèrent peu à peu, tout doucement. Alors qu'il frôlait l'artefact, une violente secousse le bascula sur son séant. Le sol s'ébranla et se craquela aussi sûrement que la stèle. Les yeux du serpent s'illuminèrent et le reptile commença à grossir encore et encore. Ludivina aida Ivan à se relever. Le décor autour d'eux se disloquait et se soulevait.

— Cours, Ludivina !

Une vague de terre, tel un tsunami, s'abattit sur le paysage verdoyant.

Le sol tremblait si fort que les fuyards peinaient à garder l'équilibre. Ivan, la main de Ludivina dans la sienne, l'entraînait dans son sillage bien loin de ce qui ressemblait à l'apocalypse.

Je ne comprends rien ! Je n'y ai pas touché. Par pitié, Huizilopochtli, veillez sur mes amis ! se surprit à prier le jeune homme.

✶✶✶✶✶

Finalement, cela avait été plus simple qu'il ne l'avait imaginé.

Rodrigo retira le Xiuhcoatl des mains d'Ombre, gisant à ses pieds. Peut-être y avait-il été un peu fort, en témoignait le sang qui coulait du crâne de Sullivan. En même temps, vouloir assommer des hommes avec une coupole en pierre revenait presque à les tuer, quand on y réfléchissait bien. Peu lui importait, finalement. Seul le résultat comptait. Avec un sourire triomphant, il posa le pied sur la nuque du cobaye.

— C'est moi le champion du dieu de la guerre, misérable avorton, cracha-t-il.

Un sifflement le tira de sa contemplation et une forte pression lui coupa la circulation du bras. Lorsqu'il y porta attention, ses yeux s'arrondirent de terreur. À la place de l'artefact, Rodrigo tenait un énorme python. La bête ouvrit une impressionnante gueule et lui cracha un acide à la figure.

Le rebelle mexicain poussa un cri aigu en portant les mains à son visage. Il les écarta ensuite, l'épiderme s'étirant comme de longs filaments. Sa peau avait fondu et le liquide corrosif attaqua ses yeux.

Le serpent glissa jusqu'à Ombre. Il rampa sur son dos, sa langue fourchue captant des particules invisibles. Son corps commença peu à peu à grossir pour mieux recouvrir celui du cobaye dans une attitude particulièrement protectrice.

※

Ombre se réveilla sous les hurlements de Rodrigo. Il ouvrit ses paupières lourdes avec peine.

Une chose froide passa sur son dos, comme une douce caresse. Un lien télépathique avait été établi durant son inconscience. Ainsi, le serpent qui l'aida à se relever l'informa d'une traîtrise qu'il avait sévèrement punie. Il somma également le cobaye de quitter les lieux sur-le-champ avant que les abîmes n'engloutissent tout, eux y compris. L'étrange entité glissa jusqu'à Sullivan, puis tourna sa tête vers Ombre qui se précipita vers lui.

— Sullivan…

L'homme se réveilla avec difficulté, tout en portant la main sur sa blessure poisseuse.

— Tu peux te relever ? s'enquit Ombre. Nous ne devons pas rester ici !

D'abord incertain, le chef rebelle eut soudainement un mouvement de recul en apercevant son compagnon. Une aura noire de jais l'enveloppait, ponctuée de soubresauts électriques. Sa transformation semblait plus… bestiale. Des tatouages parsemaient ses bras, son cou et son visage, tandis que la lueur de ses iris revêtait une teinte opaline presque divine.

— Ombre… souffla Sullivan, impressionné.

— Relève-toi, Sullivan ! Nous devons partir !

Deux autres yeux le scrutaient : ceux d'un python géant aux écailles turquoise et à la crête arc-en-ciel.

— Tu n'as rien à craindre de lui, s'empressa de rassurer Ombre. Il va nous aider à retrouver les autres.

Même le timbre de sa voix avait été modifié.

— Emmenez-moi avec vous, supplia Rodrigo, aveugle. Ne me laissez pas là…

Le cobaye l'ignora superbement pour soutenir son ami, encore sonné et le visage en sang.

— Pitié…

— Alors que tu n'en as jamais eu ?

Le python géant, contrôlé par Ombre, s'approcha de lui. Sullivan assista avec horreur à sa mise à mort. Avec une rapidité déconcertante, les anneaux du serpent encerclèrent le corps du rebelle mexicain. Ils broyèrent ses os et disloquèrent sa mâchoire dans un craquement sinistre. Finalement, le monstre relâcha l'homme, devenu poupée de chiffon.

Ombre délaissa son compagnon un instant pour se pencher à son oreille. Il lui souffla :

— Connais à présent la souffrance de tes victimes, Matuzaro.

Les abîmes emportèrent l'ancien dictateur avec lui.

✕✕✕✕✕

Les arbres craquaient aussi sûrement que le sol se recouvrait de lave. Une présence poursuivait Ludivina et Ivan sans le moindre répit.

— J'aime pas la lave, cela me rappelle de mauvais souvenirs !

— À moi aussi, assura Ivan en regardant derrière lui. Continue à courir !

Ludivina arrêta de peu son compagnon avant qu'il ne tombe dans le vide. Le cœur battant, il observa la pente abrupte, puis leurs arrières. Il serra instinctivement sa bien-aimée contre son cœur. Ludivina ne savait que faire, entre panique et résignation. Elle cacha sa tête contre le torse d'Ivan, avec une pensée pour son fils Léo.

Elle la releva tout aussi subitement.

— Ivan, tu me fais confiance ?

Interloqué, il l'interrogea silencieusement du regard. Elle se précipita vers une roche plate à l'équilibre précaire.

— Ce n'est pas une bonne idée ! contesta Ivan en comprenant ses intentions.

— Tu en vois une autre ?

Le jeune homme souffla fort, très fort. Avait-il seulement le choix ?

— OK, on va sauter tous les deux en même temps. On n'aura qu'une chance.

Ivan hocha frénétiquement la tête.

— Prêt ? Maintenant !

Ludivina trouva sa position sans la moindre difficulté. Son compagnon s'accrocha désespérément à sa taille, plaçant ses pieds comme il put.

La jeune femme surfa entre les différents débris, sa planche rocheuse se disloquant à mesure qu'elle glissait sur la pente.

— Elle doit tenir jusqu'au bout !

Le néant qui se dessina devant elle brisa ses espoirs et ceux d'Ivan. Ils avaient essayé et avaient échoué. La noirceur allait inextricablement les emporter.

— Je t'aime, Ivan, souffla-t-elle.

— Plus tard, les adieux !

Surprise de ne pas chuter, Ludivina releva la tête et aperçut le beau visage d'Ombre qui les déposa sur le dos d'un python géant.

✖✖✖✖✖

Arakin tirait Stéphanie qui peinait à suivre sa cadence. Ni l'un ni l'autre n'avait touché à l'artefact. Pourtant, la montagne autour d'eux se disloquait pendant qu'un monstrueux serpent turquoise les prenait en chasse.

— Ne t'arrête surtout pas ! supplia-t-il.

Ses jambes ne la tenaient plus. Elle était complètement épuisée.

— Arakin !

Un rocher dévalait la pente adjacente à leur couloir de fuite.

Arakin accéléra l'allure et se posta devant la masse, mains en avant. La pierre cogna ses paumes et le fit reculer. Mâchoire serrée, il banda ses muscles pour le retenir.

— Je ne tiendrai pas longtemps, dépêche-toi !

Stéphanie se hâta de passer avant que la force de son ami ne faiblisse.

Le couple reprit ensuite sa course.

Derrière eux, le monstre siffla de colère.

— Je n'en peux plus, gémit la rebelle.

— Tu feras ta feignasse plus tard, dit Arakin. Un peu de sport fera fondre ta graisse !

Stéphanie l'observa, interloquée. En situation normale, elle l'aurait giflé avec une belle poignée d'insultes. Mais Arakin était aussi épuisé qu'elle. Il n'avait pas voulu la blesser, juste la motiver, d'une bien étrange manière, elle en convenait. Elle sourit, se souvenant que depuis le début de leur fuite, c'était lui qui la portait. Stéphanie puisa dans des ressources qu'elle n'aurait jamais cru posséder. Ils coururent encore et encore sans se retourner, avec pour seul dessein de s'en sortir.

Le sol se déroba sous leurs pieds et ils glissèrent dans un toboggan naturel, accueillis à l'arrivée par une surface rocheuse. D'abord sur son coude, ensuite sur sa main, Stéphanie se redressa avec peine. Clopin-clopant, elle aida Arakin à se relever.

— Tu boites, constata-t-elle.

— Une simple foulure, continuons !

Mais chaque fois qu'il posait le pied par terre, une décharge de douleur le clouait sur place. Un sifflement agressif parvint à leurs oreilles ; ils devaient fuir. Stéphanie mit son bras sur son épaule et oublia ses jambes endolories.

— Tu feras ta feignasse plus tard ! T'es un mec ou une gonzesse ?

Arakin sourit à son tour et prit appui sur elle.

Le serpent géant les talonnait. Il se rapprochait de plus en plus d'eux.

Soudain, la délivrance ! De la lumière apparut au détour d'un couloir alors que le fracas qu'ils entendaient annonçait une série d'éboulements.

— Nous y sommes presque ! s'enthousiasma Stéphanie. Encore un peu de courage.

Ce qu'ils crurent être une issue n'était qu'un trou béant de noirceur. Le néant, glouton, venait d'avaler la dernière note de lumière.

— Au moins, on aura essayé, rit Stéphanie, totalement dépitée. Même si j'aurais voulu mourir avec quelqu'un d'autre que toi.

— Toujours aussi charmante, ironisa Arakin, résigné.

La jeune femme sourit faiblement à cette dernière pique. Son compagnon la dévisagea et décida d'oublier cette douleur lancinante qui menaçait de le faire sombrer. Il se dégagea de son bras, attrapa son visage en coupe et l'embrassa.

— Arakin, murmura Stéphanie, surprise.

— Je suis désolé.

— De m'avoir embrassée ?

— Non, pour ça !

Et il la poussa dans le vide avant lui-même de la rejoindre. Le serpent turquoise sortit de la grotte comme un pantin hors de sa boîte, puis disparut aussi soudainement qu'il était apparu.

— Je ne pensais pas que je te dirais ça un jour, mais bordel, je suis content de te revoir !

Ombre reposa ses deux amis sur sa bien étrange monture.

Le Xiuhcoatl cracha un jet de lumière pour ouvrir un portail vers le monde des mortels.

2 5

Pas si innocente

Ils s'étaient retrouvés bien loin du temple, en plein cœur de la jungle. Comment étaient-ils arrivés jusqu'ici ? Ils ne le savaient pas.

Les compagnons marchèrent jusqu'à trouver une source d'eau pour se rafraîchir et sans doute pour se remettre de ce qu'ils avaient vécu.

Ivan prodigua les premiers soins à Sullivan. La plaie avait formé une croûte permettant ainsi d'arrêter le saignement. Le scientifique lui fit un bandage rudimentaire, puis il s'occupa d'Arakin dont une entorse avait triplé le volume de sa cheville.

Ombre en profita pour se passer un peu d'eau sur la nuque et le visage. Lorsqu'il ôta son tee-shirt, Ludivina poussa un cri de surprise.

Loin d'avoir disparu comme ils l'avaient tous cru, le Xiuhcoatl avait intégré le dos du cobaye sous la forme d'un tatouage au réalisme saisissant.

Pour peu qu'ils tendent l'oreille, ils entendaient son étrange sifflement. Pour peu qu'ils le regardent de près, ses pupilles fixaient les curieux avec une intensité troublante.

— Il vaut mieux que tu caches ce tatouage, suggéra Ivan.

Inutile d'en dire plus. Chacun comprit son idée.

— Comment fait-on pour Rodrigo ? s'inquiéta Stéphanie. On va nous demander des comptes. Et on risque de nous soupçonner de sa disparition.

— En effet, confirma Ombre. Toutefois, si je ne me suis pas trompé, nous aurons une surprise à notre retour au clan rebelle.

— Et pour ses hommes ? Ils s'attendent à le voir revenir.

— Aie confiance en moi, intima le cobaye.

Stéphanie se le tint pour dit. Elle se tut.

Ils reprirent leur chemin quelques instants plus tard et arrivèrent dans la soirée alors que la nuit était déjà tombée. Comme l'avait prévu Ombre, les hommes du chef rebelle mexicain ne crurent pas à leur récit, encore moins à la mort accidentelle de Rodrigo. Le cobaye et Sullivan savaient ce qu'il en était réellement. Ils étaient cependant peu désireux de s'engager dans des détails qui, ils s'en doutaient, les feraient passer pour fous. D'autant que le successeur de Rodrigo semblait aussi enragé que lui.

Ils rentrèrent au clan les poings liés avec la promesse d'une mort lente et douloureuse. Même pour Sullivan et Arakin, qui peinaient à suivre la cadence.

✳

Après plusieurs jours à marcher dans une nature hostile, le chemin parsemé d'obus et de mines, la troupe arriva au bastion rebelle.

L'accueil qu'ils reçurent toutefois ne fut pas vraiment celui qu'ils avaient imaginé.

Dans les quatre coins de la grotte, quelques snipers attendaient l'ordre de tirer. Pendant que d'autres, arme au poing, visaient sans retenue les nouveaux venus.

— Déposez vos armes !

Les sommations furent appuyées par quelques cliquetis. On obéit sans tarder, sans même discuter.

Alors que l'on détachait les compagnons, Ludivina et Stéphanie reconnurent sans peine l'homme qui leur faisait face.

— Matuzaro ! s'exclamèrent-elles.

Libéré, Ombre sourit et croisa les bras sous sa poitrine.

— Enfin, nous rencontrons le véritable Rodrigo Dias, déclara-t-il à la stupeur de ses compagnons.

— Ombre ? s'enquit Sullivan, incertain. Ne me dis pas…

— Celui qui nous a accueillis et suivis dans le temple n'était autre que Matuzaro en personne.

La nouvelle interpella ses amis qui comprirent tout à coup beaucoup de choses. Ainsi, leurs soupçons n'étaient pas infondés.

— Dans un premier temps, reprit Ombre, son discours décousu récité comme une leçon bien apprise. Matuzaro attendait des renforts de Fully, car la rébellion avait gagné du terrain. Raison pour laquelle il surveillait aussi bien la mer que les airs. Me voir avec Sullivan l'a particulièrement troublé, surtout armé de la main de Huitzilopochtli. Stéphanie a été la première à se méfier. Ensuite, sa compagne.

Elle apparut dans son champ de vision. Elle s'accrocha au bras de Rodrigo et offrit un sourire timide à Ombre.

— Comment une personne aussi révoltée et avec un regard aussi sûr pouvait-elle se laisser faire par un homme tel que lui ? Simple : en menaçant sa fille de représailles. Elle était sa garantie contre une éventuelle rébellion de sa part. Troisième point. Le Xiuhcoatl. Le fait est qu'il convoitait le gantelet. Problème : je le porte. Nous avons attisé sa curiosité en lui parlant de l'arme du dieu de la guerre. Il n'a pas caché l'avoir lui-même recherchée. Sans doute dans le but de récupérer sa place et, pourquoi pas, destituer Fully. Il avait aussi cette attitude autoritaire lorsque nous étions dans le temple. Et pour finir, depuis quand un prétendu dictateur surprenant des intruses dans son QG les laisse partir en leur remettant de l'argent ? Là aussi, cela n'avait aucun sens.

Rodrigo sourit et applaudit la logique d'Ombre. Il claqua des doigts et on lui apporta un tabouret sur lequel il prit place, sa canne devant lui.

— Tu fais honneur à ta réputation, mon ami, lança-t-il avec un léger accent. Je n'en attendais pas moins de celui qui a secondé l'empereur Fully Craze pendant plus de deux décennies. Je suis juste curieux de connaître les raisons d'un tel retournement de situation. Mais cela ne serait que bavardages et perte de temps. Nous en rediscuterons plus tard.

— Si réellement vous êtes Rodrigo Dias, pourquoi Matuzaro s'est-il retrouvé à la tête de votre clan ? interrogea Sullivan, dubitatif.

— Il y a un an, j'ai lancé une offensive contre Matuzaro, commença à expliquer Rodrigo. Si je prenais son fief, je libérais le continent. C'est aussi simple que cela. J'ai réuni autant de combattants que possible que j'ai éparpillés aux quatre coins de son empire. Pendant que les autres partaient à l'assaut de ses postes avancés, j'étudiais les possibilités de m'emparer de son quartier général. Nous avons peu à peu remplacé ses hommes par les miens. Ils répondaient et exécutaient ses ordres pour donner le change. Deux mois auparavant, je lançais la charge contre son domaine. Le peu de personnes qui lui sont restées fidèles l'ont aidé à s'emparer de cette grotte et à prendre ma femme, ma fille et des innocents en otage…

Rodrigo reprit un peu son souffle tout en essuyant la sueur de son front.

— Avec ma bien-aimée Vera, continua-t-il, nous avons réussi à mettre en place un système de communication. Elle me tenait donc régulièrement informé de ses moindres faits et gestes. Votre départ avec Matuzaro était une aubaine à ne pas manquer ! Je savais qu'il convoitait la main de Huitzilopochtli. À l'époque, il s'imaginait déjà la récupérer ainsi que le Xiuhcoatl. Pour le premier, vous l'avez doublé, pour le second, il a sans doute vu votre arrivée comme un signe.

— Cet homme a effectivement abusé de notre confiance, argua Ombre. Visiblement, les dieux aztèques n'ont guère apprécié sa supercherie et se sont occupés de lui.

Rodrigo soupira d'aise à cette annonce. Il avait réussi là où beaucoup avait échoué : il avait libéré le continent du tyran. Une bataille de plus gagnée contre le scientifique fou.

— Donc, il est mort. À nous désormais la liberté !

Cette affirmation résonna en écho dans la grotte, rapidement soulignée par des sifflets et des exclamations de joie. Les compagnons partagèrent un peu de leur allégresse, même si chacun savait qu'il leur restait encore beaucoup à faire contre Fully.

D'autant que cette victoire n'allait pas être sans conséquence. Lorsque le dictateur apprendrait cette perte de territoire, l'offensive serait particulièrement violente. Rodrigo avait tout intérêt à se montrer prudent.

— Loin de moi l'idée de briser votre enthousiasme, intervint Sullivan, mais avez-vous pensé aux conséquences ? Lorsque Fully apprendra sa défaite sur l'Amérique du Sud, il enverra l'artillerie lourde.

— Je le sais, affirma Rodrigo. Ce sera maintenant à moi de donner le change ! Comment ? Nous trouverons la solution. J'en suis certain ! En attendant, *amigos*, cessons de penser à Fully. *Viva la fiesta* !

L'ovation résonna si fort que les murs de la grotte en tremblèrent.

⌘⌘⌘⌘⌘

La fête battait son plein. Entre anecdotes et récits héroïques, on se taisait ou alors on riait.

La tequila était rapidement montée dans la tête d'Ivan qui, à grand renfort de pitreries, conta les exploits de ses compagnons. Ombre craignit un instant qu'il ne dévoile leur secret. Il n'en fut rien. Arakin se joignit à lui, l'esprit aussi embrumé que l'archéologue.

Ludivina et Stéphanie se tenaient le ventre, à se tordre de rire comme elles le faisaient. Bien que plus discret, Sullivan peinait à contenir son hilarité.

Le cobaye les observa tour à tour. Cette note de légèreté leur faisait du bien à tous. Avant de retourner dans leur fief, avant de retrouver leur quotidien rythmé par le sabotage et la peur viscérale de se faire attraper par le scientifique fou.

Quelqu'un tapota son bras. Une fois, deux fois… Lorsqu'il daigna tourner le regard, une poupée aux cheveux noirs et bouclés et au visage légèrement sale lui demanda :

— C'est vrai que tu peux tout faire fondre ?

Étonné, Ombre lui répondit avec bienveillance.

— Oui, je peux faire fondre n'importe quoi. Tu veux que je te montre ?

Elle hocha frénétiquement la tête. L'homme la prit sur ses genoux et attrapa une bouteille de téquila vide.

— Tu vas m'aider, lui dit-il. Tiens fermement cette bouteille.

— Mes mains vont fondre ! paniqua-t-elle, alors qu'Ombre posait les siennes.

Il se mit à rire. Du coin de l'œil, il avisa Vera, la femme de Rodrigo, aussi amusée que lui.

— Tu n'as pas à avoir peur. Tu me fais confiance ?

Elle acquiesça, peu sûre d'elle. Ses doigts se couvrirent soudain d'une substance visqueuse qui attaqua le verre. Peu à peu la matière commença à couler, à se consumer sous la mine réjouie de la petite fille. Quand il n'y eut plus qu'une plaque de verre au pied d'Ombre, elle se précipita vers sa mère.

— Maman, maman, regarde ! J'ai fait fondre du verre !

Ombre s'esclaffa, un sentiment nouveau emplissant son cœur. Vera le gratifia d'un sourire tendre auquel il répondit. Elle détourna les yeux, soudain gênée.

Le cobaye attrapa son verre et but son contenu d'un trait. Cet échange visuel l'avait perturbé. Ressentait-il à nouveau des sentiments amoureux ou était-ce purement et simplement une attirance physique ? Sa raison penchait à la faveur de la seconde option.

Il devait se rendre à l'évidence que, depuis le décès de Déborah, il ne savait plus aimer. Ses relations s'arrêtaient à un contact intime et intense bien loin de cette volupté que lui avait offerte la nuit passée avec elle. Plus jamais Ombre ne ressentirait une telle plénitude, peu importe la femme, peu importe sa beauté.

— Que de soupirs ! constata Ludivina en se laissant tomber à côté de lui. À quoi tu penses ?

— À Déborah.

La jeune femme le considéra.

— Tu ne penses pas seulement à elle.

— C'est-à-dire ?

— Tu te demandes également si tu peux ressentir à nouveau des sentiments sans froisser sa mémoire.

Ombre se tut, interloqué. Ludivina avait raison. Ses réflexions l'amenaient à cette même conclusion.

— On a remarqué ton intérêt pour elle, précisa son amie en lui montrant la femme de Rodrigo. C'est vrai qu'elle est belle. Elle a un charme certain. Fais quand même attention à ne pas froisser notre nouvel allié ! Elle est juste un fantasme.

— Je le sais bien, sourit Ombre.

Ludivina attrapa sa main avec douceur.

— Tu as le droit d'aimer à nouveau, Ombre. Ce n'est pas interdit. Sauf si c'est la femme d'un autre et notamment celle de celui qui ordonne la réparation de notre vaisseau.

Cette légèreté dérida ses traits. Ludivina reprit :

— Ni moi, ni Stéphanie, ni même Ivan ne t'en voudrons si tu refais ta vie. Tu n'as aucune autorisation à recevoir.

Il acquiesça. Ludivina avait raison, comme toujours. Elle avait su lire dans son cœur, encore une fois. Si Ivan n'avait pas été là… Oui… si Ivan n'avait pas été là…

Ombre se morigéna. Il observa Sullivan en grande conversation avec Rodrigo. Après une poignée de main, il le rejoignit.

— Bonne nouvelle ! commença Sullivan. Le moteur principal et les moteurs auxiliaires sont comme neufs !

— Quand repartons-nous, du coup ? interrogea Ludivina.

— Demain. J'ai cru comprendre que certains aimaient faire la fête.

Tout à leur discussion, Ombre et Ludivina n'avaient plus fait attention à leur environnement. Une vieille radio diffusait de la musique. Ivan sautillait dans tous les sens sous les éclats de rire de Stéphanie et d'Arakin. La femme du chef rebelle s'approcha d'Ombre.

— M'accorderiez-vous cette danse, Ombre ?

— Je ne sais pas danser, s'excusa-t-il.

L'air médusé, Ludivina le dévisagea, poings sur les hanches.

— Quoi ? fit-il, innocent.

— Rappelle-moi qui a dansé une valse endiablée avec Déborah lors d'un gala ?

— C'était différent !

— Sache que les filles discutent beaucoup entre elles et tu as dit à Déborah qu'en plus de la valse, tu as appris le tango, la salsa…

Ombre soupira, pris au piège.

— Ombre ? sourit Sullivan. Tu danses ?

Il jeta un regard noir au chef rebelle amusé. Il se leva et accompagna sa cavalière jusqu'à la piste de danse improvisée, soudain désertée. Son amie et Sullivan remarquèrent l'air agacé de Rodrigo. Ils ne manquèrent pas son soupir et cette jalousie qui se lisait dans son regard.

Danseur et danseuse avaient pris place et position.

D'abord, du silence, puis le chant d'un violon et d'un accordéon emplirent la petite grotte. Ombre posa la main en éventail dans le dos de sa partenaire. Ses pupilles accrochèrent celles de Vera. Ils commencèrent par quelques pas vifs et rapides sans jamais se quitter du regard. Le buste droit, le cavalier emmena sa cavalière dans une ronde enivrante avec une souplesse déconcertante. Parfois, leurs joues s'effleuraient après avoir été séparés le temps de quelques pas. Ils se retrouvaient ensuite comme deux amants que l'on aurait trop longtemps éloignés. La jambe de la rebelle s'enroulait sur celle du cobaye, tentatrice, pendant que sa main en une douce caresse remontait sur sa cuisse. Ils reprirent ensuite leur ronde qu'Ombre entrecoupait en la faisant tournoyer sur elle-même. Sa cavalière ondulait, recherchait un contact interdit dans ce jeu de séduction perturbé par ses boucles brunes. Petit pas après petit pas, entre refus et désir, l'homme et la femme exploraient le territoire exquis de l'attirance. Ombre l'emmena une dernière fois avec l'infime volonté de profiter encore de ce langoureux échange, dessiné par leurs corps en feu.

Lorsque la musique prit fin, leurs lèvres mélangèrent leurs souffles saccadés en une mélopée sourde et enivrante. Les danseurs avaient fait l'amour et le point culminant de leur plaisir n'était autre que cet arrêt brutal, cet échange intime qu'eux seuls pouvaient comprendre.

Un tonnerre d'applaudissements rompit leur transe, quelques sifflements ponctuèrent la fin de spectacle.

✗✗✗✗✗

La fête se termina peu de temps après ce tango endiablé.

Alors que sa femme se déshabillait, Rodrigo souligna ses courbes avec délectation et humecta ses lèvres.

— Viens par ici, supplia-t-il.

Vera s'approcha alors de lui. Il lui ôta son dessous et embrassa son pubis avant d'y coller son oreille. Sa main gauche sur une fesse, l'autre caressa sa longue chevelure d'ébène. Il inspira profondément son odeur, puis plongea dans son regard sombre.

Rodrigo n'avait jamais été très beau. Il ne devait sa rencontre avec Vera que grâce à un mariage arrangé. Sa famille était riche, celle de sa femme pauvre. Il avait réussi à la conquérir avec de petites attentions et grâce au fait qu'il avait été un très bon amant.

Bon amant, oui… c'était bien avant de passer entre les mains de Matuzaro. Les souvenirs de ses séances de tortures frappèrent alors sa mémoire. Elles lui rappelèrent cruellement qu'il n'était plus en mesure de satisfaire son épouse.

L'image d'Ombre et de Vera, étroitement enlacés, lui avait donné un étrange goût : celui de la jalousie et de la fascination. Durant toute cette danse sulfureuse, Rodrigo n'avait pas été qu'un simple spectateur, il avait été un fantôme, une âme en perdition qui avait pris possession du corps du cobaye et de sa puissance. Car Ombre représentait tout ce que Rodrigo aurait voulu être : beau, intelligent et fort. Un homme charismatique à la jeunesse éternelle.

Le rebelle mexicain avait également perçu le désir de sa femme pour Ombre. S'il s'en était offusqué au départ, il y vit une opportunité.

— Tu es si belle, ma Vera, susurra-t-il.

Il se leva soudain et attrapa ses hanches pour ensuite remonter sur sa poitrine. Elle poussa un gémissement de surprise lorsqu'il happa son mamelon à pleine bouche.

— Rodrigo…

— J'ai vu comment tu le regardais, se releva-t-il tout en lui léchant le cou. Il te plaît, Ombre. Je me trompe ? Ne me dis pas le contraire. Tu meurs d'envie de le rejoindre.

Vera baissa la tête. Rodrigo la fixa. Alors que sa femme le fuyait, il attrapa son visage en coupe.

— Ce n'est pas ce que…

— Si, c'est ce que je crois, dit-il avec calme. Ton regard parle pour toi et le sien pour lui.

— Rodrigo, je…

— Rejoins-le, souffla Rodrigo en s'éloignant d'elle.

Vera se tint là, abasourdie. Elle aurait pu s'attendre à de la tristesse, du regret dans l'attitude de son mari. Il n'en fut rien. C'était même tout le contraire.

— Rodrigo… je ne peux pas faire ça. Je ne peux pas te faire ça, rectifia-t-elle.

— Et pourtant, tu le feras. Tu es dans la bonne période.

— La bonne période. De quoi tu me parles ?

Rodrigo pointa le calendrier et Vera comprit.

— Tu veux… que je porte son enfant ? s'estomaqua-t-elle.

— Pourquoi pas ? Imagine qu'il te donne un fils avec l'intégralité de ses pouvoirs. Imagine-toi la mère d'un enfant puissant. Un enfant qui nous aiderait à prendre possession de tout le continent. Nous nous sommes assez battus, Vera, pour réclamer ce qui nous est dû sans qu'un autre ne prenne notre place.

Dubitative, elle réfléchit quelques instants. L'illusion d'une belle demeure avec des domestiques dessina l'ombre d'un sourire sur les lèvres de Vera. Elle qui avait connu la pauvreté vivrait comme une reine.

Rodrigo ajouta :

— Au pire, si cela ne fonctionnait pas, tu auras passé une bonne nuit.

Son mari avait raison, lui qui ne pouvait plus accomplir son devoir conjugal.

— Et s'il ne veut pas ? Ombre semble être un homme d'honneur. Même si je sens son attirance et son désir, il peut se refuser à moi uniquement parce que tu es mon mari. Il ne prendra pas le risque de corrompre notre alliance pour une simple coucherie.

Rodrigo partit fouiller dans un petit coffre posé sur une étagère en hauteur. Puis il se tourna vers sa femme et lui donna une minuscule fiole.

— Dans ce cas, force-le. Tu peux me croire qu'avec ça, il sera parfaitement incapable de se contrôler. Maintenant, va, ma douce.

Vera hésita un court instant, peu sûre de ce qu'elle allait entreprendre. Finalement, d'un pas décidé, elle quitta le baraquement, après avoir embrassé son époux.

✳

Ombre regardait les étoiles à l'extérieur du clan, pensif. Les souvenirs de Déborah hantaient son esprit autant que les paroles de Ludivina.

Refaire sa vie ?

Ces mots sonnaient creux à son oreille. Voulait-il réellement recréer des liens forts à nouveau ? Il ne savait pas vraiment. En soi, la sensation d'être aimé était grisante, lui qui n'avait connu que le mépris tout au long de son existence. Néanmoins, retrouver la même plénitude qu'avec Déborah, la même confiance, les mêmes sensations… était parfaitement impossible. Tout comme cette inexplicable complicité avec Soline qu'il avait tant recherchée jadis.

Finalement, le voulait-il réellement ?

Nombre de femmes avaient bien tenté de le séduire. Certaines sortaient du lot, d'autres voyaient juste l'opportunité de se faire mousser pour avoir couché avec le cobaye, l'ancien acolyte de l'empereur, la redoutable machine de guerre créée de toutes pièces par les dirigeants mondiaux. Comme il détestait ce florilège !

Ombre soupira, sa réflexion dérivant vers Ludivina. Elle l'avait aidé comme personne auparavant, devinant jusqu'à ses pensées les plus profondes et parfois les plus intimes. Il dut toutefois se rendre à une certaine évidence : malgré ce qu'il s'était passé entre eux, malgré ce baiser échangé et son attirance pour elle, il n'en était pas amoureux. Il l'aimait comme on aimait une sœur, comme on aimait une amie proche.

Qu'en était-il de Vera ? Comment expliquer cette alchimie entre eux durant ce tango endiablé ? Quelle avait été cette attirance dans laquelle se mêlait le désir ? La femme de Rodrigo avait un charme certain, hypnotique.

Un fantasme ? Plus il y réfléchissait, plus cela prenait sens pour lui. Nul sentiment, juste une attirance physique. Rien de plus.

Déborah… Étais-tu si unique pour avoir emporté mon cœur avec toi ? se demanda-t-il en observant le ciel.

Ombre se rendit à l'évidence que l'amour était parti avec elle, le plongeant dans une incapacité complète à aimer de nouveau. Peut-être était-ce mieux comme ça.

— Tu me manques tellement, se plaignit-il au vent.

Ombre devait dormir. Il était épuisé. Toute cette réflexion lui avait donné mal au crâne. Il avait besoin de repos.

Alors qu'il allait se relever, une bouteille de bière apparut devant lui. Il remonta la main qui la tenait et aperçut Vera. Il sourit, puis, sans plus de cérémonie, attrapa le breuvage pour en boire une longue lampée.

Vera se posa à côté de lui et but à son tour. Quelques secondes s'égrenèrent, ponctuées par les cris des animaux nocturnes et les bruits de la nature.

Ombre se délesta de sa veste. Sans en comprendre la raison, il commençait à avoir très chaud.

— Que faites-vous, seul, dans le noir ? interrogea Vera.

— Je réfléchis, répondit le cobaye, mélancolique.

— Introspection ?

— En effet. Certaines choses m'y forcent.

— Et votre conclusion ?

Ombre secoua la tête, peu désireux de partager ses pensées intimes. Même Ludivina n'avait pas ce privilège.

— Vous êtes bien curieuse, constata-t-il, pince-sans-rire.

— Je fais juste la conversation.

Un sourire en coin et il termina sa boisson. Une caresse sur son biceps éveilla en lui un désir, un désir qu'il fut bien en peine de contenir. Vera se rapprocha de lui.

Lorsque Ombre releva son visage, le sien se retrouva à quelques millimètres de sa bouche. Le cobaye lâcha sa bouteille négligemment. Le bout de ses doigts rejoignit la peau douce de la jeune femme pour mieux en tracer les contours. D'abord ses joues, ses pommettes… puis ses lèvres qu'il butina lentement.

Ombre essaya autant que possible de se maîtriser. Sa raison lui hurlait d'arrêter, ses fantasmes de continuer. La culpabilité étreignait son cœur autant que cette pulsion qui le poussait à commettre l'irréparable. Et cette chaleur… cette chaleur qui se rependait dans tout son être, qui l'entraînait dans ses derniers retranchements et qui lui ôtait sans difficulté ses barrières. Plus encore lorsque sa langue commença peu à peu à jouer avec celle de Vera.

Rodrigo avait longtemps hésité avant de quitter la grotte de son clan pour rejoindre son épouse. Avait-elle réussi ? Ou Ombre l'avait-il repoussée ?

Un soupir l'alerta.

Guidé par quelques suppliques, il se fraya un chemin parmi les arbres pour retrouver sa femme à califourchon sur le cobaye, poitrine dénudée.

Lorsque Vera se planta sur son pieu de chair pour commencer de lents mouvements de va-et-vient, Ombre prit le dessus sans hésiter. Comme le comprit la femme de Rodrigo, son amant maniait à la perfection le supplice charnel.

Vera peinait à se contenir, maintenue dans un carcan de plaisir dont il lui était impossible de s'échapper.

✖

Rodrigo se pourlécha les lèvres. Alors que son allié prenait sa femme, le rebelle mexicain s'imagina à sa place. Vera prononcerait, non, elle crierait son nom encore et encore. Il lui ferait l'amour comme auparavant et même plus.

Des rêves de pouvoirs et de conquêtes prirent peu à peu place dans son esprit dérangé. Un enfant apparut, fidèle image de son père, et dont l'aura surpuissante supplanterait ses futurs détracteurs. Grâce à lui, il régnerait en maître absolu au même titre que Fully.

Et lorsque Vera exprima sa jouissance aussi bruyamment que son amant, il comprit alors que ses espoirs allaient très prochainement devenir une réalité.

✖✖✖✖✖

Sullivan et ses compagnons grimpèrent dans le vaisseau après un dernier salut.

Ombre les suivit, puis marqua un temps d'arrêt. Il se retourna et scruta Vera. Le cobaye en avait conscience, la femme du mexicain l'avait drogué. Il aurait pu se débattre, se refuser à elle ou simplement résister à la substance qu'elle avait glissée dans sa boisson. Après tout, le poison et les drogues ne lui faisaient rien.

Mais la tentation avait été trop grande et Vera avait été une amante délicieuse. Il gardait encore en mémoire la mélodie enivrante de sa voix voluptueuse entrecoupée par ses coups de reins.

Il sourit. La nuit avait été longue et particulièrement plaisante.

La femme du rebelle le regarda partir en mettant la main sur son ventre. Ombre n'y prêta pas attention et rejoignit ses compagnons.

Une fois le vaisseau dans le ciel, il posa sa tête contre le hublot, pensif.

Oui, il avait apprécié sa compagnie. Encore une fois, cependant, il n'y avait trouvé aucune satisfaction. Juste une certaine délivrance. Il se remémora cet instant hors du temps avec Déborah, volé peu après le crépuscule. Que cette nuit avait été courte ! Il se souvenait encore de sa respiration saccadée lorsqu'elle dormait tout contre lui, de sa mimique amoureuse au réveil, de la chaleur de sa peau, de son souffle, d'elle tout simplement.

— Déborah… murmura-t-il, une larme traçant un sillon transparent le long de sa joue.

Il lui vint tout à coup cette dernière image. Celle de Vera glissant la main sur son ventre.

Ombre éclata de rire à la surprise des autres passagers.

Alors c'était donc cela… L'initiative venait-elle de Rodrigo ou d'elle ? Il penchait pour la première option. Le rebelle mexicain avait profité de l'attirance de sa femme pour obtenir sa semence et avoir un enfant de lui. Un enfant avec ses capacités, un être puissant qu'il serait en mesure de contrôler. Ainsi Rodrigo aurait la main mise sur le continent. Il était finalement plus vicieux que son ennemi.

— Peut-être nous sommes-nous trompés ? chuchota-t-il.

— Trompés sur quoi ? demanda Ludivina, qui s'assit à côté de lui.

— Rien, lui sourit-il.

Les grands yeux de son amie le sondèrent. Elle n'était pas dupe. Pour autant, elle ne l'interrogea pas davantage et lui offrit même un baiser sur la joue avant de rejoindre Ivan.

Dans sa quête de puissance et de pouvoir, Rodrigo n'avait pas pris en compte un paramètre… Ombre était stérile. En tant qu'alpha et premier soldat de l'armée commandée par les dirigeants mondiaux, il était imparfait. À moins que sa créatrice ne l'ait voulu pour protéger les populations et éviter la naissance d'êtres surpuissants comme lui.

Sa jovialité disparut aussi vite qu'elle était apparue et ses pensées dérivèrent vers son seul et unique amour. Une vague de mélancolie le submergea comme un tsunami.

Déborah…

Une nouvelle larme glissa sur sa joue, suivie par tant d'autres.

26

Par amour pour toi

Le vaisseau était à peine posé que Cécile se précipita vers la piste d'atterrissage. Cela faisait une semaine que Sullivan était parti, une semaine qu'Arakin était en compagnie de Stéphanie. Une angoisse sourde étreignait sa poitrine. Et s'ils s'étaient rapprochés durant leur voyage ?

Cécile déglutit avant de se ressaisir. Son vieil ami n'aimait pas les gamines comme cette bourgeoise. D'ailleurs, la rebelle se demanda un instant si Stéphanie saisissait vraiment l'humour d'Arakin. Elle y répondait comme s'il s'agissait d'une farce, alors que l'homme aux cheveux bleus avait une technique bien à lui pour exprimer son agacement vis-à-vis de l'attitude de certains. Cela se traduisait par des piques acérées qui avaient le don de clouer sur place quiconque les recevait. Stéphanie devait être bien naïve pour croire qu'il s'intéressait à elle. En plus, elle n'était pas vraiment son style de femme.

Quelques rebelles aidèrent au déchargement du vaisseau. Les aventuriers s'éparpillèrent, regagnant chacun leur baraquement, le soulagement se lisant facilement sur leur visage fatigué. Ombre plus particulièrement, dont elle remarqua rapidement le regard fuyant. À la plus grande satisfaction de Cécile, Arakin et Stéphanie partirent chacun de leur côté.

— Cécile ! appela Sullivan.

— Heureuse de tous vous revoir ! lança-t-elle en se rapprochant. Comment s'est déroulé le voyage ?

— Si on oublie une attaque-surprise de la part de Fully, plutôt bien.

— Et le Xiuhcoatl ?

Sullivan ne savait que dire à ce sujet. Ils l'avaient trouvé sans réellement l'avoir en leur possession, l'arme du dieu de la guerre ornant à présent le dos du cobaye.

— C'est une très longue histoire, éluda-t-il. Des nouvelles ?

— Plusieurs missions ont réussi, d'autres nettement moins bien, et certaines ont échoué. La routine. Aucune menace du côté de Fully qui est étrangement resté très sage !

Sullivan gloussa à la surprise de Cécile. Oui, Fully Craze avait dû se tenir tranquille. Si le mot tranquille était approprié à la situation catastrophique à laquelle il avait dû faire face.

— J'ai dit quelque chose de drôle ?

— Je t'expliquerai lorsque tu viendras me faire ton rapport demain à la première heure. Ce voyage a été quelque peu mouvementé.

— Hâte dans ce cas d'en connaître les détails !

Cécile quitta Sullivan pour regagner ses appartements. Même s'il lui avait promis de lui faire un récit de leur mission, elle était tout de même agacée. Agacée d'avoir été mise de côté. Ses anciens amis partageraient des souvenirs qu'elle n'aurait pas avec ces deux bourgeoises et Ivan. Elle trouvait cela injuste.

Elle claqua la porte de son baraquement dans un profond soupir de dégoût.

✖✖✖✖✖

Arakin balança son sac à dos et se jeta sur son lit. Le meuble grinça de contestation et le matelas moelleux engloutit une partie du corps imposant de l'homme aux cheveux bleus.

Un soupir rauque s'échappa de sa bouche.

— Enfin, un vrai lit ! se réjouit-il.

Il ferma quelques instants les yeux. Puis, mains derrière la tête, il fixa le plafond en fronçant les sourcils. Depuis qu'ils avaient quitté le Mexique, Stéphanie l'ignorait superbement.

Plus de plaisanteries, d'attaques ou de farces idiotes. Rien. Il sembla à Arakin que quelque chose s'était brisé entre eux. Quoi ? Il se posa la question. Était-ce le fait de l'avoir poussée dans le vide au moment où tout s'effondrait autour d'eux ? Il n'avait pourtant guère eu le choix. À moins que l'avoir embrassée l'ait braquée… Peut-être mettait-elle de la distance pour lui faire comprendre qu'il ne se passerait rien entre eux. Cette simple pensée suffit à le blesser. Il ne voulait pas perdre son amitié.

Qu'est-ce qui lui était passé par la tête ?

— Bordel, grogna-t-il.

Il s'assit, son cœur battant à un rythme inhabituel. Et si… Non, il ne l'était pas !

— Non, je ne le suis pas ! Ôte-toi ça tout de suite de ta caboche !

Arakin ne ressentait rien pour elle. Il l'aimait, oui, mais en tant qu'amie, en tant que complice. Rien d'autre !

Il sourit. Une complice dont il goûterait bien les lèvres à nouveau, une complice qu'il prendrait dans ses bras et qui viendrait loger sa tête contre son épaule ou contre les battements frénétiques de son cœur.

Le jeune homme se laissa tomber sur son lit quelques instants et passa les mains sur son visage. Il n'avait plus le choix. Il devait désormais accepter ce sentiment nouveau, ce sentiment qu'il refoulait de toutes ses forces et auquel il devait dès à présent faire face.

— Et merde ! Faut que je lui parle.

N'allait-elle pas se moquer de lui et de sa faiblesse comme elle savait si bien le faire ? Devait-il lui avouer ce qu'il ressentait depuis longtemps ? Il maintint sa main en suspens, au-dessus de la poignée de sa porte, indécis. Arakin avait peur. Le goût de la déception imprima sa gorge et sa bouche.

Et si finalement, la réciprocité n'était pas là ? Stéphanie demeurait assez discrète quant à ses relations, après tout. Peut-être était-elle partie précipitamment pour en rejoindre un autre, jouant un rôle pour ne pas le froisser.

Résigné, il fit demi-tour, lorsqu'on toqua à sa porte.

⁂

Stéphanie se demanda ce qu'elle faisait là. Elle se frotta nerveusement l'avant-bras droit.

Elle ne savait plus quoi penser depuis ce baiser. Était-ce une plaisanterie ? Une boutade pour mieux la piéger et ainsi se moquer d'elle ? Ou était-ce dû à l'urgence de l'instant ? Peut-être…

Tout était désormais flou et décousu.

Stéphanie devait se rendre à l'évidence qu'Arakin ne ressentait rien pour elle. Ils étaient amis et c'était tout. Sinon, il serait venu la voir. Qu'attendait-elle, qu'espérait-elle de lui ? Qu'il lui dise clairement qu'il ne l'aimait pas et que leur relation se basait sur une amitié solide ?

Arakin avait du succès auprès des femmes. Peut-être vivait-il déjà une histoire qu'il cachait à la vue de tous…

Stéphanie poussa un langoureux soupir. C'était ça et il était peut-être avec elle, en ce moment. Cette pensée la blessa. Elle secoua la tête pour se remettre les idées en place. Inutile de tergiverser plus longtemps, elle devait lui parler et impérativement refaire le point sur leur relation, amicale ou non.

Tremblante, elle inspira profondément et frappa à sa porte.

⁂

Lorsque Arakin tira le battant, une poussée d'adrénaline le paralysa autant que Stéphanie. Il l'observa, immobile, incapable de se décider sur ce qu'il devait faire.

— On peut parler ? demanda-t-elle maladroitement, aussi mal à l'aise que lui.

— Oui, bien sûr, se ressaisit-il. Entre.

Stéphanie pénétra dans son baraquement pour la première fois depuis qu'elle le connaissait. Il faisait cependant trop sombre pour pouvoir en détailler l'intérieur distinctement. Elle avisa ces épais rideaux qui cachaient son lit et pourquoi pas cette autre femme qui l'attendait.

Non, impossible ! se morigéna-t-elle.

Sinon pourquoi l'inviter à entrer ? Ses pensées vagabondèrent vers des horizons érotiques. Aussi, lorsque Arakin porta les yeux sur elle, ses joues rosirent plus que de raison.

— Il faut qu'on parle ! dirent-ils en même temps.

À leur silence s'ajouta la gêne. Arakin ressentit la soudaine envie de déguerpir ; Stéphanie voulut dans l'instant se cacher dans un trou de souris.

— Il faut qu'on discute, reprit calmement le jeune homme, ce à quoi Stéphanie répondit par l'affirmative.

Il se racla la gorge avant de poursuivre.

— Je ne sais plus quoi penser, avoua-t-il. Depuis que nous sommes revenus du temple, tu m'ignores. J'aimerais comprendre pourquoi. Je sais pas… J'ai fait quelque chose qu'il ne fallait pas ?

— Et toi ? rétorqua Stéphanie.

— Quoi, moi ?

— Tu… tu te confies à moi, tu m'embrasses et après… plus rien. Je veux dire… c'est à peine si tu m'adresses la parole ! Quand j'essaie de te parler, tu es tout le temps occupé ! Tu m'ignores, tu…

— Je t'ignore ? s'étrangla-t-il. Bordel, tu te fous de moi ! C'est toi qui m'évites !

— Menteur !

— Menteuse ! Pourquoi t'es venue ? Qu'est-ce que tu me veux ?

— Qu'est-ce que toi, TU me veux ? rétorqua Stéphanie. C'est trop facile de profiter d'un moment de panique pour m'embrasser et pour ensuite faire comme si de rien n'était.

Soufflé, Arakin émit un rire irrité. Il se gratta nerveusement le sourcil.

— C'était une erreur.

— Une erreur ?

— Ouais, une putain d'erreur ! J'aurais pas dû.

Stéphanie, bras ballants, l'observa, interloquée. Elle serra les poings à s'en blanchir les phalanges. Cela n'avait donc été qu'un jeu ? Jamais elle n'aurait cru une telle chose possible venant de lui.

— Écoute, mieux vaut pour nous de rester amis.

Bordel, mais qu'est-ce que tu fous ? hurla intérieurement Arakin.

Avant même de pouvoir se reprendre, la main de Stéphanie s'écrasa sur sa joue.

— Je me demande comment j'ai fait pour tomber amoureuse d'un connard pareil ! s'étrangla-t-elle.

Et elle s'en fut en claquant la porte. Immobile, il encaissa une déclaration qu'il venait de gâcher à cause d'une fierté trop mal placée. Arakin se précipita à sa suite pour la rattraper.

— Stéphanie, attends !

— Lâche-moi ! repoussa-t-elle. Comment j'ai pu croire un seul instant que…

Le jeune homme se maudit en voyant ces gouttes salées dévaler son visage.

— Stéphanie… Pardon ! C'est pas ce que…

— Ce que tu voulais dire ? Te fous pas de ma gueule. J'ai bien compris, c'était qu'un jeu. Tes confidences, notre complicité… Tout ça, c'était du flanc ! J'espère que tu t'es bien amusé.

Avant qu'elle ne reparte, il la rattrapa et, dans un élan qu'il ne se connaissait pas, l'embrassa. Sa langue franchit la barrière de ses lèvres et ses bras musculeux la retinrent avec une note de désespoir. Stéphanie se débattit un peu, puis se laissa aller contre lui, emportée par ce tourbillon qui avait pour nom attirance.

À bout de souffle, il rompit leur échange.

— Je ne suis qu'un con. Je tiens à toi, Stéphanie. Reste, s'il te plaît, la supplia-t-il. Je…

Il n'eut guère le temps de finir, elle l'interrompit avec un nouveau baiser.

✳

Alors que ses lèvres goûtaient avec avidité sa peau sucrée, ses mains, de caresse en caresse, débarrassaient son amante de ses vêtements. Les siens ne tardèrent pas à les rejoindre.

Il la souleva pour mieux la déposer sur sa couche et la dévorer toute entière.

Arakin ne put réprimer un soupir lorsque Stéphanie attrapa son sexe. Ses va-et-vient intensifièrent son plaisir, gonflèrent son désir d'un feu ardent. Haletant, l'homme aux cheveux bleus happa l'un de ses mamelons. Sa langue le titilla, soutirant de sa propriétaire de langoureuses suppliques.

— Arakin, murmura-t-elle subitement, alors que ses doigts jouèrent avec son intimité.

Il l'observa se cambrer, mais, n'y tenant plus, mit fin à son geste pour mieux lui saisir les hanches.

Arakin la voulait tout entière. Il voulait lui offrir son amour sans retenue. Trop longtemps il l'avait renié, trop longtemps il s'était trouvé des excuses par fierté.

Désormais prisonnière de lui, du plaisir qu'il lui donnait, Stéphanie s'accrochait à lui. Elle l'aimait, tout simplement, sans artifice, sans rien attendre de lui que son affection. La jeune femme attrapa son visage et plongea dans son regard avant d'écraser ses lèvres contre les siennes.

Elle commençait à avoir chaud. Le bas de son ventre semblait être un brasier tout comme celui de l'homme aux cheveux bleus qui redoubla d'ardeur. Stéphanie le supplia de continuer, encore et encore.

La tête d'Arakin plongea dans son cou et ses doigts s'entremêlèrent aux siens. Jusqu'au point de non-retour durant lequel Stéphanie exprima sa jouissance en cambrant le dos et par une respiration saccadée.

※

La tension était tombée aussi vite qu'elle était apparue. Lovée contre Arakin, Stéphanie s'endormait presque.

— T'as aimé ?

Elle releva la tête précipitamment, les sourcils froncés.

— Tu as d'autres questions aussi idiotes que celle-là ? fit-elle mutine.

— C'était juste pour savoir si je devais recommencer, lui répondit-il, moqueur.

— J'ai connu mieux, mais je m'en contenterai.

Arakin gloussa et l'attira un peu plus à lui.

Ils se turent et se laissèrent bercer par le silence. Lorsque Stéphanie releva le menton, il lui offrit un baiser tendre. Ils s'observèrent. Nul mot n'aurait été assez fort pour décrire leur échange.

Arakin posa sa tête sur celle de Stéphanie. Le sommeil vint les cueillir quelques instants plus tard.

※※※※※

Cécile réfléchissait, assise sur son lit. Elle devait prendre une décision, une décision trop longtemps repoussée.

— Il faut que je lui dise, se convainquit-elle. Je ne peux pas rester comme ça à l'attendre ! Je le connais. Il ne viendra pas de lui-même.

Elle se leva soudainement et, tête haute, annonça :

— Bon… tu as posé des bombes, participé à des actes terroristes et mis en déroute des troupes de Fully entières. Avouer tes sentiments à Arakin, c'est du gâteau ! Tu as pris un peu d'âge, mais tu es toujours jolie.

Cécile inspira profondément et s'en fut fouiller dans son armoire pour trouver une tenue adéquate.

Elle aimait Arakin comme au premier jour, ce jour où il lui avait sauvé la vie et où il s'était emparé de son cœur de jeune fille. Dès lors, elle n'avait plus regardé les autres hommes.

La rebelle avait perdu tout espoir le jour où Fully Craze l'avait vaincu. Le héros – son héros ! – avait disparu. Elle avait alors noyé sa détresse dans le combat, se rappelant sans cesse ses conseils, son sourire, son regard, finalement, lui.

Lorsque Arakin était revenu à la vie grâce à la science de Déborah, jamais son cœur n'avait battu aussi fort. Original ou non, elle l'avait retrouvé comme si elle l'avait laissé la veille.

Elle soupira en enfilant une petite robe noire à volants et à fines bretelles. Elle lava un peu son visage et rehaussa ses joues blanches d'un blush rose. Enfin, elle releva ses cheveux en un chignon quelque peu désordonné, puis se regarda dans le miroir. C'était parfait !

Cécile avisa ensuite cette très vieille photo d'elle, d'Arakin et de Sullivan, datant d'une époque révolue. Elle se regarda à nouveau. En dehors de quelques rides, elle n'avait pas vraiment changé. Elle rangea finalement le cliché et réajusta sa robe. Puis, inspirant profondément, elle déclara :

— C'est parti ! Ce soir, je le passerai dans les bras d'Arakin. Je lui dirai tout.

Après avoir chaussé une paire de bottines, Cécile attrapa sa veste et sortit.

Ce fut le cœur battant à tout rompre qu'elle se dirigea vers le baraquement d'Arakin. Un nombre incalculable de scenari se joua dans sa tête. Dans chacun d'eux, le jeune homme l'embrasserait avec une passion dévorante tout en la serrant contre lui. Dans le meilleur des cas, il lui ferait l'amour et elle sentirait enfin cette virilité qu'elle avait tant fantasmée.

Devant la porte de son baraquement, elle patienta quelques secondes, hésitante. Elle toqua doucement et attendit. Aucune réponse.

Alors, elle entra. Arakin ne l'avait peut-être pas entendue. Elle referma le battant derrière elle avec précaution. La pièce, chichement éclairée, offrait une atmosphère intime, très intime.

Cécile fit quelques pas, un peu honteuse de pénétrer dans l'univers de l'homme qu'elle aimait.

— Arakin…

Elle s'arrêta. Son cœur cogna avec tellement de violence que cela en devint douloureux. Des soupirs à peine contenus parvinrent à ses oreilles. Elle s'approcha du rideau qui séparait le lit du reste de la pièce.

— Encore, Arakin ! entendit-elle. Encore !

Tremblante, elle écarta légèrement le pan. Elle écarquilla les yeux et masqua sa stupeur avec la main. Sans qu'elle ne puisse la contrôler, une larme roula sur sa joue. Elle secoua la tête en reculant. Arakin attrapa plus fermement la jambe de son amante, ses coups de boutoir de plus en plus forts. Ses doigts s'entremêlèrent à ceux de Stéphanie qui subitement se cambra. L'homme aux cheveux bleus laissa échapper un long râle avant de s'immobiliser complètement, la tête logée dans le creux du cou de la rebelle.

Cécile ne manqua pas leur échange, cachée derrière l'épaisse tenture.

Le bras musculeux d'Arakin enveloppait sa rivale d'une infinie douceur. Leurs regards parlaient pour eux, empreints d'une tendresse que jamais Cécile ne connaîtrait.

Elle quitta le baraquement le plus discrètement possible pour ensuite se précipiter chez elle, la nausée pour seule compagne.

※

Cécile s'effondra en des plaintes grotesques. Elle sanglota longuement, assise contre sa porte, les genoux repliés sous elle. Ses espoirs s'étaient métamorphosés en illusions cruelles. Arakin et Stéphanie, Stéphanie et Arakin… leurs murmures, leur étreinte passionnée… et elle, pleurant comme une adolescente. Ces images frappèrent son cœur meurtri d'un millier de fissures. Cela aurait dû être elle et elle seule !

— Pourquoi, Arakin ?

Elle renifla grossièrement et s'essuya maladroitement le visage jusqu'à ce que son couteau de combat n'entre dans son champ de vision. Elle s'en saisit pour le poser sur son poignet. Vivre en sachant qu'il en aimait une autre ? Hors de question, elle ne pouvait pas, elle ne voulait pas !

Alors que la lame entaillait peu à peu sa peau fine, une autre vision arrêta son geste. Elle rejoignit à quatre pattes son lit sous lequel était glissée une mallette grise. Cécile tira sur la poignée et demeura immobile durant de longues minutes. Et si finalement, elle tenait là la solution ? Une solution indétectable qui lui permettrait de récupérer Arakin. Son visage se ferma.

— C'est pour toi, pour nous que je le fais ! affirma-t-elle en serrant la petite valise métallique. Je t'aime.

※

Leur respiration lente témoignait de leur sommeil profond. Le bras musculeux d'Arakin enserra la taille de Stéphanie. Elle grimaça jusqu'à ce que ses paupières ne s'entrouvrent.

Stéphanie observa l'espace exigu, puis se tourna finalement vers Arakin et se blottit un peu plus contre lui. Quelque chose la dérangeait et l'empêchait de se rendormir. Lorsqu'elle ouvrit complètement les yeux, un cri de surprise et de terreur mêlées s'extirpa de sa bouche.

Son hurlement réveilla Arakin qui aperçut distinctement la pointe d'une seringue s'abattre sur sa bien-aimée.

— Non !

Au dernier moment, une main puissante arrêta le geste. Stéphanie se rencogna contre le mur, sidérée par le visage fou de sa rivale.

Ombre rejeta Cécile en arrière.

— Ça va ? demanda le cobaye au couple.

Arakin s'empressa de serrer Stéphanie dans ses bras, tremblante de peur.

— Je… je crois, bégaya-t-elle. Je ne comprends pas.

L'homme aux cheveux bleus jeta un regard noir à Cécile.

Arakin quitta son lit, un rictus mauvais affiché sur son visage d'ordinaire jovial.

— Uiximus, lui montra Ombre, qu'il ignora. Ce poison aurait fait mourir Stéphanie à petit feu et dans une très lente agonie.

— J'espère pour toi que tu as une explication à ton geste, siffla Arakin.

Cécile recula sous la menace. Il se tenait droit, la jaugeant de toute sa hauteur, sans cacher sa nudité. La jeune femme grogna d'incompréhensibles mots sous l'aura implacable de son ami.

— Cécile ! cria-t-il, autoritaire.

— Je t'aime ! cria-t-elle à son tour. Je t'aime…

Ses yeux s'embuèrent et ses épaules se secouèrent.

— Je t'aime, Arakin, avoua-t-elle, plus calme. J'ai toujours été amoureuse de toi.

Elle secoua la tête, nerveuse. Elle trouva un soudain intérêt pour le sol.

— Depuis que nous nous connaissons, j'ai tout fait pour attirer ton attention. J'ai tout fait pour être sûre de te plaire. Pourtant, tu ne me remarquais jamais. Je te voyais avec les autres filles, je te voyais aller et venir.

Si ces aveux firent réagir Stéphanie, dont une pointe de culpabilité heurta son cœur de femme, Arakin, lui, resta de glace.

— Et voilà que cette fichue bourgeoise, cracha-t-elle, entre dans ta vie pour que tu succombes. Pour que tu la regardes comme jamais tu ne l'as fait avec moi. Pour que tu la prennes dans tes bras et que…

Elle recula jusqu'à sortir du baraquement sous le regard sévère et enragé d'Arakin.

— Je la hais de m'avoir volé le seul homme qui comptait vraiment pour moi ! Qu'a-t-elle que je n'ai pas ? Que fait-elle que je ne fais pas ? Est-ce que je suis trop vieille pour toi ?

Arakin fit un pas en avant, Cécile un pas en arrière.

— Tu veux vraiment que je réponde à une question aussi stupide ? grogna-t-il. Tu veux vraiment que je fasse une comparaison ? Les raisons du cœur ne s'expliquent pas. Oh ! J'ai bien remarqué ton petit manège, ce regard mielleux que tu me faisais si souvent. Mais tu n'écoutais que toi et toi seule. TON monde, TON opinion, TA façon de faire. Lorsque nous nous battions contre Fully, avant de me faire tuer, tu passais ton temps à te planquer et à pigner comme une sale gamine. Tu promouvais un combat auquel tu ne participais pas, en dehors de bien te faire voir par la télévision de l'époque sur tes pseudos actions supposées nous venir en aide, à Sullivan et moi-même. Combien de fois t'avons-nous attendue ? Combien de fois avons-nous dû nous débrouiller face aux hordes robotiques de Fully ?

— C'est faux ! se défendit Cécile. Je… !

— JE NE POUVAIS JAMAIS COMPTER SUR TOI !

Cette exclamation enragée réveilla peu à peu les lumières du camp. Ludivina et Ivan ouvrirent leur porte, surpris par ces éclats de voix. Sullivan allait intervenir, jusqu'à ce qu'un geste d'Ombre ne l'arrête, Stéphanie dans ses bras et sa veste sur ses épaules pour cacher son corps nu.

— Tu prétendais partir à l'aventure et y participer, alors que tu restais bien sagement chez toi sous couvert de planifier les opérations. Tu te pissais dessus à la moindre évocation d'Ombre ou de Fully. Tu cherchais sans cesse des excuses minables pour satisfaire ta lâcheté.

Une plaque en métal s'accrocha au torse d'Arakin, puis une autre à sa jambe.

— Tu traites Stéphanie de bourgeoise, mais tu n'as pas la moindre once de son courage.

— Tu mens… pleura grossièrement Cécile.

— Vraiment ?

— Oui ! Je me suis sacrifiée pour ton combat, pour vaincre Fully pendant que Sullivan…

Le rire sarcastique de l'homme aux cheveux bleus l'interrompit.

— Sullivan allait plus souvent sur le terrain que tu ne le penses. Mais tu étais tellement occupée à te planquer que tu ne voyais rien d'autre que le sommet de l'iceberg. Comme d'habitude ! Maintenant, va-t'en. TU n'es plus la bienvenue ici.

— Pitié, Arakin… Je te demande pardon…

D'autres objets métalliques commencèrent peu à peu à recouvrir son corps musclé.

— J'aurais peut-être pardonné ta jalousie si tu n'avais pas essayé d'assassiner lâchement la femme que j'aime. Et si tu avais respecté mon choix. Maintenant, prends tes affaires et pars !

Il lui tourna le dos pour rejoindre Stéphanie et la serrer contre lui.

— Tu es sûre que ça va ? lui demanda-t-il, inquiet.

— Je crois.

Stéphanie accentua son étreinte bien qu'elle fut perdue, troublée par cette tentative d'assassinat et par le désespoir qu'elle avait perçu dans la voix de Cécile. Ne serait-elle pas elle aussi devenue folle ?

— Tu es très loin de lui ressembler, assura Arakin comme s'il avait lu dans ses pensées.

Elle lui offrit un sourire éphémère avant qu'il ne l'embrasse.

Humiliée, Cécile partit dans la nuit avec un simple sac à dos.

27

Vendetta

Devant l'imposante baie vitrée de la salle du trône, Fully fulminait. Il avala d'un trait sa boisson et reposa brutalement le verre sur le plateau que lui tendait un robot rond en suspension. Mains dans le dos, il observa les travaux de réparation d'une partie de son palais, occasionnés par le crash de cinq hélicoptères et quatre avions de chasse.

Il se souvenait de cette nuit, cinq jours auparavant. Il dormait à poings fermés, de splendides rêves de soumission ponctuant son sommeil. Là, des hommes de sa garde personnelle l'avaient tiré du lit avec son épouse. Réveil violent que celui-ci lorsqu'il constata, quelques instants plus tard, qu'il venait d'échapper au pire.

Depuis l'incident, il n'avait eu de cesse de vouloir découvrir l'auteur de cette attaque terroriste. Et les résultats de ses recherches l'avaient totalement laissé perplexe. Les machines avaient pour origine l'Amérique du Sud. Il avait cru pendant un moment Matuzaro responsable de ce désastre jusqu'à ce qu'on lui révèle que son général était mort.

L'analyse des pièces et des débris lui révéla également une technologie qu'il ne connaissait que trop bien : celle de son ennemi. Sullivan avait-il envoyé un paquet, un message à ses alliés outre-Atlantique ? Cela paraissait invraisemblable. D'autant que l'Amérique du

Sud était tombée aux mains des rebelles et les principaux opposants venaient d'être exécutés.

Néanmoins, Sullivan n'avait pas dû se rendre sur le continent pour le plaisir d'aider ses alliés. Le déplacement était parfaitement inutile, à moins que…

Fully se frotta le menton. Le bastion de Matuzaro se trouvait au Mexique.

— Le pays des Aztèques… Ombre porte la main de Huitzilopochtli. Se pourrait-il qu'ils soient repartis là-bas pour… ?

Il secoua la tête. Pourtant, cela concordait. Son ancien acolyte avait-il eu vent d'un nouvel artefact ? Fully grimaça.

Un visage lui revint en mémoire puis un nom : Ivan. Il avait été arrêté avec Ombre sur une place étudiante. Les deux complices devaient rechercher quelque chose… quoi ? C'était à déterminer. Trop fière de sa capture, son idiote de fille n'avait pas pris le temps de les interroger sur leur présence dans le quartier riche.

Fully alla s'asseoir sur son trône et fit signe à une minuscule machine d'approcher. Cette dernière étendit des bras minces à l'horizontale. Un écran en suspension, généré par des LED, s'alluma sur un lieu sombre. Un visage apparut, étonné.

— Majesté, fit une voix cérémonieuse.

— Tu ne m'as pas informé du départ de Sullivan, coupa sèchement Fully.

— Je...

— Avec qui est-il parti ? coupa à nouveau le souverain.

— Deux femmes, Ludivina et Stéphanie. Trois hommes : Ivan, Arakin et Ombre.

Ainsi donc, il avait manqué une belle occasion. Tant pis, ce n'était que partie remise. Du moins, l'espérait-il.

— Où sont-ils allés et pourquoi ?

— Au Mexique, il me semble. Quant à l'objet de leur déplacement, la rumeur prétend qu'il s'agirait d'un artefact aztèque. Que ce soit moi ou les rebelles du clan, nous ne sommes sûrs de rien. C'est le genre de mission que Sullivan évite d'ébruiter.

Fully soupira. Son ennemi n'était pas fou. Il gardait une part de mystère, même pour ceux qu'il protégeait. Le dictateur avait néanmoins la confirmation de son allée et venue au Mexique. Restait à déterminer l'objet qu'il avait ramené avec lui. Fully espéra juste qu'il ne soit pas aussi puissant que le gantelet.

— Sinon, nous aurons effectivement manqué une belle occasion.

Il se rencogna dans son siège, songeur. Peut-être allait-il devoir agir plus vite que prévu.

✕✕✕✕✕

Capuche sur la tête, Cécile se cachait. Assise à un bar, elle sirotait un alcool fort, spécialité de la maison. Elle renifla et essuya maladroitement ses yeux humides.

— Un autre ! exigea-t-elle, après avoir bu son verre d'un trait.

Humiliée. Elle avait été humiliée par cette bourgeoise qui s'était accaparé le cœur de l'homme pour qui elle avait tant donné. Arakin avait-il simplement conscience qu'elle l'avait habilement manipulé ?

— Je t'aimais, Arakin… murmura-t-elle. Oui, je t'aimais.

Tout ça, c'était la faute de cette Stéphanie, avec ses grands airs, sa classe naturelle et sa jeunesse ! Tout le monde prenait parti pour elle sous prétexte qu'elle se battait et qu'elle participait à des missions. Le pompon avait été la mort de son père. Un père qu'elle avait tué de sang-froid uniquement pour se joindre à cette expédition.

Cécile n'était pas dupe ! Loin de là ! Tout ceci n'était que stratégie pour attirer la sympathie de l'homme aux cheveux bleus. L'ancienne amie d'Arakin avait bien essayé d'avertir les autres de sa vilenie. Ludivina et Sullivan avaient pris sa défense. Encore.

Cette rousse était un vrai poison. Un véritable charognard prête à tout pour bien se faire voir, comme sa complice. Comment un homme aussi intelligent qu'Ivan pouvait s'être énamouré d'une pétasse pareille ?

Ces deux bourgeoises lui avaient volé sa place dans le clan. L'expédition au Mexique en était la preuve irréfutable. Sullivan l'avait mise de côté sous prétexte qu'elles connaissaient déjà les pratiques aztèques.

— Mon œil… Elles ont simplement obtenu ce qu'elles voulaient, marmonna-t-elle.

Cécile s'était tant battue. Elle avait tant donné pour permettre à des innocents de retrouver une vie normale. Tout ça pour quoi ?

— Pour rien, déplora-t-elle, amère. Finalement, à quoi sert ce foutu clan ?

Cela faisait plus de vingt ans que Sullivan menait le combat. Vingt ans de sacrifices matériels et surtout humains. Combien d'hommes et de femmes avaient eu l'insigne honneur de visiter les geôles du dictateur sans jamais revenir ? Si réellement, il l'avait voulu, Fully serait déjà mort et Ombre aussi. Tout cela n'était qu'une vaste mascarade…

— Un putain d'écran de fumée pour te faire mousser…

Sullivan n'était pas un héros, mais un imposteur, tout comme Arakin. Quatre ans qu'il était revenu, quatre ans que la situation n'avait pas changé. Finalement, Déborah n'avait rendu qu'une pâle copie de l'original, car s'il avait été là… Oui, s'il avait été là…

Tout à coup, deux hommes vinrent s'asseoir à côté d'elle. Ni laids ni beaux, ils la laissèrent indifférente.

— Besoin d'un peu de compagnie ? demanda le premier.

Cécile les considéra un instant. C'était peu dire. Elle qui avait espéré un peu d'amour n'espérait désormais plus que du sexe et uniquement du sexe. Un millier de pensées traversèrent son esprit dérangé. Un millier de perversions que ces inconnus allaient pouvoir réaliser sans le moindre mal. Elle commanda une bouteille et répondit :

— Si tu as des amis avec toi.

Cette nuit-là, Cécile se donna. Elle oublia son humanité le temps d'une orgie, le temps de l'ivresse. Elle oublia simplement ses principes, le clan, Sullivan, les bourgeoises et Arakin. Surtout Arakin…

Au matin, la tête lourde, elle courut dans les toilettes vider son estomac.

Nue, sur le sol crasseux, elle réfléchissait. Puis, sans en comprendre la raison, elle éclata de rire.

— Tout ça, ce ne sont que des putains de conneries. Fully a gagné depuis le début !

Cécile mit à la porte ses amants sans le moindre égard. Une fois seule, elle hurla. Elle retourna le mobilier, déchira draps et rideaux et lança des objets à travers la pièce.

— Je te déteste, Arakin ! Je te hais !

Vidée de ses forces, elle tomba à genoux avant de se recroqueviller sur elle-même. Tout n'avait été que mensonge. Son combat, sa vie… Elle était lasse et fatiguée. L'image d'un vieux prospectus lui donna la solution à tous ses problèmes.

⌘⌘⌘⌘⌘

Le lit cognait contre le mur depuis quelques minutes déjà. Igrène poussait des cris suraigus jusqu'à se détendre complètement. Son mari se releva et s'en fut à la douche. L'impératrice laissa échapper un soupir d'aise.

— Toujours aussi doué, mon doudou !

— Toujours aussi expressive ! lui répondit Fully en grimaçant.

Le silence et l'écoulement de l'eau calmèrent les tympans en feu du dictateur. Sa femme avait une fâcheuse tendance à lui témoigner bruyamment sa jouissance. En soi, ce n'était pas pour lui déplaire. Il aurait juste voulu que ce soit… moins fort.

Lorsqu'il sortit de son immense salle de bain, on toqua. Contrarié, il enroula sa serviette autour de la taille et vérifia, par l'intermédiaire d'un écran sis à côté de la porte, l'identité du visiteur. Il ouvrit ensuite le battant.

— Pardonnez-moi de vous déranger, Majesté, salua respectueusement le soldat. Une rebelle aurait des informations importantes à nous livrer. Nous avons essayé de l'interroger, mais elle insiste pour vous parler en personne.

— Son identité ?

— Il s'agit de Cécile, une amie proche d'Arakin.

— Cécile ? stupéfia Fully. Vous avez bien dit Cécile ?

— En effet, Altesse. Elle attend dans la salle du trône.

Fully referma le battant en affichant un sourire triomphant. Jusqu'à ce qu'une subite pensée n'interrompe sa jovialité. Une ruse ? Sans le moindre doute. Avant de crier victoire, il devait l'écouter.

— Que se passe-t-il, mon doudou ? interrogea Igrène.

— Il se passe que je vais peut-être récolter de précieuses informations.

Énigmatique, il n'en dit pas plus et enfila ses atours impériaux.

✖

Fully analysa la situation avant de pénétrer dans l'immense salle pour rejoindre son siège. Cécile était seule et sans arme. La garde avait fait le nécessaire.

Que venait-elle faire ici ? Quel était le but de sa visite ? Lui donner des informations… Lesquelles ? Une attaque ? Un appât ? Cette situation était bien étrange.

Le dictateur se montra, les mains derrière le dos, la mine mi-sévère, mi-amusée.

Le cœur de Cécile battit alors à tout rompre. Elle sentit un poids sur sa poitrine, un poids qui l'empêchait de respirer calmement.

Cet homme, elle l'avait combattu avec ferveur et force de conviction. Elle le haïssait comme jamais. Elle reconnaissait malgré tout sa supériorité. Elle comprit, à son sourire mutin, qu'elle venait de perdre la guerre. Elle ne pouvait plus faire machine arrière. La honte et la culpabilité coulèrent dans ses veines comme du fer fondu. Elle tressaillit, plus encore lorsque la voix de Fully, grinçante, agressa ses tympans.

— Cécile ! Quelle surprise !

En effet, c'était une sacrée surprise. L'hésitation cependant n'était plus permise. Arakin et les autres devaient payer.

— Que me vaut le plaisir de cette visite ? demanda-t-il, s'asseyant sur son trône.

Son ton, sa manière satisfaite et sa posture… elle en avait des frissons incontrôlables.

— J'ai des informations à te communiquer, commença-t-elle.

— Des informations ? De quel genre ?

— Avant de te dire quoi que ce soit, je veux une immunité totale, un appartement à Crazevilla et assez d'argent pour vivre confortablement jusqu'à la fin de mes jours, exigea-t-elle.

— Tu n'es pas tellement en position de négocier, siffla Fully, la mine grave.

— Ce que j'ai à te dire ne vaut pas ce que je te demande en échange.

— Qui est ?

— La position exacte du clan rebelle de Sullivan.

Fully faillit tomber de son siège. Aucun son intelligible ne sortit de sa bouche. Cécile allait-elle réellement lui dévoiler ce secret ? Celui qu'il tentait de percer depuis des années ? Impensable ou alors…

— Nul piège, anticipa son ennemie.

Le sourire de Fully étira à nouveau son visage rond. Il allait obtenir plus vite qu'il ne l'espérait l'information qu'il recherchait depuis des années et que son espion peinait à lui communiquer. Menton dans la paume de sa main, il reprit :

— Pourquoi t'accorderais-je cela ? Je suis curieux de connaître les raisons de ta trahison envers Sullivan et Arakin.

Cécile réfléchit à toute allure. Quel plaisir pour le dictateur de la voir autant hésiter !

— Tu veux cette information, oui ou non ? s'agaça-t-elle.

— Cela va de soi ! J'aimerais quand même que tu répondes à quelques questions. Alors, pourquoi ?

Il descendit de son siège et se dirigea vers l'une des grandes baies vitrées de la salle du trône.

— Comprends-moi ! Nous nous sommes combattus durant de nombreuses années. Si on peut considérer ton inactivité comme de la rébellion.

Cécile, malgré son énervement, se tut. Ce n'était pas le moment de contester les dires de cet homme dangereux.

— Et aujourd'hui, continua Fully, tu souhaites me dévoiler l'un des plus grands secrets de la rébellion : son bastion principal. Admets que ce retournement est étonnant. Surtout pour moi.

Il se tourna vers elle, avec un rictus mauvais et surtout amusé.

— Alors ?

Cécile hésita un moment et se lança :

— Je suis fatiguée, fatiguée de me battre sans cesse. Contre tous. Contre toi. J'ai tout donné de ma personne pour perpétuer son combat.

Pour qu'au final il termine dans les bras de cette bourgeoise.

Elle grimaça de dégoût lorsque l'image d'Arakin et de Stéphanie, tendrement enlacés, la frappa de plein fouet.

— J'ai lutté chaque jour de ma vie en son nom pour qu'enfin…

— Il t'aime en retour, continua-t-il à sa place. Je te savais désespérée, mais pas à ce point ! Quand je pense que tu as fait tout ça pour rien. Il était de notoriété publique qu'Arakin ne ressentait rien pour toi. Même moi, j'étais au courant !

Il ricana à la mine déconfite de Cécile.

— C'est très intéressant… Et donc, tu vas désormais te battre contre lui ? Vraiment ?

— Contre lui et cette… pute ! cracha Cécile. Cette bourgeoise ne le mérite pas. Elle a tellement bien réussi son coup que, maintenant, il la baise ! J'en ai marre d'être dans le camp des perdants.

Cette nouvelle déclaration ravit Fully. Il se rapprocha dangereusement d'elle.

— Bien… Deuxième question. J'ai ouï dire que Sullivan et quelques-uns de tes petits copains s'étaient rendus au Mexique. Pourquoi ?

— Lorsque Huitzilopochtli est apparu pour arrêter le processus de Robinson, Ivan s'est rendu compte qu'il n'avait pas son arme de prédilection, répondit sans hésiter Cécile. Il a convaincu Sullivan de partir à la recherche du Xiucal ou Siucol, un nom comme ça.

Fully comprit désormais la raison de ce voyage : retrouver l'arme de ce dieu.

— L'ont-ils retrouvée ?

— Je ne sais pas, avoua-t-elle. Sullivan ne m'en a pas dit plus.

Fully hocha la tête. Cette histoire n'était pas pour le rassurer. Ombre était déjà un homme puissant. La possession de ce gantelet augmentait de façon considérable son pouvoir. Il imagina sans peine ce que pouvait bien donner sa colère avec cette arme divine. Il préféra balayer cette supposition catastrophique pour ses affaires sans pour autant la mettre totalement de côté. Principe de prudence.

— Il me manque à présent une preuve de ta bonne foi et ensuite, je t'accorderai ton souhait, continua-t-il, après cette courte réflexion. Si toutefois, tu me donnes ce que tu m'as promis.

— Qui est ?

Fully lui présenta son pied. Cécile déglutit avec peine, comprenant parfaitement où le dictateur voulait en venir. Il y a quelques mois à peine, elle lui aurait craché au visage. Elle était tombée bien bas, se tournant dans le camp de son ennemi de toujours. Comment les choses avaient-elles pu à ce point changer ? Si seulement Stéphanie ne s'en était pas mêlée…

Non sans hésitation, elle se mit à genoux et baisa le pied de Fully. Lorsqu'elle se releva, elle ne put empêcher cette goutte honteuse de glisser sur sa joue. De rage, elle l'effaça aussi vite qu'elle était apparue sous l'œil ravi du dictateur.

— Parfait ! Maintenant, très chère, savoura-t-il, avant que je n'ordonne quoi que ce soit concernant ta demande, je veux que tu me dévoiles l'emplacement du camp de Sullivan. Que l'on apporte une carte !

Un robot-table s'installa en face de son maître et, par hologramme, projeta la cartographie du quartier pauvre et du quartier riche. Cécile observa l'image. Alors qu'elle allait pointer du doigt la position de ses alliés, elle suspendit son geste.

Une pointe de culpabilité perça son cœur. Qu'en était-il de tous ces innocents qui avaient trouvé refuge entre ces murs et qui se croyaient à l'abri sous ce boîtier d'occultation ? Elle n'avait pensé qu'à elle-même et sa vendetta. Elle allait tout détruire, détruire la vie de ces enfants, de ces femmes, de ces vieillards et de ceux qui ne savaient pas se battre.

Puis une image la convainquit qu'elle faisait le bon choix : les corps entrelacés de Stéphanie et Arakin. Alors, sans plus d'hésitation, et d'un doigt tremblant, elle montra l'emplacement du clan.

Le rire fou de Fully la fit sursauter.

— Merveilleux ! Exactement là où les doutes de Christopher l'avaient mené !

Christo… La bouche ouverte de Cécile et sa mine déconfite ravit Fully plus qu'il ne l'avait imaginé. Même la voir lui baiser les pieds n'avait pas été aussi jouissif.

— Mais alors… tu savais ? bégaya la rebelle.

— Mouahahahah ! Ma patience et mon exceptionnelle intelligence sont venues à bout de cette énigme !

Il referma son poing en guise de victoire après s'être assis sur son trône. Il se tourna vers elle, un sourire triomphant sur le visage.

— Christopher est une de mes merveilleuses inventions testées avec le père de Stéphanie. Je dois dire que je me suis particulièrement amusé avec lui ! Ivan et Ombre n'y ont vu que du feu. Malheureusement, il a été neutralisé en plus de présenter de très nombreux défauts que même mon génie n'a pas su corriger.

Cécile comprit soudain certaines choses. Elle comprit la raison pour laquelle le père de Stéphanie avait essayé d'aider Margaret. Elle comprit également que sa rivale leur avait évité le pire bien malgré elle. Cette amère constatation la rendit muette.

— Le fait est que, grâce à l'intermédiaire de Christopher, continua Fully, j'ai pu récolter un grand nombre d'informations qui m'ont permis de déterminer l'emplacement du clan. Et avec ta participation, je n'ai plus aucun doute sur le sujet.

Un sourire carnassier ourla le visage de Fully.

— Préparez mon armée ! ordonna-t-il. Il est temps de faire sortir le renard de sa tanière.

✖✖✖✖✖

Ses comparses le considérèrent, puis finalement haussèrent les épaules et retournèrent à leur discussion.

L'homme se précipita à l'extérieur du palais et prit le premier tramway pour se rendre dans le centre. Après avoir marché pendant plus d'une demi-heure dans les rues bondées, il rejoignit un établissement à la façade grise et à la vitrine clinquante. Les lumières d'une guirlande électrique offraient un look vintage aux marchandises présentées.

Une fois à l'intérieur, il se hâta dans un rayon pour commencer de minutieuses recherches parmi quelques bibelots et quelques livres. Il attrapa un vieux manuel de bricolage datant de l'avant-guerre, puis se dirigea vers la caisse.

— Bonjour, salua le magasinier, qui rangeait des objets en céramique.

— Bonjour. Dites-moi, vous avez le deuxième volume de ce manuel ? demanda l'homme, pressé.

Son vis-à-vis lâcha le vase qu'il tenait à la main. Les yeux du magasinier s'arrondirent de terreur. Lorsque le rebelle infiltré confirma sa crainte par un hochement de tête, il l'invita sans attendre dans son arrière-boutique. Il y avait urgence.

※

— Fait chier ! explosa Arakin en brisant un miroir. Cécile, si je te retrouve...

— Mon père… était sous le contrôle de Fully, constata Stéphanie avec horreur. Il était sain d'esprit ou…

Ses jambes se dérobèrent. L'homme aux cheveux bleus se précipita pour la relever. Il comprit immédiatement la crainte de sa bien-aimée : avoir ôté la vie de son père alors qu'il avait encore toute sa tête.

Ombre se souvint des recherches que Robinson avait faites avec Fully concernant les cyborgs. Son ancien associé lui en avait déjà parlé et cela à plusieurs reprises.

— Nous devons retrouver Christopher, immédiatement ! s'exclama Ivan.

— J'ai déjà envoyé des hommes le chercher. Pour le moment, il est introuvable.

— Alors, je le débusquerai, siffla le cobaye, dont les veines pulsèrent d'un liquide noirâtre.

Il quitta le baraquement de Sullivan, suivi de près par Ivan et Arakin.

— Stéphanie, Ludivina, j'ai ordonné l'évacuation des plus faibles dans les souterrains dans un premier temps. Elle ira plus vite si vous vous joignez aux autres.

— Compris ! affirma la rebelle rousse. Cela va aller, Stéphanie ?

Elle opina du chef sans vraiment répondre. Ludivina se contenta de la serrer dans ses bras.

— Viens.

Stéphanie se ressaisit, bien que le doute persiste au fond de son âme. Elle se souvint avec exactitude du regard de son père lorsqu'il lui avait demandé d'en finir pour rejoindre Mérou et sa mère. Il était loin d'être fou à ce moment-là. La culpabilité étreignit à nouveau son cœur. Elle refoula comme elle put les larmes qui menaçaient de couler.

※

Christopher avait reçu des ordres stricts. Des ordres qui émanaient de son unique créateur. La marionnette n'avait pas tardé, désireuse de répondre à son maître. Il avait réussi depuis bien longtemps à canaliser cette voix intérieure qui lui hurlait de ne pas agir pour le bien de tous. Simple défaut résiduel que le scientifique fou n'avait su éliminer.

D'ailleurs, ce dernier lui ordonna de trouver un point de repère pour être sûr de bombarder le bon endroit. Pour être sûr d'exterminer des nuisibles qui lui pourrissaient la vie depuis le début de son règne.

Christopher avisa le boîtier d'occultation. Se débarrasser des gardes et de ceux qui étaient partis à sa recherche avait été un jeu d'enfant. Des ultrasons pour réduire en bouillie leur cerveau et la libre circulation dans le camp lui avait été facilitée. Il ouvrit le petit battant de la boîte noire, puis ses doigts arrachèrent une poignée de fils.

— Christopher ! appela Ivan. Ne fais pas ça !

— Trop tard ! parla Fully. Maintenant, je sais où vous êtes !

Un rire éclata par l'intermédiaire du cyborg. Un liquide corrosif coula peu à peu sur la peau d'Ombre. Les gouttes attaquèrent le sol dans une fumée nauséabonde.

— Surpris, mon ami ? demanda Fully. Tu étais pourtant avec moi lorsque Robinson et moi-même avions projeté de créer ces merveilleuses machines !

Nouvel éclat de rire. De rage, Ombre plongea sa main dans le corps de chair et d'acier. Il le décapita ensuite avant d'écraser sa tête avec son pied.

— Il va me le payer... siffla-t-il.

Avis à toute la population ! tonna la voix de Sullivan dans un haut-parleur. *L'ennemi nous a repérés. Que chacun rejoigne son poste. Ceci n'est pas un exercice, je répète, ceci n'est pas un exercice !*

La panique se mêla à l'effervescence. Les rebelles tentèrent bien vainement de la camoufler en répondant aux ordres donnés par leur chef.

— Suivez-moi, tous les deux ! intima Sullivan à Ombre et Arakin. Ivan, je te laisse rejoindre Stéphanie et Ludivina.

— Entendu !

— Ivan ! hurla Ombre.

Le jeune homme vit avec horreur un obus se diriger droit sur lui. Il ne dut son salut qu'à la rapidité de son ami.

— Ne me dis pas qu'il est déjà là ?

— Je crains que si.

Lorsque le cobaye regarda le ciel, ce ne fut pas un, mais une salve de missiles qui tombèrent sur le camp.

— Tous aux abris !

Des explosions éclatèrent de toutes parts et détruisirent sans la moindre pitié les baraquements. Ombre tenait son ami contre lui dans un abri de fortune. Tout autour d'eux le sol se soulevait, les éléments se déchaînaient dans une cacophonie assourdissante. Au bout de quelques minutes, l'apocalypse prit une pause.

— Profitons de ce répit ! décréta l'archéologue.

Ombre approuva et s'en fut de son côté rejoindre Sullivan et Arakin, pendant qu'Ivan se pressa dans les souterrains du complexe retrouver sa compagne et les réfugiés.

28
Le projet chouquette

Les compagnons rejoignirent le sous-sol, un quartier bien particulier que le chef rebelle avait soigneusement caché. Il y construisait et conservait depuis des années des centaines de machines pour la défense du clan si Fully devait le trouver. Aujourd'hui, cette prudence allait lui être salutaire.

Sullivan se dirigea vers un écran de contrôle. Il pianota quelques instants sur un clavier double et enclencha le système d'urgence. Chaque soldat de fer s'éveilla au son d'un bip et de leurs articulations métalliques trop longtemps restées immobiles. Sullivan attrapa ensuite une télécommande et appuya sur un bouton. Le mur devant lui céda dans un grincement aigu. Il dévoila deux armures qui laissèrent Arakin et Ombre bouche bée.

— En dehors de leur carrosserie qui laisse à désirer, elles possèdent les mêmes capacités, à deux exceptions près. Ceci étant dû à la condition de chacun.

Ombre observa celle aux nuances de rouge et de noir. Il caressa le métal froid, puis cet étrange cœur qui, au passage de ses doigts, ouvrit l'armure.

— Celle-là est en effet pour toi, confirma le chef rebelle. Elle a été conçue pour résister à ton acide. Mets-toi dos à elle.

Le cobaye obéit. Chacune des plaques agit indépendamment et vint épouser son corps comme une seconde peau. Le combattant observa ses mains gantées.

— Je vous laisse découvrir leurs secrets sur le champ de bataille. Fully a frappé le premier pour nous faire sortir. Ne le faisons pas attendre plus longtemps et répondons à son souhait.

— Nous cacherais-tu d'autres surprises ? s'enquit Arakin.

Sullivan lui rendit son sourire narquois.

※※※※※

Fully patientait tranquillement. Il avait lancé les hostilités et il savait que son ennemi de toujours ne tarderait pas à apparaître.

À son arrivée, le tyran avait fait place nette. Une simple sonde pour aplanir le terrain de jeu afin d'éviter aux rebelles de se cacher. Ses robots et ses hommes s'étaient ainsi dispersés en escadrons pour les accueillir.

Un sourire naquit sur le visage du dictateur : enfin, il allait pouvoir se débarrasser de cette vermine qui l'empêchait d'obtenir un règne total.

— Majesté ! interpella l'un de ses généraux. Ils arrivent.

Dans l'horizon se détacha un groupement d'hommes et de machines. Deux silhouettes attirèrent particulièrement son attention. L'une bleue, l'autre noire et rouge.

Enfin, ils étaient là !

※

Sullivan observa le champ de bataille, là où auparavant se trouvait une multitude de ruines. Fully ne voulait leur laisser aucune chance. Cela ne l'étonna guère. Le chef rebelle regarda en arrière. La muraille du camp semblait intacte. Semblait seulement. L'attaque éclair de son ennemi avait dû l'endommager à quelques endroits. Pour l'heure, il devait se concentrer sur la bataille à venir.

Il avança son robot, machine bipède dans laquelle il avait pris place. Au même niveau qu'Arakin et Ombre, il lança un dernier encouragement à ses hommes.

⁂⁂⁂⁂⁂

Les civils à l'abri, Ivan, Ludivina et Stéphanie n'avaient pu s'empêcher de grimper sur le haut de la muraille pour observer le champ de bataille. Ce qu'ils virent les laissa sans voix.

Deux armées se faisaient face, chacune rivalisant d'imagination. Composées d'un impressionnant arsenal, les machines de guerre côtoyaient les soldats robotiques et humains.

Et dans cette organisation à la fois rangée et hétéroclite, se distinguaient deux silhouettes, l'une bleue et l'autre noire : Ombre et Arakin.

— Fully a sorti l'artillerie lourde, constata Ivan, amer.

— Que crois-tu qu'il fera ? demanda sa compagne.

— Nous exterminer un à un.

— Et si Fully faisait diversion pour s'emparer du clan ? avança Stéphanie.

— Explique-toi.

— Je ne le sens pas, cette histoire. Sullivan a concentré l'intégralité de sa force sur ce champ de bataille. Ombre et Arakin y compris. Finalement, il ne reste plus grand monde pour la défendre de l'intérieur. Or, c'est une place stratégique. Si Fully s'en empare...

— Alors il a gagné, finit Ivan en se frottant le menton.

Stéphanie approuva. L'archéologue réfléchit quelques instants. Il se tourna vers les baraquements. Si certains fumaient pour avoir été détruits, d'autres restaient inexorablement debout.

Ludivina suivit son regard et se souvint de son arrivée. Déborah avait souligné la prudence du rebelle et le fait qu'il cachait certaines parties en les rendant totalement invisibles. Quatre ans que la jeune femme était là. Quatre ans qu'elle n'avait jamais vu le haut de certains immeubles.

— Et si...

— Ludivina ? s'enquit Ivan.

— Stéphanie, tu te souviens quand on est arrivées ici avec Debbie ? Elle avait dit que Sullivan était un rebelle très prudent, peut-être même trop prudent. Ce qui m'avait profondément marquée à l'époque. On est d'accord que depuis que nous sommes là, nous n'avons jamais fait attention aux immeubles qui disparaissaient comme par magie dans la brume ?

Stéphanie commença peu à peu à saisir les propos de son amie. Ivan fronça les sourcils d'incompréhension.

— Fully et Sullivan possèdent tous les deux un quotient intellectuel qui dépasse l'entendement ! continua Ludivina. Si Fully a prévu d'envahir le camp en faisant diversion, tu ne crois pas que Sullivan ait pu prévoir ce genre de choses ? Il doit sûrement se douter que son havre de paix n'est autre que la pièce maîtresse de la conquête de Fully. Une pustule sur un visage qui lui permettrait d'acquérir le règne total dont il rêve !

— Il est trop prudent, répéta Stéphanie. Déborah l'avait sans doute déjà compris. Ce que cache Sullivan alors serait...

— Je ne sais pas, mais nous devons le découvrir. L'avenir du clan en dépend !

Ludivina courut au-devant de son compagnon et de son amie. Elle navigua parmi les ruelles étroites pour atteindre son but. Stéphanie l'arrêta soudain.

— Je ne veux pas briser ton enthousiasme, Ludivina, mais Cécile doit sûrement être au courant de ce stratagème et l'a sans doute communiqué à Fully !

Elle se retourna avec un grand sourire.

— Deux ans avant que Léo ne vienne au monde, j'ai surpris une conversation entre elle et Sullivan. Ils se disputaient concernant des chouquettes.

— Des chouquettes ?

— Oui ! Sur le coup, je n'ai pas saisi. Cécile tenait absolument à ce que Sullivan lui dévoile un secret. Qu'elle était son amie et que le projet chouquette la concernait, elle aussi.... bla-bla ! Bon, nous connaissons la suite. Alors que Sullivan me donnait des cours sur les circuits électroniques, nous avons eu une petite discussion. Il m'a clairement avoué ne pas lui faire confiance sur certains points et qu'il préférait les lui cacher pour préserver l'avenir.

— Tu penses qu'il avait anticipé la trahison de Cécile ?

— Je ne sais pas. Peut-être ! En tout cas, je n'ai pas insisté. Mais si ce projet chouquette existe vraiment alors nous tenons quelque chose !

※

Ils se regardaient, fixes, chacun dans l'attente d'un geste, d'un mouvement qui donnerait le signal de départ d'une lutte espérée depuis des années.

— Je crois que Fully nous attend, s'amusa Arakin.

— Je pense aussi, répondit Ombre.

— Du coup, on y va ?

Bien que très loin, Fully devinait aisément le sourire de son pire ennemi se dessiner sur son visage. Il ricana, leva la main et l'abaissa aussitôt. Une troupe robotique commença à avancer à vive allure, suivie de près par des chars blindés, puis par une partie de son armée.

— Voilà ton invitation, Arakin, dit le cobaye, un rictus mauvais sur ses lèvres.

— Je n'en attendais pas autant !

※

Alors que la bataille commençait à faire rage dans la plaine, des ombres se glissèrent furtivement dans les ruelles du bastion rebelle à présent désert. Menées par un individu vêtu d'une combinaison noire, le visage caché par un foulard et d'imposantes lunettes, elles scannèrent les baraquements à la recherche d'un signe de vie, d'un mouvement suspect.

Le chef leur ordonna de se disperser et avança prudemment. Tout à coup, un morceau de métal tomba devant lui. Réflexe immédiat, il tira avant de stopper et de continuer.

— Ce n'est rien, gronda Cécile. Détends-toi, l'ami.

— Sais-tu où ils se cachent ? demanda son vis-à-vis. Fully a précisé aucun survivant.

— Dans les souterrains, cela ne fait aucun doute.

Cécile partit de son côté, aussitôt arrêtée par l'individu en combinaison.

— Où vas-tu ? J'ai reçu l'ordre de te surveiller, insista-t-il. Alors pas de dérapage, tu piges ?

— Je n'ai pas besoin d'une nounou, se renfrogna-t-elle. J'ai une affaire personnelle à régler.

Cachés à l'abri d'un baraquement effondré, Ludivina, Ivan et Stéphanie assistèrent à l'échange sans mot dire. Ils attendirent que Cécile s'éloigne, peu surpris de la croiser ici et non sur le champ de bataille.

— Au fait, Ludivina, chuchota Ivan, où allons-nous ?

— Tu verras, se contenta-t-elle de répondre.

Son compagnon marmonna. Savoir que ces hommes se dirigeaient vers les sous-sols ne le rassura pas. Bien que son fils, Léo, soit en sécurité avec sa grand-mère et son oncle dans un bunker caché aux yeux de tous, il frissonnait à l'idée de le voir à la merci des tueurs du tyran. Il aurait pu faire part à sa compagne de ses tourments. C'était parfaitement inutile. Il savait Ludivina aussi inquiète que lui. Il soupira fort.

Stéphanie était arrivée à une conclusion qui lui déplaisait beaucoup : l'affaire personnelle dont Cécile avait fait référence n'était autre qu'elle. Sa jalousie excessive l'avait menée à commettre l'irréparable. En était-elle finalement responsable ? N'aurait-elle pas dû se tenir à l'écart d'Arakin ?

— Arrête de tergiverser, lui intima Ludivina. C'est pas ta faute si cette gonzesse est tarée. T'aimes Arakin, oui ou non ?

Surprise, Stéphanie la dévisagea.

— Bien sûr que oui ! répondit-elle.

— Lui aussi ! J'ai jamais vu un mec aussi amoureux, tu peux me croire. Il a fait son choix et ce choix, c'est toi. Cécile s'est bercée d'illusions durant de nombreuses années sans jamais se remettre en question. À cause de sa petite vendetta, elle a foutu en l'air des années de lutte et met en danger des gens qui avaient placé leur confiance en elle. Elle est pire qu'une gamine à qui on a refusé un jouet. Ne te sens pas coupable.

Stéphanie sourit à sa meilleure amie. Elle avait raison, elle n'y était pour rien.

Ludivina s'approcha doucement d'un bâtiment dont le sommet se découpait d'une bien étrange manière. Elle avisa un escalier sans rampe qui semblait s'arrêter à un étage.

Semblait seulement.

Elle fit signe à ses comparses de la suivre.

— Si je ne me trompe pas, nous pouvons monter plus haut, réfléchit-elle.

— Comment peux-tu en être sûre ? interrogea Ivan, dubitatif.

— Depuis quand un escalier se termine sur une marche ?

Ludivina inspira, ferma les yeux et posa un pied sur ladite marche. Un pas de plus et elle disparut, comme happée par une force invisible.

✳

La bataille faisait rage dans la plaine. Sullivan et Fully avaient rivalisé d'imagination pour la conception et la construction de leurs machines. Tyran et chef rebelle se battaient avec force et férocité. Leurs robots de combat encaissaient coup sur coup sans jamais flancher. Le blindage de chacun résistait aussi bien aux balles qu'aux rayons lasers.

Cet état énervait profondément Sullivan qui aurait donné n'importe quoi pour en finir avec le scientifique fou. L'homme jeta un œil sur son tableau de bord et les jauges d'énergie des caractéristiques de son robot. Quatre-vingt-cinq pour cent pour son armure, soixante-cinq pour son armement... Au moins, aucune pièce vitale n'avait été touchée. Il arrêta un coup qui aurait pu lui être fatal et le retourna contre son propriétaire.

Fully souriait de toutes ses dents. Il savait l'agacement de son ennemi et en jouait. Car il aimait cela, jouer. Surtout pour gagner du temps. Pour être sûr d'acquérir cette place forte qu'était le camp rebelle. La pièce maîtresse de sa conquête la plus absolue. Une fois à sa botte, le monde lui appartiendrait définitivement. Le scientifique observa le champ de bataille. Même si nombre de ses machines étaient tombées, il s'en relevait bien d'autres des débris, aussi agaçantes que des moustiques.

Fully grimaça à la vue d'Arakin et d'Ombre. Leur puissance mettait à mal la sienne. À eux seuls, ils représentaient une force non négligeable en plus de celle déployée par Sullivan.

— Du moment que mes robots tiennent le temps qu'il faut...

✳

Arakin aperçut une ligne de char d'assaut. Il courut vers elle, sauta et adopta une position fœtale. Son armure se hérissa de pointes et alla se cogner contre les blindés à la manière d'une boule de flipper. Le jeune homme avait découvert cette caractéristique par hasard et en usait avec une redoutable efficacité.

Ombre n'était pas en reste. La sienne pouvait également se transformer en hérisson. Mêlée à l'acidité de sa sueur, elle faisait de lui un monstre aussi terrible que son acolyte.

Un énorme robot se présenta face à lui. Entre araignée et rhinocéros, ses pattes d'acier s'armaient de quelques lanceurs de glu.

— Typique de toi, Fully, pesta Ombre.

En effet, le cobaye supposa que ladite glu était immunisée contre son acidité. Aussi devait-il faire preuve de prudence pour ne pas se retrouver piégé. La machine s'élança à vive allure. Ombre l'esquiva de justesse et activa les pointes de son armure. En boule, il fonça sur le monstre de métal qui l'évita lors de son premier passage.

Au second, le rhinocéros se retourna pour lancer une salve de glu sur le cobaye. Il se déporta et revint à la charge. Une charge de trop. Cette fois-ci, la machine l'atteignit. Plaqué au sol, Ombre se débattit sans se rendre compte que l'emprise des filaments s'accentuait à mesure qu'il s'agitait. L'étrange araignée avança vers lui. Il entendit alors un grésillement. Un éclair passa, et il se tendit comme un arc en poussant un hurlement de douleur.

✕✕✕✕✕

Une porte blindée.

Intrigués, Ivan et Stéphanie avaient suivi Ludivina dans l'invisibilité. Maintenant, cet obstacle se dressait devant eux. Aucune poignée, aucun clavier, aucune reconnaissance vocale ou digitale... Cette impasse semblait infranchissable. Ivan remarqua alors un étrange trou en verre. Il s'en approcha. Un judas. Il inspira et frappa.

Rien.

Ludivina essaya, puis dit :

— Le mot de passe est Rocketman.

Il s'écoula quelques secondes avant que le blindage ne s'ouvre... sur le renard à deux queues. Le jeune homme observa Ludivina et Stéphanie avec stupeur et curiosité. Jadis, son frère jumeau et lui-même les avaient sauvées des gangs de la Frontière Interdite.

— Comment avez-vous... ?

— Trop long à expliquer, coupa Ludivina.

— Vous savez donc ce que prépare Fully, lança-t-il.

— En effet, nous sommes ici pour vous aider.

— Bien, suivez-moi.

Il s'écarta pour les laisser entrer, puis il rejoignit l'ordinateur le plus proche. Il leur montra un schéma.

— Fully souhaite envahir complètement le complexe pour le fragiliser de l'intérieur et le détruire. Nous avons déjà repoussé les menaces qui provenaient du quartier pauvre, mais nous ne pourrons pas le faire très longtemps. Ils savent désormais où nous nous cachons. En attirant Sullivan à l'extérieur, il a isolé ceux qui étaient en mesure de contrer son attaque.

— Et Sullivan s'y est préparé, constata Stéphanie, en vous permettant de rester ici. Il n'a accordé sa confiance qu'à vous pour la défense ultime de ce clan.

— Oui, il avait de lourds soupçons concernant Cécile depuis de nombreuses années, continua le jumeau. Elle lui avait reproché de jamais prendre part aux actions des rebelles, mais pa... Sullivan ne faisait que les coordonner. Il organisait la riposte en cas d'attaque de Fully.

Ludivina hocha la tête et comprit soudain beaucoup de choses au sujet de ce rebelle. Loin d'être aussi lâche que La Noire avait bien voulu le faire croire, il s'était condamné à rester enfermé entre ces murailles pour être sûr que la lutte ne s'essoufflerait pas, semant le doute au passage concernant son existence. Il donnait de l'espoir d'un côté tout en maintenant le dictateur dans l'incertitude.

— Une dernière question, pourquoi vous ? demanda Ivan. Pourquoi Sullivan a-t-il confié ce secret à vous et pas à un autre de ses généraux ?

Le second frère cessa sa frappe. Ses mains se suspendirent au-dessus de son clavier. Les jumeaux s'observèrent quelques secondes avant que l'un n'avoue :

— Sullivan est notre père.

— Père adoptif ?

Lorsque le vis-à-vis d'Ivan ôta son bandana, les compagnons comprirent. La ressemblance avec le chef rebelle était particulièrement troublante.

— Oh, bordel... lâcha platement Ludivina.

— Notre mère habitait de l'autre côté de la Frontière Interdite. Elle est morte en voulant rejoindre notre père. Elle a été dénoncée par nos grands-parents.

— Papa avait peur que Fully ne nous retrouve et qu'il se serve de nous comme monnaie d'échange, continua le second frère. Il a caché notre existence en nous faisant passer pour des victimes d'attaque biologique.

— Ainsi personne n'irait vérifier ce que camoufle un bandana, conclut Ludivina, ce à quoi les jumeaux répondirent par l'affirmative. Et en prétendant que vous veniez de rejoindre la rébellion... Nous garderons le secret, vous pouvez nous faire confiance.

Le soulagement se lut dans les yeux des deux frères.

— Nous allons vous montrer ce que vous allez devoir faire, reprit très sérieusement l'un des jumeaux.

Ivan, Ludivina et Stéphanie l'écoutèrent avec attention. Ils avaient assez perdu de temps. Ils devaient à présent agir.

2 9

Une cible de choix

Nouvelle décharge. Ombre serrait le poing sur les pièces aztèques. Impossible cependant pour lui de se concentrer sur sa transformation. Les filaments étaient un parfait conducteur de courant. À peine ses muscles s'étaient-il détendus que le monstre d'acier renouvelait sa frappe.

Les dégâts de son armure étaient irréversibles. Compter sur Arakin ou Sullivan pour le tirer de cette passe ? Mieux valait pour lui se débrouiller. L'un et l'autre se démenaient déjà assez sans devoir lui venir en aide.

Comment le cobaye allait-il donc pouvoir s'en sortir ? Si seulement il n'y avait pas cette glu !

La gueule du rhinocéros s'était ouverte et laissait désormais entrevoir quatre scies circulaires, prêtes à le hacher menu.

Nouvelle décharge.

Un hennissement s'entendit au loin. D'abord léger, l'animal intensifia son cri, rageur, colérique... ses sabots martelant le sol sans répit.

※

Fully vérifia les données de son tableau de bord. Plus l'équidé se cabrait, plus il cumulait de l'énergie. Cette dernière augmentait de façon exponentielle.

— Que m'as-tu inventé, Sullivan ? grogna Fully.

✳

Les sabots de Huitzi s'illuminèrent. Dans un dernier hennissement, il se cabra et retomba lourdement sur le sol. Une onde d'énergie se propagea sur plusieurs centaines de mètres, inonda les machines, surchargea leur batterie et provoqua avaries et dysfonctionnements. Les robots de Fully s'entre-détruisirent pendant que ceux de Sullivan retrouvèrent leur pleine capacité.

— Je n'ai pas dit mon dernier mot, ricana le scientifique, qui appuya sur un bouton.

Moitié machine et moitié chair, le cheval présentait une faiblesse non négligeable : un cœur de sang.

— La différence entre toi et moi, Sullivan… C'est que moi je prends garde à tous les détails.

✳

Alors qu'Ombre se dirigeait vers Huitzi, il le vit chanceler et finalement s'effondrer dans des spasmes incontrôlables. Le cobaye se précipita à sa suite.

— Huitzi !

Le cheval releva un peu la tête vers son maître bien-aimé. Il avait fait ce qu'il avait pu. Après tout, son créateur n'avait pas fait de lui une machine à part entière, il avait juste remplacé et amélioré ses jambes atrophiées. Ombre lui avait offert une nouvelle vie, loin de la servitude et de la cruauté de son ancien cavalier. Il reposa lentement son imposante tête et ferma les yeux.

— Huitzi… murmura Ombre en caressant son encolure.

Plus de cavalcades, plus de jeux et de moments complices.

Un voile mêlant tristesse et colère obstrua son regard devenu opalin. Une lueur de rage passa dans ses prunelles lorsqu'il aperçut un minuscule insecte ressemblant à un moustique. Fully avait empoisonné son compagnon.

Une nouvelle puissance l'envahit. Il entendit distinctement un sifflement et des écailles glisser sur son corps.

✳

Tout autour du cobaye, les combats cessèrent en un instant. Dans les deux camps, les soldats humains reculèrent.

Arakin, bouche bée, chercha une réponse auprès de Sullivan aussi choqué que lui.

Une aura divine baignait l'ange génétique tandis qu'un énorme serpent turquoise enserrait son corps dans d'innombrables anneaux.

Fully comprit alors que la quête de ses ennemis avait été menée à bien ; ils avaient trouvé ce qu'ils cherchaient : l'arme du dieu de la guerre.

Le scientifique grimaça, jusqu'à ce qu'un sourire mauvais n'ourle son visage. Il vérifia rapidement un autre radar de sa machine. Ils étaient en position. Désormais, ce n'était plus qu'une question de minutes avant l'immense feu d'artifice qui ferait sa joie.

— Je relève le défi, mon ami, lança-t-il à Ombre en ricanant. Tu ne m'impressionnes pas !

✳

Accompagnée d'un jumeau, Ludivina courait à nouveau dans le camp. Son ami la retint subitement par le bras et la plaqua au mur. Les hommes de Fully se trouvaient dans le périmètre.

L'un d'eux installa un boîtier sur la porte d'un baraquement. Une LED verte clignota au moment où il appuya sur un bouton.

— Une balise, expliqua le jumeau. Ils en installent plusieurs dans le camp pour servir de cible.

— Tu crois qu'ils en ont mis dans...

— Non, pas là où les réfugiés sont. Tu t'inquiètes ?

— Mon fils y est avec ma mère et mon frère. Je n'ose pas imaginer ce qu'il se passerait si tout venait à s'effondrer sur eux.

— Aucun risque. Le bunker a été conçu pour résister à un assaut nucléaire avec des vivres et des issues de secours.

— Mais on y accède facilement ! contesta Ludivina à voix basse. Ils y sont peut-être même déjà !

— C'est mal connaître mon père, assura le jeune homme avec un clin d'œil. Les réfugiés ne craignent rien. En tout cas, c'est ici que nos chemins se séparent. Cours à l'endroit que je t'ai indiqué sur la carte. Et attends le signal.

— Compris !

Une bile amère remonta dans la gorge de Ludivina. Elle voulait croire le fils de Sullivan. Mais la mère qui était en elle ne cessait de s'inquiéter pour son bébé.

— Tu as fait confiance à Sullivan depuis le début. Ce n'est pas le moment de flancher !

La jeune femme rejoignit un lieu qu'elle connaissait bien. Une sorte de place marchande où les réfugiés avaient pour habitude de se rendre. Si les produits de première nécessité étaient en libre-service dans le camp, comme les médicaments ou la nourriture, l'exotisme se payait parfois au prix fort.

Ludivina se camoufla dans l'ombre d'un bâtiment à moitié détruit par les bombes de Fully. Ses yeux verts furetèrent dans tous les coins hauts de la place.

— Bon sang… elle est où cette foutue tour ? pesta-t-elle.

Elle prit le risque de quitter un peu sa cachette pour mieux voir quand…

— C'est moi que tu cherches, la petite souris ?

Ludivina leva les mains lorsque le canon d'une mitraillette pointa son dos.

— Et merde...

— Je suppose que tu sais où sont les réfugiés.

Elle ne répondit pas jusqu'à ce qu'un clic ne la décide.

— Oui.

— Tu vas être une gentille fille et me guider jusqu'à eux. Tout de suite.

Elle inspira profondément. Elle ne pouvait pas perdre de temps, comme elle ne pouvait pas se défendre. Montrer l'emplacement du bunker et donc celui de son fils, il en était hors de question.

— Avance ! exigea le soldat de Fully.

— Il faut un pass pour ouvrir la porte du refuge et... essaya-t-elle.

— À d'autres ! Maintenant, avance.

Et il la repoussa avec son arme. Elle obtempéra, son regard se portant sur les édifices en ruine. Un élément l'alerta. Ludivina comprit qu'elle avait trouvé son objectif. Restait plus qu'à se débarrasser de cet homme. Elle s'arrêta et se retourna lentement les mains en l'air.

— Nous y sommes, il faut prendre tout droit et ensuite à gauche...

Le cross de la mitraillette atteignit violemment son ventre et la plia en deux.

— Tu as le choix, soit tu me conduis aux réfugiés, soit tu meurs. Dans tous les cas, je finirai par trouver.

À genoux, Ludivina refusait d'abandonner. Elle devait se battre pour son fils. Elle devait résister ! Le souffle saccadé, ses prunelles vertes fusillèrent le soldat. Elle se releva précipitamment et donna un coup d'épaule dans le canon. Surpris et déstabilisé par la manœuvre, l'homme retomba sur son séant. Ludivina profita de cette opportunité pour attraper sa mitraillette et lui tirer une balle dans la tête.

Une vie s'envola, comme son innocence. Une mare rubis macula le sol, tandis que le corps inerte lui rappela son geste. L'arme glissa de ses paumes. C'était la première fois qu'elle tuait un homme. Portant les mains à ses yeux embués de larmes, elle les vit recouvertes de sang. Ses poings se refermèrent et frottèrent vigoureusement ses joues. Ludivina se fit une raison. En ôtant la vie de ce soldat, elle en avait épargné de nombreuses autres, dont celle de Léo. Sans plus attendre, elle rejoignit le poste que le jumeau lui avait indiqué.

※

Fully activa son bouclier, alors qu'Ombre fonçait droit sur lui. Son poing s'abattit sur la machine qui résista malgré tout à l'attaque du cobaye. Elle roula comme une balle, puis se redressa maladroitement en battant des bras pour conserver son équilibre.

— C'est tout ce que le champion du dieu de la guerre peut faire ?

nargua le scientifique fou.

Il prenait un risque, un risque considérable. S'il connaissait la puissance destructrice du gantelet, qu'en était-il avec ce serpent qui ondulait derrière lui ? Était-ce donc cela le Xiuhcoatl ? Une simple apparition dans le dos d'un homme ? Fully sentait qu'il s'agissait de plus que cela. Alors que son ancien acolyte volait à toute allure sur lui, ses outils scannèrent sa puissance. Elle était gigantesque !

Ombre était-il en mesure de l'utiliser comme il le souhaitait ? Alors que les coups pleuvaient contre sa machine, le scientifique fou se rendit compte que son ancien acolyte peinait à maîtriser cette nouvelle force. Son œil aguerri lui confirma sa pensée : le cobaye menait une lutte intérieure pour ne pas se laisser submerger par l'aura du serpent.

— Je n'ose imaginer ce qu'il se passerait si tu te laissais faire, Ombre, marmonna Fully.

L'entité serait-elle en mesure d'imposer l'anarchie et le chaos de sa seule présence ? N'était-elle pas finalement une malédiction plutôt qu'une bénédiction ?

— Eh, Ombre ! Je peux me joindre à vous ? lança une voix.

Arakin décapita un robot et s'approcha dangereusement. Les ailes battantes, Ombre se tint à ses côtés. L'homme aux cheveux bleus ne manqua pas cette étrange étincelle dans le regard de son compagnon. Sauvage, imprévisible, sournois… Il distingua également, sur sa peau, l'apparition de quelques écailles aux nuances de turquoise.

— Qu'est-ce que… ?

Le rire de son pire ennemi le sortit de sa léthargie.

— Ce n'est pas du jeu ! protesta Fully en souriant. Deux combattants contre moi ? Soyons sérieux !

— Nous avons des comptes à régler, vieux croûton, lança sur le même ton Arakin. Tu le sais !

— Alors qu'attendons-nous ?

Le grognement d'Ombre ne rassura que peu son comparse. Une étrange aura l'enveloppait en plus de ce serpent au sifflement inquiétant.

Fully profita de ce moment d'inattention pour attaquer le premier. Arakin arrêta son coup de poing en acier de justesse, mais les doigts se transformèrent en filaments gluants qui l'emprisonnèrent. La colle remontant peu à peu vers sa bouche et son nez. Il se débattit comme un diable pour se libérer de cette emprise.

— Ombre !

Le cobaye l'ignorait, ses yeux opalins tournés vers l'ouest. Le serpent ouvrit une large gueule et dévoila d'impressionnants crocs.

— Coyolxauhqui… murmura sombrement Ombre.

Sullivan vint en aide à Arakin *in extremis* en coupant les liens. Les deux hommes avaient remarqué la subite absence de leur compagnon. Même Fully trouva son comportement étrange. Pourtant, il ne s'en formalisa pas et profita de ce moment d'inattention pour lancer une nouvelle attaque. Car ses ennemis imaginaient-ils un seul instant qu'il essayait simplement de gagner du temps ?

Trop concentrés à combattre ses forces armées, ils ne s'étaient doutés de rien. Tout avait été parfaitement et minutieusement calculé. La subite absence de son ancien acolyte n'était qu'un bonus dans son plan machiavélique. Le camp qu'il recherchait depuis des années allait tomber et cette chute appuierait définitivement sa domination sur le monde.

Une LED rouge clignota sur son tableau de bord. Il ricana comme un diable.

— Qu'est-ce qui te fait rire ? interrogea Arakin, sur ses gardes.

— Ta future défaite, mon vieil ennemi !

L'homme aux cheveux bleus n'avait visiblement aucune conscience du sens bien particulier des propos de Fully.

✳

Stéphanie avait reçu des instructions strictes. Elle devait se dépêcher. Fully avait lancé les hostilités. Un premier bombardement pour isoler les personnes en mesure d'arrêter cette invasion et une attaque intérieure provoquée de l'extérieur pour les spectateurs du champ de bataille. Une belle démonstration de cruauté dont seul le scientifique fou avait le secret.

Un autre sujet l'inquiétait : Cécile. Sa rivale la recherchait et elle était décidée à en découdre. Ludivina avait raison. Sa rancœur était telle qu'elle avait balayé ses années de lutte sans hésitation et sans remords.

Qu'avait-elle l'intention de lui faire dans un pareil moment ? Stéphanie secoua la tête. Elle préféra se concentrer sur sa tâche.

✻

Cécile se fichait pas mal des ordres de Fully. Seule lui importait Stéphanie. Cette foutue bourgeoise et ses grands airs. Cette petite peste qui lui avait tout pris, qui l'avait humiliée devant l'homme dont elle avait toujours été éprise.

Un pauvre hère apparut devant elle, un embonpoint témoignant d'un manque d'activité physique. Il devait sans doute travailler aux ateliers.

— Ah ! Cécile ! S'il te plaît, aide-moi ! J'ai vu des personnes avec le logo de Fully entrer. J'ai pas pu rejoindre les abris. Il faut que tu m'y emmènes !

— Tu as vu Stéphanie ?

— Je l'ai vu monter sur les murailles et…

Une détonation et l'homme s'écroula, son crâne déversant sur le sol un mélange de cervelle et de sang.

Cécile n'avait pas de temps à perdre.

Les murailles ? Elle se retourna et aperçut la silhouette de sa rivale.

— Enfin, te voilà.

✻

Stéphanie atteignit les escaliers qui menaient à la muraille du complexe au pied duquel la bataille faisait rage. Pas le temps de s'extasier, elle devait se hâter. La jeune femme repéra un mirador sur sa droite. Un rapide coup d'œil lui permit de déterminer que la tour était bien plus haute qu'elle ne le laissait penser.

Stéphanie courut jusqu'à la porte…

— Comme on se retrouve !

Cécile, les bras fermement croisés sur sa poitrine et les sourcils froncés, se tint devant elle.

Sur ses gardes, l'amie de Déborah la dévisagea en manifestant une certaine impatience.

— Tu te rends compte que tout cela est ta faute ? lança Cécile.

— Ma faute ?

— Si tu ne t'étais pas mise entre moi et Arakin, nous n'en serions pas là !

Stéphanie secoua la tête, dépitée. Ne pouvait-elle pas mettre sa rancœur de côté ? Malgré la gravité de la situation, elle ne pouvait s'empêcher de lui reprocher cette relation qui lui avait été refusée.

— Cécile...

Devait-elle avoir pitié d'elle ou exprimer de la colère ? Stéphanie ne savait que dire, quoi penser.

— Je me demande ce que Fully t'a promis en échange de ta trahison, commença-t-elle. Sache cependant que tu n'obtiendras rien de lui, si ce n'est son mépris et celui du reste de la population de Crazevilla. Si réellement tu aimes Arakin comme tu le prétends depuis si longtemps, alors, respecte son choix.

— Parce que tu crois que je fais seulement ça pour lui ? ricana Cécile. Tu penses que je me suis retournée contre Sullivan uniquement pour un homme qui aime baiser une bourgeoise ? Arrête de te donner de l'importance, Stéphanie. Tu n'es rien. Rien du tout ! Un choix ? Facile à dire quand on est jeune. Quand on n'a pas une seule ride et qu'on ne sait pas ce que le mot rébellion et guerre signifient ! JE me suis battue comme une folle. J'AI été sur le front et J'AI participé à des attentats pour que les bonnes gens de cette foutue capitale nous craignent, moi et Sullivan !

Cécile sortit peu à peu son pistolet de son étui pour le pointer en direction de Stéphanie. Malgré ses tremblements incontrôlés, son doigt se positionna sur la détente.

— Tout cela pour quoi, au final ? Hein ? Réponds !

Stéphanie recula prudemment d'un pas, ses mains en évidence.

— Pour rien ! hurla Cécile, enragée, l'écume aux lèvres. J'ai donné ma vie à la cause, pour rien. Je me suis privée de tellement de choses, j'ai vécu dans la misère avec l'espoir qu'un jour cette putain de guérilla cesse. Avec l'espoir qu'Arakin me prenne dans ses bras et qu'il me regarde comme il t'a regardée cette nuit-là.

Elle secoua la tête, les yeux embués de larmes. Elle renifla grossièrement.

— Pour quoi ? Pour quoi me suis-je battue, au final ? Pour rien. Oui, pour rien. J'étais lasse d'être dans le camp des perdants. Et le pire dans tout cela, le pire ! C'est que Sullivan m'a rejetée lorsque vous êtes partis au Mexique. Moi qui lui ai été d'une loyauté sans limites. Non, reste au clan, j'ai besoin de toi ! Et il vous a fait confiance, à toi et ta copine la rousse. Vous avez obtenu la confiance de chacun sans le moindre effort. Alors qu'il m'a fallu des années pour y parvenir... Tu comprends ça ?

Stéphanie déglutit avec peine. Le canon de l'arme toujours pointé sur elle.

Stéphanie ! Que fais-tu ? Active le bouclier ! grésilla la radio attachée à sa ceinture.

Perturbée, Cécile fixa l'appareil. Sa rivale en profita pour se jeter sur elle. D'abord, un coup de poing dans le ventre, puis à la mâchoire. Cécile perdit son arme et se cogna violemment la tête en tombant par terre.

Sans attendre, Stéphanie se précipita vers le mirador.

Partiellement assommée, l'ancienne amie de Sullivan, entre confusion et rage, rampa à quatre pattes pour reprendre son pistolet.

À peine Stéphanie posa-t-elle le pied sur la première marche de l'escalier que le coup partit. Immobile, elle recracha soudainement du sang. Elle avisa alors cette plaie dont le liquide rubis imprégna sa veste.

— Meurs ! siffla Cécile, ravie, avant de quitter la muraille.

Stéphanie chancela un instant et se rattrapa de peu à la rambarde. Sa vue se brouilla. Pourtant, hors de question de se laisser aller. Elle posa la main droite sur sa plaie et grimpa aussi vite qu'elle le put, chaque pas plus douloureux à chaque fois.

Stéphanie attrapa sa radio et, haletante, rassura les jumeaux.

— J'y suis... j'y suis presque !

Elle ouvrit la porte en fer et avisa le panneau de contrôle. Son poing s'écrasa sur un énorme bouton rouge. L'instant d'après, son corps embrassa le sol.

3 0

Reprenons où nous nous sommes arrêtés...

Une multitude d'alarmes avertirent Fully des nombreuses avaries de sa machine. Qu'importait ! Le feu d'artifice allait bientôt commencer.

Malgré l'énorme fissure de son écran radar, plusieurs points rouges apparurent. Un sourire sadique accentua ses traits fous et un gloussement s'extirpa de sa gorge. Les cibles étaient prêtes. L'immonde verrue de son magnifique royaume allait enfin disparaître pour de bon !

— As-tu préparé cela, Sullivan ?

À la surprise d'Arakin et de Sullivan, l'intégralité de l'armée ennemie se retira.

— Qu'est-ce qui se passe ? interrogea l'homme aux cheveux bleus. Fully, qu'as-tu encore préparé ?

— Un petit cadeau de ma part, mon très cher adversaire !

— Quoi ?

— Ou comment être aux premières loges d'une destruction annoncée !

Les deux combattants se retournèrent sur le clan. Bouche bée, ils aperçurent une dizaine d'ogives nucléaires retomber lourdement sur la base.

⁂

L'un des jumeaux observa attentivement l'écran radar. Quatre boîtiers sur cinq avaient été activés. Que faisait Stéphanie ?

— Stéphanie ! Que fais-tu ? Active le bouclier ! cria-t-il dans sa radio, paniqué. Fully a lancé son attaque !

J'y suis… j'y suis presque ! entendit-il.

Un point vert s'alluma quelques secondes plus tard. Quelques secondes trop tard. Une ogive atteignit son mirador.

⁂

Ludivina et Ivan assistèrent chacun à l'anéantissement du mirador et à l'ascension de ce champignon dans les airs.

— Stéphanie… Par pitié, dites-moi qu'elle s'en est sortie… pria son amie.

Une succession d'explosions fit basculer Ludivina contre le mur de sa cachette.

⁂

Le bouclier se déploya avant que les autres bombes ne dévastent le complexe. Elles se fracassèrent contre l'invisible paroi mise en place par les fils de Sullivan et les détonations s'entendirent sur des kilomètres à la ronde.

Le chef rebelle soupira bien malgré lui de soulagement.

Surpris par un tel retournement, Fully demeura un instant silencieux. La place forte des rebelles était toujours debout. Finalement, son ennemi avait prévu le coup.

Alors, le dictateur éclata de rire.

— Refaisons le point, voulez-vous ?

Le regard inquisiteur d'Arakin le fit rire encore plus. Contre toute attente, Sullivan le retint et secoua la tête.

— Je te félicite, Sullivan ! continua le tyran. Je ne m'attendais pas à ce que tu prévoies une telle défense ! Pas étonnant pour un homme aussi intelligent que moi. Même si, de toi à moi, je trouve cela particulièrement agaçant. Soyons honnêtes !

Son regard balaya le champ de bataille de manière à obtenir l'attention de chacun.

— Connaître l'emplacement de ton clan, Sullivan, est un avantage non négligeable. Tu en conviendras. Je ne sais pas avec quelle énergie ce bouclier fonctionne. Mais mon exceptionnelle intelligence finira bien par le découvrir. Maintenant, regardez également autour de vous. Tout ce que je vois, c'est une armée défaite et éparpillée. Une armée fatiguée aussi que mes machines et mes hommes ont réussi à vaincre sans le moindre mal.

Fully ouvrit le sas de son robot et en descendit. Il marcha droit comme un piquet, les mains derrière le dos, un sourire diabolique peint sur son visage.

— En d'autres termes, vous êtes cuits, conclut Fully.

— Tu parles de nos hommes. Je te signale que nous avons autant fait de dégâts que toi ! répondit Sullivan avec énervement.

— Oh, je n'en serais pas si sûr… Contrairement à vous, sachez qu'il me reste énormément de manœuvres et assez de contingents pour réduire à néant vos espoirs. Vous avez le choix : soit vous vous rendez, soit je vous atomise. C'est aussi simple que ça. Je suis bon prince : je vous laisse du temps pour choisir votre destin.

Fully ricana encore plus fort.

Ombre menait une lutte intérieure. Depuis quand avait-il perdu le contrôle ?

Le Xiuhcoatl le maintenait prisonnier d'une cage psychique dont il était incapable de se défaire. Il avait beau hurler encore et encore, personne ne l'entendait.

Huitzi, son adorable cheval… Et si le reptile divin avait usé de cette faiblesse, de sa colère pour mieux le piéger dans un tourbillon de haine ?

Ombre se débattit à nouveau, un étau sur son cœur prêt à exploser.

Il l'avait senti, Fully s'était joué de ses compagnons. Et Arakin ? Que n'aurait-il pas donné pour lui venir en aide ? Si seulement il pouvait reprendre la pleine possession de son corps pour stopper ses ogives !

Non !

Trop tard, elles se fracassèrent contre le bouclier instauré par Sullivan.

Une onde le frappa tout à coup de plein fouet. Une force invisible et d'une noirceur indescriptible étendit son aura tentaculaire sur le monde.

Ombre comprit : le Xiuhcoatl leur avait évité le pire en répandant la puissance de son maître.

Le serpent lui chuchota un nom, un nom qu'il avait déjà entendu auparavant : Coyolxauhqui.

Sur cette dernière révélation, les ténèbres engloutirent le cobaye.

✵✵✵✵✵

Tristan suivait Arbre dressé, précédé par le silence de ses frères, dans un dédale de couloirs sombres. Seuls leurs pas s'entendaient en écho contre les parois lisses du temple.

Au bout d'un moment, une immense salle s'étendit devant eux, éclairée par des braseros à la lumière bleue et blanche. Au centre, un escalier en pierre s'élevait vers un promontoire circulaire sur lequel avait été placée une table ronde sculptée de figures divines. Le bras tendu de la lune l'auréolait d'une lueur blafarde et sinistre.

Tristan déglutit avec peine. Un sacrifice ? Coatlicue avait libéré Déborah. Qui allaient-ils donc sacrifier pour le retour de Coyolxauhqui ? N'était-il pas trop tard pour partir à la recherche d'un potentiel candidat ? L'astre atteindrait bientôt son zénith, pièce maîtresse pour faire revenir la sœur de Huitzilopochtli.

Une fois devant le promontoire, Arbre dressé s'adressa à ses frères.

— La renaissance de notre sœur est proche, dit-il gravement. Elle est même imminente. Le rituel va pouvoir commencer.

— Dois-je te rappeler que Déborah s'est échappée avec votre mère ? siffla Tristan.

— Déborah n'était qu'un appât pour contraindre le champion de notre frère, répondit calmement Arbre dressé. L'offrande de notre sœur est avec nous depuis le début.

— Je ne l'ai jamais vue.

— Et pourtant...

Tristan blêmit lorsqu'il comprit. Il souilla bien rapidement son pantalon.

— Mais, bafouilla-t-il, vous m'aviez dit que ma destinée était tracée et la gloire...

— Ton sacrifice te permettra d'atteindre les cieux infinis de ta déesse, expliqua calmement son vis-à-vis. Il sera l'essence même de sa renaissance. Tu en seras grandement récompensé.

Tristan recula, encore et encore, avec le vain espoir d'atteindre la sortie. Deux hommes l'empoignèrent. Il se débattit comme un diable et hurla comme un damné lorsqu'on l'amena sur la table sacrificielle.

Attaché en croix, fermement maintenu par une corde au milieu du ventre, il observa, paniqué, les gestes des entités devenues soudain plus lumineuses.

Arbre dressé scanda une prière dans une langue inconnue. Ni gutturale ni douce, elle rappelait bien malgré elle un monde céleste inaccessible aux humains. Il brandit ensuite une sorte de scie. Longue et effilée, le reflet de la lune montante apparut sur son fil.

— À toi, notre bien aimée sœur ! appela-t-il. Reçois ce cadeau et reviens-nous !

Tristan se débattit encore lorsqu'il vit les dents pointues s'approcher de sa cuisse.

— Pitié !

Un hurlement s'extirpa de sa bouche tandis que l'homme lui découpait la jambe. La tâche n'en fut que plus ardue lorsqu'il atteignit l'os. Il redoubla d'efforts jusqu'à ce que le membre de Tristan ne soit totalement séparé de son corps. Puis il s'attaqua à la seconde jambe pendant que ses frères scandaient le nom de la déesse de la lune à genoux. Vinrent ensuite les bras. Ils furent sciés un à un puis décrochés. Le sacrifié, entre terreur et horreur, chercha à utiliser ses membres. Il n'y sentit que du vide. Lorsque les dents entamèrent son cou, la vie avait irrémédiablement quitté Tristan.

— Nourris-toi du Tonalli, ma sœur ! scanda Arbre dressé. Puisse-t-il te redonner tes forces d'antan.

Lorsque la lune atteignit son zénith, le liquide rubis s'évapora dans les airs. Un rayon aveuglant frappa la table de sacrifice et fit disparaître le corps de Tristan.

Là, se cambra une femme d'une beauté divine. Ses paupières s'ouvrirent sur des yeux marron aux reflets lunaires. Les grelots peints sur son visage tintèrent tandis que les plumes de sa coiffe reprirent leur forme originelle.

Coyolxauhqui s'assit sur le bord de la pierre sacrificiel, s'attirant ainsi les foudres des serpents bicéphales qui entouraient ses coudes, ses genoux ainsi que son torse nu.

Finalement, elle s'étira de tout son long, ses bras, ses jambes et sa tête s'écartant exagérément de son corps. Elle s'approcha ensuite de son frère, sa silhouette ondulant comme le reptile de ses cheveux noirs. Elle lui caressa le visage, un sourire mauvais ourlant ses lèvres.

— J'ai quelques comptes à régler, susurra-t-elle, tentatrice. Et si nous allions retrouver notre frère ?

✖✖✖✖✖

Arakin se précipita vers Ombre pour le hisser sur son dos. Ce dernier avait regagné sa véritable apparence. « Que lui était-il arrivé ? Pourquoi n'avait-il pas été en mesure de les aider ? », sont autant de questions que l'homme aux cheveux bleus se posait. Il s'était passé quelque chose, une chose qui les dépassait, mais dont Ivan avait sûrement les réponses.

Dans un silence de plomb, les combattants revinrent dans le camp, tête basse. Les infiltrés avaient disparu, sans doute sur ordre de Fully, et Cécile était introuvable.

L'un des fils de Sullivan courut avertir les réfugiés qui sortirent du bunker.

On pansa les plaies, on se rassura comme on put et surtout, on dressa un périmètre de sécurité autour du lieu bombardé par l'ogive.

Ombre se réveilla peu à peu, secondé par Arakin.

— Ça va ? s'enquit son ami.

Le cobaye s'assit, main sur la tête et complètement perdu.

— Je ne sais pas trop, répondit-il.

— Ombre, que s'est-il passé ? le pressa Arakin.

Il secoua la tête, incertain.

— Je ne saurais te répondre avec exactitude, avoua-t-il. J'étais prisonnier de ce serpent. Je ne pouvais absolument rien faire. Tout ce que je sais, c'est qu'il nous a protégés.

— Protégé de quoi ?

— De Coyolxauhqui.

— Ombre ! appela Ludivina.

Une masse à tête rousse sauta dans les bras du cobaye qui ne la serra que davantage, coupant ainsi une conversation qu'Ombre ne voulait pas éterniser. Il était bien trop faible pour cela.

— Que s'est-il passé ? s'empressa-t-elle.

— Nous avons perdu, avoua Sullivan la gorge nouée. Fully a gagné. Soit nous nous rendons, soit nous continuons le combat et il nous massacre les uns après les autres.

Ludivina et Ivan se turent, soufflés. Tout cela pour ça ?

— Mais...

— Je suis désolé, s'étrangla le chef rebelle.

Abattu, Sullivan quitta l'assemblée sous le regard surpris des civils, un trait translucide striant sa joue.

— Alors Stéphanie s'est sacrifiée pour rien, s'étrangla Ludivina, retenue de peu par son compagnon.

— Quoi ? bondit Arakin.

Ludivina se reprit en essuyant ses yeux, encouragée par Ivan.

— Elle était dans le mirador qui a explosé. La zone est irradiée. Nous ne pouvons plus nous y rendre.

— Où est ce mirador ?

— Arakin, tu...

— Où est ce putain de mirador ? s'énerva-t-il.

Choquée, Ludivina lui montra la direction. Alors il s'y précipita.

— Il sera contaminé à son tour ! contesta la jeune femme. Il est fou !

— Aie confiance en lui. Il sait ce qu'il fait, assura Ombre.

✳

D'abord, des picotements sur le bout de ses doigts, puis une pression sur son cœur et l'impression que son sang se figeait dans ses veines.

Les radiations attaquèrent Arakin et essayèrent de modifier ses cellules, parfois même son ADN.

Sa peau rougissait, se nécrosait un peu, arborant une teinte crème et ensuite une teinte cendre. Elle suintait d'un liquide translucide qui réparait les dommages à mesure que son corps absorbait la radioactivité.

Les yeux d'Arakin brillèrent d'un halo luminescent alors qu'ils recherchaient un corps, un signe de vie dans ce qui restait du mirador et des alentours.

Très maigre espoir de retrouver sa bien-aimée. L'ogive avait tout dévasté.

— Stéphanie ! cria-t-il.

Tout à coup, une main blanche apparut sous quelques débris. Arakin se précipita.

— Stéphanie, souffla-t-il.

Sans attendre, il dégagea le corps de la jeune femme. Du moins, ce qu'il en restait. Une impressionnante coupure barrait son visage en deux, fendant son nez et ses lèvres. Ses jambes avaient été broyées et son bras manquait cruellement à son épaule droite. Sa peau s'effilochait à quelques endroits.

— Je suis là, ma belle, assura Arakin. Je suis là…

— Arakin, j'ai mal… ça me brûle ! Aide-moi, je t'en supplie, pleura-t-elle. Arakin…

— Tu n'as plus rien à craindre, la rassura-t-il en la prenant dans ses bras avec une délicatesse qu'il ne se connaissait pas.

Arakin la ramena auprès de ses amis, stupéfaits par le mystérieux halo qui l'entourait. Ce dernier semblait absorber les radiations du corps de Stéphanie. Quel étrange spectacle pour Ludivina, Ivan et tous les autres ! Pas pour Ombre qui crut retourner plusieurs décennies en arrière.

L'homme aux cheveux bleus déposa sa compagne sur une vieille planche aménagée en brancard.

Stéphanie grimaça de douleur et ouvrit son seul œil valide.

— Arakin, murmura-t-elle faiblement, je ne sens plus rien, ni mon bras ni mes jambes. Pourquoi ? Je…

Un filet de sang s'échappa de sa bouche.

— Tu as été touchée par l'ogive. Tes jambes et ton bras droit ne sont plus. J'ai pu aspirer la radioactivité, mais je ne peux pas faire plus, déplora son amant.

— Ludivina, Ivan et les autres…

— On est là, se contint mal son amie de toujours. On est saufs, le bouclier a fonctionné, grâce à toi.

Ombre se rapprocha. Il soupira à la vilaine plaie de son flanc. Elle avait été faite bien avant l'explosion.

— Stéphanie, demanda-t-il doucement, que t'est-il arrivé ? Qui t'a tiré dessus ?

Arakin se tourna précipitamment vers lui, l'étonnement et la colère dans son regard. La jeune femme déglutit avec difficulté, puis répondit d'une voix ténue :

— Cécile… Elle était là… avec les autres. Elle m'a empêchée de passer…

À l'évocation de ce nom, un bruit sourd, comme une vibration, entoura Arakin. Ombre recula et invita Ludivina à en faire de même. La rebelle à tête rousse le sentait : les piercings de ses oreilles étaient attirés par l'homme aux cheveux bleus.

— Je suis désolée… de ne pas avoir… activé le bouclier à temps.

— Ce n'est pas de ta faute, assura Arakin en attrapant sa seule main. Tu as fait de ton mieux. Maintenant, repose-toi.

L'ombre d'un sourire se dessina sur le visage de Stéphanie. Arakin l'embrassa délicatement sur le front.

Un arc électrique claqua dans l'air, faisant sursauter quiconque l'avait entendu. Le regard d'Arakin prit une teinte bleu vif, l'iris ponctué d'un halo vert luminescent.

Cette rage, il l'avait bien trop longtemps contenue. Désormais, elle l'encourageait à suivre une voie, celle de la vengeance.

※※※※※

Les lourdes portes du camp s'ouvrirent sur Arakin. L'homme avança sur le champ de bataille, une aura électrique l'enveloppant de grésillements continus.

Lorsque le sourire de son pire ennemi s'imprima sur son visage, Fully reconnut sans peine cette désinvolture qui l'avait tant fait enrager dans les batailles de jadis : cette attitude, ce regard…

Étrangement, aujourd'hui, c'était avec une satisfaction certaine qu'il la retrouvait, comme une vieille amie.

Mieux encore, Arakin avait recouvert l'intégralité de ses pouvoirs, promesse d'un combat épique qu'il n'avait plus connu depuis quelques décennies. En témoignaient les innombrables pièces de métal qui venaient peu à peu s'agglutiner contre lui, formant ainsi une redoutable armure.

— Le premier qui tire, annonça à haute voix le dictateur, ou qui se mêle de ce combat, aura l'honneur de visiter mon laboratoire privé.

Hors de question que quiconque ne lui gâche son plaisir.

※

Laissant Stéphanie aux soins d'Ivan et de Ludivina, Ombre et Sullivan, averti par ses fils, gagnèrent le sommet de la muraille.

— On ne lui vient pas en aide ? s'enquit le renard à deux queues.

Le chef rebelle secoua la tête. Un échange silencieux avec Ombre lui confirma sa pensée.

— Ce combat n'est pas le nôtre, déclara solennellement Sullivan.

Cette image le renvoya plus de deux décennies en arrière, à l'époque où les deux comparses combattaient côte à côte.

— Comme au bon vieux temps, souffla-t-il, nostalgique.

— Oui, comme au bon vieux temps, répétèrent Arakin et Fully.

Fin du tome 2

Remerciements

Mes bêta-lectrices, toujours au rendez-vous et de bons conseils.

Mon époux, pour son infinie patience.

Ma petite princesse, pour tous ses beaux sourires.

Epica, pour l'inspiration que le groupe me donne à chaque écoute.

Et enfin, vous, les lecteurs : j'espère que ce tome vous plaira autant que le premier ;-)

Tu as aimé la lecture de ce roman ?
Fais-le-moi savoir !

Comment ?

En m'envoyant un message :

- ✳ Sur mon mail
- ✳ Sur Instagram
- ✳ Sur Facebook
- ✳ Via mon site internet

En laissant un avis :

- ✳ Sur Amazon
- ✳ Sur BoD

Pourquoi est-ce important ?

Parce que l'écriture est une passion solitaire et parce que chaque histoire est le reflet d'une partie de mon âme. C'est une manière pour moi :

- ✳ De me faire connaître
- ✳ D'être encouragée dans ma passion

Et plus important… parce que cela fait plaisir à mon petit cœur d'autrice <3

Une dénonciation auprès de l'empereur ? Un avertissement pour le chef rebelle ?

C'est par ici ;-)

Facebook

https://www.facebook.com/maloiselchevalier

Instagram

https://www.instagram.com/m.c_wryte/

Site internet

https://mcwryte.wordpress.com

Newsletter

Pour recevoir toutes les infos avant tout le monde et en exclu, scanne ce QR Code :)

ENVIE DE PROLONGER TA LECTURE ?

Héé !! Psstttt !! Pars pas si vite ! ^o ^

SURPRISE !!

Découvre le prologue du tome 3 =D

(Attention, c'est un diamant brut qui n'a pas encore été taillé. Version non revue et corrigée ;))

Prologue

Les joyeuses notes d'un ocarina s'envolèrent dans l'air du soir aussitôt accompagnés d'un tambourin. Les festivités battaient leur plein.

Dans le ciel nocturne, s'élevait l'odeur d'une nourriture divine avec la promesse de titiller le palais des convives. Un immense brasier aux charbons ardents cuisait plusieurs dindes et d'énormes poissons empalés sur une dizaine de broches. Disposés dans de grands saladiers et sur plusieurs assiettes, les tomates côtoyaient les tortillas, les courges et les haricots rouges ainsi que des préparations à base de cactus, de sel et de piment.

Un peu plus à l'écart, quelques esclaves au regard vide prélevaient de la viande humaine fraîche sur les corps des âmes damnées suspendus par les pieds. Leurs cris et leurs supplices s'entendaient à des kilomètres à la ronde. Certains prétendaient que la chair, coupée à vif, n'en était que plus savoureuse et le goût plus prononcé.

Des danseuses égayaient le repas où coulaient à flot les boissons à base de cacao.

On riait, on discutait et surtout, on s'amusait dans un décor luxueux haut en couleur sous le regard avisé d'une divinité à la peau recouverte de noir et de larges bandes jaunes sur le visage.

Le sourire de Tezcatlipoca s'élargit lorsqu'il aperçut son frère arrivé au loin, accompagné de Coatlicue.

Le dieu de la nuit claqua des doigts. Des esclaves humains se précipitèrent pour installer confortablement les nouveaux venus. Ils leur servirent sur une petite table basse recouverte d'or quelques mets délicats puis ils disparurent en courbant l'échine.

— Je t'en prie, mon frère, invita Tezcatlipoca, installe-toi. Nous avons beaucoup à nous dire.

Huitzilopochtli s'assit en tailleur imité par sa mère. Il tendit le bras pour attraper un verre de cacao qu'il but d'un trait.

— J'ai reçu ton message, commença-t-il avec une grimace.

— Sinon, tu ne serais pas là ! plaisanta son frère.

— Ce que tu m'annonces est parfaitement impossible !

Tezcatlipoca fronça les sourcils, soudain très sérieux. Il tendit son verre à sa gauche et on se pressa à le servir.

— Ceux qui ne m'ont jamais cru l'ont très chèrement payé, remarqua-t-il en buvant une gorgée. La menace, Huitzilopochtli, est réelle. Peu importe ce que tu diras. Son retour annonce des jours sombres pour nous tous. Même pour moi.

Le dieu de la guerre se tut. Le ton grave de son vis-à vis le renfrogna autant qu'il le surprit. Il le scruta quelques instants et eut la surprise d'y lire une certaine crainte. Tezcatlipoca était un plaisantin et un opportuniste qui mettait tout en œuvre pour arriver à ses fins. Surtout si une situation lui permettait d'asseoir un peu plus son pouvoir. Quetzalcoatl[7] en avait fait la douloureuse expérience en perdant la souveraineté de Tula.

— Je l'ai exterminée. J'ai coupé ses membres, je les ai jetés du haut de la montagne de Coatepec et sa tête orne désormais les cieux en compagnie de mes frères les quatre cents étoiles. Encore une fois ce que tu m'annonces est impossible !

— Je ne me trompe jamais, rétorqua sans attendre Tezcatlipoca. Je t'épargne l'avenir des mortels sur certains points. Pas celui-là. Crois-moi quand je te dis que les conséquences de son retour seront catastrophiques.

Le dieu de la guerre poussa un langoureux soupir. L'air soucieux du dieu de la discorde le convainquit de regarder dans son miroir fumant.

Désir, pouvoir...

---

[7] Quetzalcoatl (serpent à plumes de quetzal en nahuatl) était une divinité majeure du panthéon Aztèque. La légende raconte que Tezcatlipoca, jaloux de son rival, l'aurait rendu ivre pour s'emparer du pouvoir de Tula, la capitale des Toltèques. Honteux, le Quetzalcoatl s'immola par le feu. Son cœur s'échappa des cendres et monta dans le ciel pour devenir l'étoile du matin connu sous le nom de Tlahuizcalpantecuhtli

La chute des quatre cents étoiles, le tonalli[8] qui coule à flot et… L'avènement de sa sœur avec pour seule doctrine : la vengeance et une puissance qui dépasserait tout ce que Huitzilopochtli avait connu.

Coatlicue détourna le regard. S'en était trop pour elle.

— Me crois-tu à présent ?

Le dieu de la guerre afficha une moue exaspérée. Il se leva et sans plus de cérémonie s'en fut.

— Non, mon frère, je ne te crois pas, lança-t-il en s'éloignant. J'ai combattu Coyolxauhqui et je me suis chargé de sa mise à mort. Je ne sais pas ce que tu souhaites de moi, mais sache que je ne ferai pas parti de ton jeu de dupe comme avec Quetzacoatl.

— Huitzilopochtli ! essaya vainement de retenir sa mère qu'il ignora.

Elle se tourna alors vers Tezcatlipoca dont le langoureux soupir traduisait son ennui profond. Il se leva, sa cheville droite estropiée glissant que le sol et son sabot claquant légèrement sur les dalles de son palais.

Il posa une main affectueuse sur l'épaule de la déesse de la fertilité, son regard troublant s'ancrant au sien.

— C'est inutile, Coatlicue. Ton fils s'est déjà fait sa propre opinion sur le sujet. Tu n'arriveras pas à le convaincre.

— Il le faut pourtant, murmura-t-elle, désespérée. Sans quoi ma fille…

— Cela n'arrivera pas, assura-t-il.

Coatlicue l'interrogea silencieusement. Il l'invita à la suivre.

— Cela aussi, je l'ai vu dans mon miroir, avoua-t-il à demi-mot. Le rejet de l'avenir par mon frère malgré l'évidence.

— Qu'allons-nous faire ? demanda-t-elle d'une voix ténue.

L'immense balcon sur lequel ils arrivèrent leur offrit une splendide vue sur la jungle luxuriante qui jouxtait le palais de Tezcatlipoca. Ça et là, de grosses fleurs colorées attiraient les colobris. Les petits oiseaux les butinaient dans un concert semi-silencieux de battement d'ailes.

— Nous devons préparer l'avenir, dit-il solennellement.

---

[8] Voir tome 2

— Préparer l'avenir ?

— La main de ton fils en sera le point de départ, se tourna Tezcatlipoca. Un jour, la tyrannie s'étendra sur le monde par la volonté d'un seul homme. Celui qui a été détruit renaîtra de ses cendres pour le combattre à nouveau. Dans l'ombre cependant, l'un de tes fils profitera du chaos instauré pour trouver un élu avec assez de hargne et d'esprit vengeur pour faire réapparaître ta fille. Voici l'avenir qui doit se dessiner dans les millénaires à venir.

— Si la main de mon fils est le point de départ, l'homme dont tu parles, celui qui doit renaître, ne pourra pas l'utiliser seul. Et tu le sais.

— En effet, approuva la déité de la discorde. C'est pour cette raison que je vais avoir besoin de la déesse de la fertilité.

Tezcatlipoca se perdit dans la contemplation du ciel étoilé mettant un terme à leur échange. Coatlicue l'observa, incrédule. Le dieu de la discorde ne lui avait pas tout dévoiler.

La suite au tome 3 !